쉽고 편한 인생을 사는 법칙

Look Ma, Life's Easy

by Ernie J. Zelinski

쉽고 편한
인생을
사는 법칙

어니 J. 젤린스키 지음 | 박정길 · 정준희 옮김

도서출판 물푸레

옮긴이에 관하여

박정길은 지식을 중개하는 회사인 '지식을 나누는 사람들(주)' 대표로 재직 중이다. 박정길은 삼성중공업 전략기획실 홍보팀에서 기획 & 언론 홍보 업무, 한국리더십센터에서 기획 홍보 & 청소년 리더십 프로그램 개발 & 프랭클린 플래너 사업, (주)SETech에서 시스템 엔지니어링 교육 컨설팅 업무, (주)변화를 이끄는 사람들의 교육 컨설팅 업무를 담당해왔다. parkjungkil@hotmail.com

정준희는 한국외국어대학교 영어과를 졸업했다. 주요 역서로는 『후지산을 어떻게 옮길까?』, 『억대 연봉을 버는 여자들』, 『거인의 어깨 위에 올라서라』, 『바쁜 여자 신드롬』, 『How to Become CEO』, 『이력서 절대로 보내지 마라』, 『라이코스, 속도가 생명이다』, 『톰 피터스』 등이 있다.

쉽고 편한 인생을 사는 법칙

지은이 어니 J. 젤린스키
옮긴이 박정길 · 정준희
펴낸이 우문식
펴낸곳 도서출판 물푸레
1판 1쇄 인쇄 2005년 2월 15일
1판 1쇄 발행 2005년 2월 22일
등록번호 제 1072-25호
등록일자 1994년 11월 11일
주 소 경기도 안양시 동안구 호계1동 994-5
전 화 031·453·3211
팩 스 031·458·0097
www.mulpure.com

책에 관한 문의는 mpr@mulpure.com으로 해 주시기 바랍니다.
값 9,500원

ISBN 89-8110-211-2 03840

편한 인생을 꿈꾸지 않는 사람은 없을 것이다. 그 꿈을 이루기 위해서는 오히려 힘든 길을 택해야 한다. 이 책을 통해 어니 J. 젤린스키가 우리에게 전해 주고자 하는 메시지가 바로 이러한 인생의 패러독스다.

이 세상에서 성공한 삶을 사는 것은 생각만큼 어려운 일이 아니다.
다음 두 가지 사실을 명심하기만 하면 된다.
인생에서 가장 쉬워 보이는 일이 종종 가장 어렵다.
그리고 가장 어려워 보이는 일이 생각보다 훨씬 쉽다.

청년 실업 문제로 전국이 아우성이다. 대학을 졸업한 젊은이들이 거리를 배회하고 있으며 가정과 사회의 눈치를 보고 있다. 이제 젊은이들의 일자리 구하기는 개인 차원을 넘어 국가 차원에서 우선적으로 해결해야 될 과제가 되었다.

그런데 청년 실업의 문제를 과연 누가 속 시원하게 풀 수 있을까? 정부, 주위의 선배, 혹은 가족들이 해결할 수 있을까?

현재의 한국 상황을 볼 때, '이 땅의 젊은이들이 역설적 패러다임으로 무장하는 것' 이 인생의 어려운 문제를 해결하는 돌파구임을 이 책을 통해 알 수 있다.

"어려워하는 일을 하라, 그러면 쉬워질 것이다."
"힘든 길을 택하라, 그러면 삶이 편해질 것이다."
"두려운 일을 하라, 그러면 즐거워질 것이다."

이러한 역설의 진리는 특히 젊은이들이 범하기 쉬운 실수를 간단명료하게 지적해 준다.

이 책에 등장하는 가난한 흑인 대학생은 어떻게 보면 현재 이 땅의 젊은이들이라고 볼 수 있다. 어디 젊은이들뿐이겠는가? 30, 40대 중 스스로의 삶을 실패라고 생각하거나, 오도 가도 못하는 상황에 갇혔다고 생각하며 좌절에 빠진 사람들이 적지 않다. 그들은 새로운 돌파구를 간절히 원하면서도 자신은 이제 어쩔 수 없다고 생각하고 절망 속으로 스스로 걸어 들어간다.

콤플렉스를 갖고 있다고 생각하기 때문에, 성공하기에는 너무나 부족한 것들로만 채워져 있다는 잘못된 믿음을 믿기 때문에 자신의 약점을 감출 수 있는 곳만을 찾아다니는 사람들. 그리고 시도해 보지도 않고 미리 포기해 버리는 사람들이 우리 주위에는 의외로 많다.

자신이 하기 싫은 일을 한 번 해 보는 것, 자신이 두려워하는 일을 한 번 도전해 보는 것, 그것을 하기 위해 한 발짝만 더 내딛는 것이 필요하다. 이미 우리 안에는 하기 싫고, 어렵고, 두려운 일을 감당하기에 충분한 자원이 있다. 그래서 젤린스키는 우리가 갖고 있는 창의력을 대안으로 제시한다. 답이 하나 밖에 없을 것 같았지만, 풀어보고자 하는 욕구가 충분히 있을 때에는 인생의 어떤 문제라도 새로운 해답들이 무수히 나올 수 있다는 것을 경험하면서 보다 큰 인생의 문제에 도전하기를 제안하고 있는 것이다.

『보세요 엄마, 인생은 쉬운 거예요』라는 이름으로 비소설 분야로 출간 되었던 책을 새롭게 다시 옮기고 다듬으면서 그때와는 또 다른 감동과 이 책의 가치를 느꼈다. 자기계발서들이 홍수를 이루는 이유는 분명히 있다. 그리고 새롭게 태어난 이 책이 자기계발서들이 홍수를 이루게끔 하는 독 자들의 욕구에 가장 부합하고 실질적인 책이 될 것임을 확신하게 되었다.

인생은 마라톤이라고들 한다.

이 땅의 젊은이들이 '긴 인생 마라톤을 100미터 단거리' 처럼 달리지 말았으면 좋겠다는 바람이다. 목표 지점을 결코 놓치지 않으면서, 험한 골짜기도 내려가 보고, 나름대로의 작은 정상도 경험해 보고, 넘어졌다 가 다시 일어서는 과정을 거치면서 인생을 즐겼으면 좋겠다. 그러려면 자신이 원하는 인생을 충분히 살 수 있다는 믿음을 가지고 나아가는 자 세가 필요할 것이다.

주위의 사람들이 '뭔가에 두려워하고 매너리즘에 빠져 있을 때' 이 책 을 나누기를 권한다. 이 책을 읽으면서, 가난한 흑인 대학생과 코치의 대 화를 들으면서, 가슴 깊숙한 곳에서 솟구쳐 오르는 새로운 다짐을 느껴 보길 희망한다.

2005년 2월

옮긴이 박정길 NLP Trainer

chapter 1

만남

우리의 삶은 우리가 생각하는 대로 된다.
그러므로 항상 당신과 당신의 삶이 중요한 것처럼 생각하고 행동하라.
그러면 얼마 후 생각은 현실이 될 것이다.

롭슨 가를 따라 서쪽으로 걸어가던 중 셸던은 검은색의 1959년형 메르세데스 벤츠 190 SL 컨버터블을 발견했다. 긁힌 자국 하나 없는 2인승 메르세데스 벤츠는 완전히 새 차였다. 차의 좌석에는 붉은색 가죽 시트가 씌워져 있었는데, 마치 1959년 당시의 자동차 대리점에 디스플레이되어 있는 차처럼 보였다.

셸던은 종종 이 차처럼 오래된 스포츠카를 갖는 꿈을 꾸었다. 언젠가 비벌리힐스에 갔을 때 이런 차를 대여섯 대 정도 본 적이 있었지만 이 차처럼 옛 모습 그대로를 간직한 차는 없었다. 자동차 전문잡지에서 읽은 바에 의하면, 이 모델에는 네 개의 실린더 엔진만이 장착되어 있지만 한 쌍의 솔렉스 카뷰레이터가 달려 있어 상당한 속도를 낼 수 있었다. 그가 이 스포츠카를 좋아했던 이유는 소프트톱과 하드톱 두 가지를 자유롭게 장착할 수 있기 때문이다.

셸던이 메르세데스 옆을 스쳐 지날 때 한 중년 남자가 차에서 내렸다. 그는 178cm의 키에 72kg 정도의 체구였다. 단정히 손질된 금발 사이로 간간이 흰 머리카락이 보였다.

셸던은 무심코 그에게 말했다.

"정말 좋은 차네요. 항상 다른 어떤 스포츠카보다도 메르세데스 190이 마음에 들었어요. 운이 좋아서 당신처럼 이런 차를 몰고 다닐 수 있다면 정말 좋겠어요."

중년 남자가 밝은 목소리로 말했다.

"이 차를 그렇게 칭찬해 주다니 고맙군요. 당신처럼 나도 항상 이런 차가 갖고 싶었어요. 그리고 2년 전 마침내 이 차를 구입했어요. 참, 아직 내 소개를 하지 않았네요. 내 이름은 브로크예요."

"만나서 반갑습니다. 나는 셸던이에요."

브로크가 물었다.

"그런데 어째서 운이 좋아야만 190 SL을 살 수 있다고 생각하는 거죠? 내가 할 수 있으면 당신도 할 수 있어요."

셸던이 자조 섞인 미소를 띠우며 말했다.

"젊은 흑인이 3만 달러가 넘는 고가의 자동차를 구입하는 것은 불가능해요. 특히 밴쿠버에서는 더욱 그렇죠. 이곳에서는 집값과 식료품비 벌기도 힘들어요. 게다가 나는 대학까지 다니고 있어요. 지금 스타벅스에서 파트타이머로 일하고 있지만 보수가 굉장히 적어요. 풀타임 직을 갖게 된다 해도 그런 차를 살 수 있을 만큼 많은 돈을 벌 수는 없어요."

별다른 표정의 변화를 보이지 않고 브로크가 되물었다.

"왜 안 된다고 생각하는 거죠? 할 수 있다고 생각하면 상상도 못했던 것들을 이뤄낼 수 있어요. 흑인이든 백인이든 우리 인간은 가능하다고 생각한 것 이상의 성과를 거둘 수 있어요. 당신은 그저 어떤 어려움에도 굴하지 않고 원하는 것을 이루어낼 준비만 하면 돼요."

그러자 셸던이 고개를 절레절레 저었다.

"당신이니까 그렇게 쉽게 말할 수 있는 거죠. 당신은 젊었을 적에 나보다 백배는 많은 특혜를 누렸을 거예요. 하지만 나는 흑인이기 때문에 끊임없이 차별대우를 받고 온갖 불이익을 당하고 있어요. 그리고 앞으로도 그러한 차별과 불이익을 감수하며 살아야 해요. 따라서 내가 당신처럼 성공하는 것은 불가능한 일이에요."

브로크가 가벼운 웃음을 머금은 채 차분히 말을 이어나갔다.

"그럴 수도 있고 아닐 수도 있어요. 첫째, 내가 당신보다 많은 특권을 누렸다고 생각하지 마세요. 나는 가난한 농촌에서 태어났어요. 우리 부모님은 빈민층에도 못 미치는 수입을 올렸어요. 그래서 부모님으로부터 경제적 혹은 물질적 지원을 받지 못했어요. 20대에는 학자금 대출을 받아 대학을 다녔고 엔지니어링 학위를 땄어요. 하지만 엔지니어가 되고 싶지 않았기 때문에 5년 만에 일을 그만두었어요. 30대에 다시 대학에 입학했고 MBA 학위를 땄어요. 그 후로 몇 년 동안은 파트타이머로만 일했어요. 게다가 마흔다섯 살에 나는 파산 신청을 했어요. 내 또래의 다른 사람들은 좋은 직장, 좋은 차, 그리고 좋은 집까지 갖고 있었지만, 나는 가진 게 아무것도 없었지요. 나는 스스로를 인생의 실패자라고 생각했어요."

"마흔다섯 살에 파산 신청을 했다고요? 실례지만 그럼 지금 나이가 어떻게 되세요?"

깜짝 놀란 얼굴로 셸던이 물었다.

"50대 초반으로밖에 보이지 않는데…."

"당신 추측이 맞아요. 그것이 불과 7년 전의 일이니까요. 사실 당시 나는 파산 그 이상의 상황이었어요. 팔아봤자 휘발유 값만큼의 보상도 받기 어려운 싸구려 고물차를 끌고 다녔어요. 수입은 적은데, 빚은 4만 달러가 넘었죠. 돈이 없어서 아파트에 가구도 다 들여놓지 못했어요. 마치 파리의 가난한 예술가 같았죠. 하지만 나는 책임지고 내 인생을 개척했어요. 지금은 세 대의 차에, 좋은 집도 있어요. 그리고 무엇보다 중요한 것은 내가 지금의 생활을 정말로 즐기고 있다는 거예요."

"7년 만에 집도 장만하고 자동차도 세 대나 구입한 것을 보면 고임금의 일자리를 구했나 보죠? 그리고 매일같이 야근을 했겠네요?"

"아니요, 그 반대예요. 나는 일반적으로 말하는 그런 일자리에 매여 있지 않아요. 나는 프리랜서로 일하고 있고 대부분의 사람들보다 훨씬 적은 시간 일하고 있어요. 사실 하루 평균 네 시간밖에 일하지 않아요. 그 정도 일하고도 편히 먹고 살 정도의 수입을 올리고 있죠."

"그런 일자리를 구했다니 대단하군요."

셸던은 의심스런 눈초리로 말했다.

"구한 것이 아니에요."

브로크는 말했다.

"내 일자리는 어디서 구한 것이 아니라, 해야 할 일을 함으로써 내가 직접 창출해 낸 거예요."

"참 쉬운 인생을 살고 계신 것 같네요. 어떤 일을 하세요?"

"작가이자 동기부여 전문 연설가예요. 무엇과도 바꿀 수 없는 즐겁고 만족스런 인생이죠. 하지만 쉬우면서도 쉽지 않은 인생이죠."

"그게 무슨 뜻이죠?"

셸던이 물었다. 셸던은 브로크와의 대화에 빠져들면서도 점점 의구심이 들었다.

"그러니까 내 말은 정말로 쉬웠다면 모든 사람이 즐겁고 만족스런 인생을 살고 있을 거란 얘기예요. 사실 나보다 더 유능하고 더 많은 특권을 누리고 있는 수백만 명의 사람들이 그렇게 살고 싶어해요. 하지만 그들은 그렇게 살 수 없을 거예요. 그것은 그들이 그럴 능력이 없어서가 아니에요. 쉬운 인생을 살려면 그에 상응하는 대가를 치러야 하기 때문이죠."

"쉬운 인생을 살려면 대가를 치러야 한다고요?"

"물론이죠. 인생의 모든 것에는 대가가 따르죠. 내가 지금의 위치에 이르는 데 육체적인 노동은 그리 필요하지 않았어요. 하지만 정신적인 노동과 창의력이 필요했지요. 그리고 쉬운 인생을 살고 있을 때는 의미 있는 삶을 살려는 노력이 필요해요."

"쉬운 인생을 살고 있는데 굳이 의미 있는 삶을 살려는 노력이 필요할까요?"

셸던은 브로크가 점점 모를 말만 하는 것 같았다.

"보다 흥미로운 삶을 살도록 자신을 부추겨야 해요. 현실에 안주하여 쉽고 편한 삶을 살려고 해서는 안 돼요."

셸던의 눈살이 약간 찌푸려졌다.

"어쨌거나 경제적으로 당신과 같은 위치에 있다면 좋겠네요."

"이미 말했던 것처럼 당신도 마음만 먹으면 몇 년 내에 나처럼 풍요로운 삶을 살 수 있어요."

"글쎄요, 내 생각은 달라요. 나는 시티대학에서 마케팅 학위를 따려고 로스앤젤레스에서 여기로 이사했어요. 하지만 학위를 받는다고 해도 고임금의 일자리를 얻거나 당신처럼 부자가 되지는 못할 거예요. 흑인들은 고등교육을 받아도 좋은 일자리를 구하기가 힘드니까요. 그래서 이번이 3학기째인데 휴학하고 풀타임으로 일할 수 있는 일자리나 구할까 고민 중이에요."

"왜요? 시티대학은 4학기만 들으면 학위를 받을 수 있잖아요. 그리고 이미 3월이잖아요. 벌써 학기가 시작되었는데 왜 중도에 그만두려는 거죠? 앞으로 한 학기만 더 다니면 학위를 받을 수 있잖아요."

"비록 파트타이머로 일하고 있지만 어쨌든 출퇴근도 하고 학교도

다니려면 차가 필요해요. 걸어서 다니려니까 시간이 너무 많이 걸려서 안 되겠어요. 한 학기만 더 다니면 학위를 받을 수 있는 것은 사실이지만, 그것이 말처럼 쉬운 일은 아니죠. 특히 자동차가 없는 상황이라면 더욱 그렇죠."

"물론 그것이 어려운 일일 수 있어요. 하지만 어렵다는 것이 불가능하다는 의미는 아니잖아요. 그러니 어렵다고 못할 이유는 없죠. 오히려 어려운 일이기에 더욱 할 가치가 있는 것 아닌가요? 그리고 그것이 바로 '인생의 기본법칙' 이고요."

" '인생의 기본법칙' 이요?"

셸던은 생소한, 하지만 마음을 잡아끄는 단어에 관심을 가지며 물었다.

"만물의 기초적인 법칙이죠. 하지만 강력한 힘을 갖고 있는 법칙이에요. 사실 요즘 내가 집필하고 있는 책이 바로 인생의 기본법칙에 대한 거예요. '인생의 기본법칙' 의 작용원리는 이래요."

그는 주머니에서 종이를 한 장 꺼내더니 그 위에 이렇게 적었다.

인생의 기본법칙

쉽고 편안 일을 한다.	어렵고 불편한 일을 한다.
↓	↓
인생이 어렵고 불편해진다.	인생이 쉽고 편해진다.

브로크는 종이의 내용을 이렇게 설명했다.

"이것이 인생의 기본법칙의 핵심적인 내용이에요. 항상 쉽고 편한 일만 한다면 궁극적으로 당신은 어렵고 불편한 인생을 살게 될 거예요. 하지만 어렵고 불편한 일을 한다면 종국에는 쉽고 편한 인생을 살게 될 거예요. 인생의 기본법칙은 실질적으로 삶의 모든 측면에 적용되고 있어요. 인생의 기본법칙을 어느 정도 따르느냐에 따라 평생 당신이 느낄 행복과 만족의 정도도 달라질 거예요."

"그렇다면 내 경우에는 인생의 법칙이 어떻게 적용되고 있다고 볼 수 있죠?"

셸던의 말투는 어느새 딱딱해져 있었다.

"나는 이미 불우하고 불행한 인생을 사는, 어렵고 불편한 일을 하고 있어요."

브로크가 셸던을 가만히 바라보다가 입을 열었다.

"현재 당신의 인생은 생각만큼 불행하지도 불우하지도 않아요. 그것은 모두 상대적인 거예요. 또한 그것은 시각의 문제죠. 한 가지 분명한 사실은 장기적으로 당신은 어렵고 불편한 인생을 살게 될 것이란 거예요. 왜냐하면 당신은 인생에서 중요한 일들을 쉽고 편한 방법으로 처리하고 있기 때문이죠."

"아니에요, 그렇지 않아요. 당신 말이 옳다는 것을 증명할 근거를 대보세요."

셸던의 목소리가 높아졌다.

"당신은 젊은 흑인이라는 피해의식을 방패로 쉽고 편한 길을 택하고 있어요. 당신의 인생에서 정말 위험한 것은 바로 그런 생각이에요. 자신을 한번 피해자라고 생각하기 시작하면 당신은 평생 피해의식에 젖어 패배자로 살아가게 될 거예요. 당신은 차들이 쌩쌩 달리는 차도에 뛰어들어 놓고 차에 치이면 운전사를 비난할 거예요."

브로크는 이렇게 덧붙였다.

"피해자를 자처하는 일은 쉬운 일이에요. 자신이 처한 상황을 누군 가의 탓으로, 혹은 무언가의 탓으로 돌릴 수 있으니까요. 하지만 장기 적으로 당신은 그 때문에 어렵고 불편한 인생을 살게 될 거예요. 피해 자를 자처함으로써 당신은 인간으로서 당신이 갖고 있는 힘을 상실하 게 될 테니까요. 그리고 그런 상태에서는 성취감, 만족감, 그리고 행 복을 느끼는 것이 더욱 어려워질 테니까요."

"하지만 나는 스물세 살의 흑인이고, 그 때문에 이 세상의 다른 많 은 사람들보다 불리한 입장에 있어요."

"그래서요? 내 또래의 다른 사람들과 비교했을 때 나도 불리한 입 장에 있었어요. 하지만 나는 나보다 많은 특권을 누렸던 수백만 명의 사람들보다 많은 성과를 거두었어요. 그리고 당신보다 불리한 입장 에 있는 많은 이들이 나보다 더 많은 성과를 거두고 있어요."

"믿기 어려운 얘기네요."

"당신은 자신의 믿음을 경계할 필요가 있어요. 자신의 능력의 한계 에 대한 잘못된 믿음 때문에 당신은 평생 제자리걸음만 하다가 생을 마감할 수도 있으니까요. 한 가지 물어볼게요. 당신이 생각하기에, 가난한 집안에서 태어났고 어려서 성적 학대를 당했고 과체중 문제 까지 갖고 있는 젊은 흑인 여성이 인생에서 얼마나 성공할 수 있을 것 같아요?"

"글쎄요, 거의 성공할 수 없겠죠. 모든 상황이 그녀가 성공을 거두 는 데 마이너스로 작용할 테니까요. 특히 가난한 흑인이라는 단점이 큰 마이너스로 작용할 테죠."

브로크는 미소를 지었다.

"그것도 그렇지만 어린 시절 성적 학대를 당한 경험과 과체중 문제가 무시될 수 있는 결점이라고는 생각하지 않아요. 다만 당신이 그러한 결점을 갖고 있지 않은 것뿐이죠. 어쨌든 가난한 집안에서 태어나 어린 시절 성적 학대를 당한, 이 뚱뚱한 젊은 흑인 여성이 텔레비전에서 가장 강력한 영향력을 발휘하는 여성이 되었다면 당신은 어떻게 생각하겠어요?"

"그런 일은 있을 수 없어요."

셸던은 반항적으로 대답했다.

"당신이 그렇게 말할 줄 알았어요. 사실 내가 이야기한 그 여성은 다름 아닌 오프라 윈프리예요. 오늘날 그녀가 차지하고 있는 위치를 보세요. 누가 뭐라고 해도 현재 그녀는 텔레비전 방송에서 가장 큰 영향력을 발휘하고 있는 여성이에요. 그녀가 최고의 연봉을 받고 있다는 것 역시 분명한 사실이고요. 그녀는 매년 1,000만 달러 이상의 수입을 올리고 있어요. 그녀가 현재의 위치에 이른 것을 당신은 어떻게 생각하세요?"

"운이 대단히 좋았던 거죠. 보통의 흑인이라면 생각지도 못할 행운을 누렸던 거죠."

셸던의 말투는 에누리없이 단호했다.

"나도 젊었을 때는 당신처럼 생각했어요. 내가 지금 당신 나이라면, 나 역시 오프라의 성공을 행운이라고 말했을 거예요. 하지만 나이를 먹으면서 생각이 달라졌어요. 오프라처럼 대부분의 사람들이 좋은 기회를 많이 접하고 있어요. 하지만 우리는 오프라와 달리 그러한 기회들을 제대로 이용하지 못하고 있어요. 그것이 바로 우리의 문제예요. 오프라가 현재의 위치에 이를 수 있었던 것은 신세 한탄에 시간을 낭비하지 않았기 때문이에요. 그녀는 또한 과거에 얽매여 피해자를 자처하는 어리석은 짓도 하지 않았어요. 대신 그녀는 자신에게 찾아온 기회들을 적극 활용했어요. 다시 말해 '인생의 기본법칙'을 따랐기 때문에 그녀는 성공했던 거예요."

브로크의 말에도 불구하고 셸턴은 여전히 회의적인 태도로 대답했다.

"나 같은 사람은 오프라가 거둔 성과의 10분의 1도 이루어내기 힘들어요."

"아까 말했던 것처럼 어려운 일과 불가능한 일은 분명 달라요. 사실 이례적인 혹은 범상치 않은 업적을 이루어내는 것은 보통 사람들이에요. 오프라의 경우 보통 사람으로서 이례적인 업적을 이루어낸 수많은 사람 중의 한 명일 뿐이에요. 인생에는 우리 모두가 이루어낼 수 있는 많은 중요한 일들이 있어요. 그렇게 하려면 우선 변명하는 버릇을 버려야 해요. 당신은 젊은 흑인이기 때문에 특권을 갖고 있는 다른 이들보다 성공하기까지 더 많은 어려움을 겪을 수도 있어요. 하지만 그 때문에 당신이 성공할 수 없는 것은 아니에요."

브로크가 말을 멈추고 부드러운 표정으로 셸턴을 보다가 다시 말을 이었다.

"어렵고 불편하겠지만 당신이 해야 할 일이 있어요. 당신을 불리한 상황으로 몰아가고 있는 부정적인 태도를 버리는 거예요. 당신은

'나는 이 정도 성과밖에 거둘 수 없어' 라는 식의 생각으로 스스로를 제한하고 있어요. 그리고 그로 인해 커다란 손해를 보고 있어요. 자신에게 꿈을 이룰 수 있는 긍정적인 공간을 허락하지 않음으로써 당신은 자신을 좀먹고 있는 셈이죠. 이 세상에서 가장 행복하고 가장 건강하고 가장 성공한 사람은 꿈을 추구하고 언젠가는 꿈을 이루어 내는 사람이에요. 그들은 결점이나 환경 따위에는 신경 쓰지 않아요. 창의력을 이용해 꿈의 실현에 매진할 뿐이죠."

"하지만 나는 창의적이지 못해요."

셸던이 거의 신경질적으로 반박했다.

"그건 말도 안 되는 소리예요. 사람은 누구나 창의력을 갖고 있어요. 비범한 일을 해 내는 것도 보통 사람이에요. 창의력을 이용할 줄 아는 보통 사람 말이죠. 사실 이것은 내 첫 번째 책, 『작은 세상에서 크게 생각하기』의 주제이기도 해요. 그 책에는 보다 창의적인 사람이 되는 방법이 담겨 있죠. 당신은 그것을 삶의 모든 부분에 적용할 수 있어요. 일자리를 구할 때도 말이에요. 괜찮다면 그 책을 한 권 드릴게요. 마침 차 안에 그 책이 있거든요."

"아니에요, 괜찮아요. 나는 지금 읽어야 할 교재도 몇 권이나 있어요. 아니, 솔직히 말하면 지금은 자동차 전문잡지와 공상과학소설을 제외하고는 어떤 책도 읽고 싶지 않아요."

셸던은 황급히 손을 내저었다.

브로크는 셸던에게 미소를 지어 보였다.

"자기계발서를 읽으면 인생에서 당신이 원하는 것을 보다 빨리 손에 넣을 수 있어요. 이를테면 메르세데스 190 SL도 훨씬 더 빨리 살 수 있어요."

"다른 사람들의 이야기를 들어보면 자기계발서는 인생에 전혀 도움이 되지 않는다던데요. 그런 책들은 당신 같은 작가들을 부자로 만들어줄 뿐이죠."

부정적인 입장을 보여 주듯 셸던은 비아냥거리는 말투로 말했다.

하지만 브로크는 변함없는 차분한 태도로 말을 이어나갔다.

"그런 책들 덕에 일부 작가들이 부자가 되고 있는 것은 사실이에요. 하지만 그런 책들이 유익한 것 역시 틀림없는 사실이에요. 자기계발서는 사람들의 성공과 행복, 그리고 개인적 자유에 커다란 도움이 되고 있어요. 오프라의 경우에도 마찬가지예요. 그녀는 지금의 부와 명성을 얻기까지 많은 책을 읽었어요. 요즘도 그녀는 책을 많이 읽어요. 그중에는 자기계발서도 상당수 포함되어 있지요. 그리고 자기계발서는 나의 경우에도 커다란 도움이 되었어요. 다른 작가들이 쓴 자기계발서를 읽지 않았다면, 나는 직업적으로 그리고 경제적으로 지금처럼 성공하지 못했을 거예요."

"그렇다면 보다 많은 이들이 자기계발서의 덕을 보지 못하고 있는 이유는 뭐죠?"

"사람들 대부분이 자기계발서를 읽고 그 내용에 공감하기는 하지만 그것을 행동으로 옮기지는 못하기 때문이에요. 그러니 아무리 자기계발서를 읽어도 아무런 변화도 이루어내지 못하는 것이죠. 여기에도 인생의 기본법칙이 적용되고 있어요. 즉 대부분의 사람들이 책에서 배운 중요한 지식들을 생활에 적용하지 않는 쉽고 편한 길을 선택하고 있기 때문에 궁극적으로 고달프고 불편한 인생을 살고 있는 거예요."

브로크는 이렇게 덧붙였다.

"하지만 내 책에 혹은 여타 자기계발서에 담긴 내용을 인생에 적용하기는커녕 그것을 읽지도 않는다면 더 이상 논쟁해봤자 소용없는 짓이겠죠. 어쨌든 셸던, 만나서 반가웠어요. 하루에 네다섯 시간밖에 일하지 않지만 이렇게 놀 수 있는 시간도 한정되어 있으니 나는 이만 가봐야겠네요. 집에 가서 글을 써야 하거든요."

"나 역시 그만 가봐야 해요. 그렇지 않으면 지각하겠어요. 만나서 저 역시 반가웠습니다."

"인생의 기본법칙을 잊지 마세요. 학교를 그만두는 쉽고 편한 길을 택하고 싶다고 했죠? 내가 말한 이 법칙에 입각해 그 문제를 다시 한번 생각해 보세요. 지금 쉽고 편한 길을 선택하면 장기적으로 당신은 어렵고 불편한 인생을 살게 될 거예요. 내 말을 한번 믿어보세요. 어렵고 불편하더라도 4학기까지 마치고 학위를 받으세요. 그러면 머지않아 당신은 보다 쉽고 보다 편한 삶을 살게 될 거예요."

브로크는 말을 마치고는 셸던에게 악수를 청했다.

"최선을 다해 보죠. 어쨌거나 일하러 가는 길에 이런 대화를 하게 될 줄은 정말 몰랐네요."

셸던이 브로크의 손을 맞잡으며 말했다.

"살면서 발생하는 '동시성(synchronicity)'에 보다 많은 관심을 기울여보세요. 당신은 아마도 이런 류의 대화가, 그러니까 어떤 조언이 필요했을 거예요. 그래서 이렇게 조언을 듣게 된 거고요. 어쨌든 그것은 또 다른 문제니 여기서 그만두기로 하죠. 그럼 일 잘하세요."

브로크는 이렇게 말하고는 메르세데스 190 SL에 올라탔다.

근무지로 향하면서 셸던은 '동시성'이라는 말을 곱씹었다. 로스앤젤레스에 살고 있는 목사님도 인생에서 일어나는 '의미 있는 우연한 사건'을 하나님의 중재로 이루어진 '동시적 사건'으로 설명한 바 있었다. 토마스 목사님은 마음을 열어놓고 있기만 하면 동시적 사건이 일어나 인생이 극적으로 바뀔 수도 있다고 말했다. 셸던은 또한 토마스 목사님의 다음 말씀도 기억하고 있었다.

'배울 준비가 되면 스승이 나타나는 법이다.'

"그럼 브로크가 나에게 중요한 무엇인가를 가르쳐 줄 현인이란 말인가? 아니야, 그럴 리 없어. 이건 우연일 뿐이야."

근무교대를 위해 커피숍에 들어서며, 셸던은 조금 전의 일을 기억할 필요가 없는 우연한 사건으로 치부하기로 했다. 솔직히 말하면 그는 마음 한구석으로 브로크의 이야기에 귀 기울일 필요가 있는 중요한 사실들이 포함되어 있다는 사실을 느끼고 있었다. 하지만 그는 그 이상한 카운셀러와 관련해 자신이 관심 있는 것은 멋있는 메르세데스 190 SL뿐이라고 스스로를 설득했다.

● ● ●

셸던은 밤늦게 일이 끝났다. 바깥 날씨는 선선했고 비가 내리고 있었다. 그는 레나 숙모 댁으로 향했다. 버스조합 노동자들의 파업으로 시내버스도 직행버스도 운행이 중단된 상태였기 때문에 그는 당분간 숙모 댁에서 지내야 했다. 그는 이렇게 중얼거렸다.

"차가 있으면 정말 좋을 텐데."

반짝반짝 윤이 나던 검은색 메르세데스 190 SL의 모습이 눈에 아른거렸다. 그는 정말 그런 차가 갖고 싶다는 생각이 들었다. 그리고 출근길에 만난 메르세데스 주인과의 이야기를 다시 떠올렸다. '인생의 기본법칙'이 그가 성공하고 190 SL을 구입하는 데 커다란 도움이 될 거라는 이야기가 믿어지지 않았다. 또한 그것이 평생 그가 보다 만족스럽고 행복한 삶을 살 수 있도록 도울 거란 이야기는 더욱 믿어지지 않았다.

이런 저런 생각을 하며 공중전화박스 옆을 지나가던 셸던의 눈에 공중전화 옆에 놓인 검은색 표지의 책 한 권이 들어왔다. 누군가 깜빡 잊고 놓고 간 것 같았다. 그는 발걸음을 멈추고 책을 유심히 쳐다보았다. 책은 고급스러워 보이는 가죽 표지로 쌓여 있었다. 전에는 한 번도 보지 못한 고급스런 표지였다. 표지에는 『인생의 비밀 가이드』라는 제목이 적혀 있었다. 이상한 호기심에 사로잡혀 셸던은 책을 집어 들고 안을 대충 훑어보았다. 각 페이지에는 격언과 간단간단한 문구들이 적혀 있었다.

그는 헌사를 읽었다. 유심히 들여다보지 않으면 읽기 어려울 정도의 작은 글씨체로 이렇게 적혀 있었다. 손으로 직접 쓴 글씨 같았다.

이 책을 발견하는 이에게
100부밖에 인쇄되지 않은 이 책을 소유하게 된 당신은 정말 운이
좋은 사람입니다.
당신이 이 책을 발견한 것은 결코 우연이 아닙니다.

당신은 이 책을 유용하게 사용해야 합니다.

그것이 이 책을 발견한 당신의 의무입니다.

그리고 이 책에서 배운 것들을 다른 사람들과 공유하길 진심으로 바랍니다.

- 히말라야에서 온 여행 중의 수사(修士)

'참 이상한 날이군. 낮에는 브로크, 지금은 이 이상한 책. 이 책이 왜 내 눈에 띄었을까? 히말라야에서 온 여행 중의 수사는 누굴까? 이 비싸 보이는 책을 100부밖에 인쇄하지 않고 이 책을 발견할 누군가를 위해 이렇게 놓아두다니, 누가 그런 바보 같은 짓을 했을까?'

그는 첫 페이지를 읽었다. 첫 페이지에는 일반적으로 사용되지 않는 특이한 글자체로 다음 격언이 타이핑되어 있었다.

인류 역사상 모든 훌륭한 업적들이 하나의 사소한 아이디어에서 비롯되었다.

우리는 모두 그런 아이디어를 갖고 있다.

하지만 그런 아이디어를 적절히 활용하는 사람은 극히 드물다.

당신은 자신이 갖고 있는 그런 아이디어를 어떻게 할 작정인가?

셸던은 책장을 덮은 뒤 비에 젖지 않도록 상의 주머니 속에 넣었다. 그는 이렇게 생각했다. '바보 같은 말들이 잔뜩 들어 있는 책이군. 자기계발서 같은 책은 읽고 싶지 않은데 이렇게 줍게 되다니…. 브로크, 그 분의 전화번호를 알아두었으면 좋았을 텐데. 그는 자기계발서를 좋아하니까 수사가 쓴 데다가 가죽 표지까지 씌워져 있으니 족히

50달러는 받고 팔 수 있었을 텐데, 정말 아쉽군.'

그런데 집으로 가는 동안 그 책의 첫 페이지에 적혀 있던 문구가 머릿속을 맴돌았다. 기억력이 좋은 탓인지 그는 첫 페이지에 적혀 있던 문구를 한 단어도 틀리지 않고 정확히 떠올릴 수 있었다. 그는 혼잣말로 이렇게 중얼거렸다.

"인류 역사상 모든 훌륭한 업적들이 한 가지 사소한 아이디어에서 비롯되었다. 우리는 모두 그런 아이디어를 갖고 있다. 하지만 그런 아이디어를 적절히 활용하는 사람은 극히 드물다. 당신은 자신이 갖고 있는 그런 아이디어를 어떻게 할 작정인가?"

결국 그는 이 문구 때문에 이 책을 보다 진지하게 생각하게 되었다. 그는 주머니에서 책을 꺼냈다. 그리고 비에 젖지 않도록 손으로 책을 가리고 두 번째 문구를 읽었다.

무엇보다도 추구할 가치가 있는 꿈을 찾아라.
그러한 꿈을 찾아낸다면 온 마음을 다해 그것을 추구하라.
꿈을 추구하지 않는 것은 커다란 실수이다.
이 세상에서 꿈을 이루지 못한 회한만큼 슬픈 것이 없다.

순간 셸던의 머릿속으로 10대에 갖고 있던 꿈들이 떠올랐다. 당시 그는 다른 사람들로부터 존경받는 유명인사가 되고 싶었다. 특히 흑인 사회로부터 존경받는 사람이 되고 싶었다. 이를테면 제시 잭슨처럼 말이다. 지금도 셸던은 꿈을 잃어 버린 채 하루 벌어 하루 먹고 살다가 생을 마감하고 싶지는 않았다. 그렇다고 거액의 수입을 올리고

있기는 하지만 언제 감옥에 갈지 모르는 위태로운 삶을 사는 마약상
처럼 되고 싶지도 않았다.

꿈에 대해 이야기하는 것은 꿈을 실현하는 것보다 훨씬 쉽다.
아무리 환상적인 꿈이라고 해도 실현하기 위해 아무런 노력도
하지 않는다면, 그 꿈보다는 평범한 꿈이 열 배는 더 낫다.
시작하지 않으면 당신은 아무것도 이루어낼 수 없다.

셸던은 이렇게 생각했다. '브로크의 충고 가운데 귀담아들어야 할
부분이 있긴 해. 그의 말처럼 일자리를 구하기 전에 학교부터 마치는
것이 옳을 수 있어. 오프라 역시 교육도 받지 않고 꿈도 추구하지 않
았다면, 지금의 자리에 이르지 못했을 거야. 또한 근근이 먹고 살며
자동차 한 대 구입할 수 있을 정도의 평범한 일자리에 만족했다면, 그
녀는 지금의 자리에 이르지 못했을 거야.'

이 세상에서 성공한 삶을 사는 것은 생각만큼 어려운 일이 아니다.
다음 두 가지 사실을 명심하기만 하면 된다.
인생에서 가장 쉬워 보이는 일이 종종 가장 어렵다.
그리고 가장 어려워 보이는 일이 생각보다 훨씬 쉽다.

셸던은 이 격언을 생활에 적용할 방법을 알지 못했다. 그때 갑자기
비가 퍼붓기 시작했다. 그는 얼른 책을 주머니 속에 넣었다.
그날 저녁 셸던은 거실에 있는 조그만 탁자 위에 책을 올려놓았다.

그는 격언을 몇 개 더 읽어볼까 고민하다가 그날 받아야 할 자극은 이미 충분히 받았다는 생각에, 그 대신 학교과제를 하기로 했다. 그는 세일즈 과목 과제를 하기 시작했다. 한 시간 정도 지나자 너무 피곤해서 과제를 계속할 수 없었다. 그는 과제의 3분의 2도 끝마치지 못한 상태였다. 하지만 그 정도면 분명 괜찮은 학점을 받을 수 있었다. 그는 대부분의 학생들보다 학과 공부에 적은 시간을 투자하고도 항상 상위 25퍼센트에 들어갈 정도로 좋은 학점을 받았다.

얼마나 피곤했던지 셸던은 텔레비전도 볼 수 없었다. 자유시간 대부분을 투자할 정도로 그가 좋아하는 활동이었음에도 불구하고 말이다. 그는 침대로 올라갔고 바로 잠이 들었다. 그날 밤 그는 꿈을 꾸었다. 꿈속에서 그는 고임금의 일자리를 얻었고 예쁜 여자를 만나 데이트를 즐겼다. 그리고 그녀와 데이트를 할 때마다 은색 메르세데스 190 SL을 몰고 나갔다.

● ● ●

다음날 아침 날씨가 매우 화창했고, 셸던은 걸어서 학교에 갔다. 전날 못지않게 차가 그리웠으며, 보통 때와 다름없는 평범한 날이었다. 그는 오전에 몇 시간, 오후에 몇 시간 수업을 들었다. 그리고 난 후 셸던은 내키지는 않았지만 조직행동론 과목의 학기말 리포트를 제출해야 했기 때문에 도서관으로 향했다. 한 시간 동안 리포트를 쓰고 나니 그날 해야 할 공부는 충분히 했다는 생각이 들었다. 그는 도서관을 나왔다.

셸던은 오후 늦게 집에 도착했다. 숙모는 간호사로 야간근무를 했기 때문에 좀처럼 함께 집에 있는 일은 없었다. 그래서 그는 직접 먹을 것을 만들어 먹어야 했고 보통 혼자 식사를 해야 했다. 그는 식사를 하면서 이국적인 자동차들이 소개되어 있는 자동차 전문잡지를 읽었다. 포르쉐 924 카레라에 관한 특집 기사가 실려 있었다. 셸던은 구형 메르세데스 190 SL만큼 이 현대적인 스포츠카를 탐내고 있었다.

잡지를 읽던 그는 침대에 벌렁 드러누웠다. 오늘은 근무가 없는 날이었다. 그는 일주일에 4일 저녁 시간에만 스타벅스에서 근무했다. 셸던의 양심이 숙제를 해야 한다고 속삭였지만 그는 다른 무엇인가를 하고 싶었다. 조금 있으면 학교를 그만둘 건데 숙제와 학기말 리포트 작성에만 시간을 투자하려니 아까웠다.

셸던은 따분했다. 하지만 보라색 코끼리(the Purple Elephant)에 가서 술 한잔할 돈이 없었다. 현재 상황에서 할 수 있는 가장 재미있는 일은 텔레비전의 야구중계를 보는 것이라는 생각이 들었다. 시간이 남으면 영화도 볼 수 있었다. 그는 조그만 탁자 위에 놓인 리모콘을 잡으려고 손을 뻗었다. 그 순간 탁자 위에 있던 책이 바닥으로 떨어졌다. 바닥에 떨어진 책의 페이지가 펼쳐져 있었다. 그는 책을 집어들고, 펼쳐진 부분을 읽기 시작했다. 거기에는 마치 누군가가 그를 위해 적은 듯한 내용이 있었다.

따분함을 느끼고 있다면 그것은 당신이 따분함을 선택했기 때문이다. 당신은 이렇게 자문해야 한다. '나는 왜 따분함을 선택했을까?'

그리고 맞은편 페이지에는 이런 문구가 적혀 있었다.

잠을 자려고 한다면 잠을 자라.
골프를 치려고 한다면 골프를 쳐라.
일을 하려고 한다면 일을 하라.
하지만 절대로 멍하니 앉아 텔레비전을 시청하지는 말라.
그것은 결코 삶을 가치 있게 사는 방법이 아니다.
텔레비전의 주목적은 유능한 사람들에게 이 세상 모든 것이
무의미하다는 것을 가르치는 것이다.

이 문구를 읽은 직후 셸던은 몹시 화가 났다. 그는 이렇게 생각했다. '아무것도 모르는 수사 같으니라고. 히말라야에서 온 수사가 텔레비전을 본 적이 있겠어? 텔레비전이 얼마나 교훈적인데. 또 돈이 없어 다른 것을 할 수 없을 때 시간 보내기 얼마나 좋은 방법인데.' 하지만 흥분이 가라앉자 그는 자신이 그리 교훈적이지 않은 프로그램을 보고 있다는 사실을 깨달았다. 그가 보고 있는 텔레비전 프로그램 대부분이 삶의 질을 향상시키는 것과는 무관한 스포츠나 영화 프로그램이었다.

셸던은 책장을 한 장 넘겼다. 새로운 장에는 단 두 문장만이 적혀 있었다. 그래서인지 그는 그 두 문장을 더욱 곱씹게 되었다.

신중하게 생활습관을 선택하라.
오랫동안 그에 따라 생활하게 될 것이기 때문이다.

그는 10대 때 갖고 있던 꿈을 다시 생각해 보았다. 그러자, 쉬는 날 단순히 텔레비전을 시청할 것이 아니라 부모님보다 나은 삶을 살겠다는 자신의 꿈을 실현하기 위해 무엇인가를 할 수도 있다는 생각이 들었다. 그러는 사이 그는 어느새 다음 장을 읽고 있었다.

사고와 행동을 바꿔라. 그러면 당신은 자신뿐 아니라,
당신을 둘러싸고 있는 세상을 변화시킬 수 있다.
당신이 세상에 어떤 영적인 에너지를 불어넣느냐에 따라
당신의 인생은 달라질 것이다.
당신이 행복하고 성공적인 삶을 상상하고 창조하는 데
긍정적인 에너지를 불어넣는다면,
그것의 실현 가능성은 그만큼 높아질 것이다.

'긍정적인 태도의 중요성을 그럴듯하게 강조하고 있군.' 그렇게 생각하며 그는 자신이 읽은 내용을 곱씹었다. 그러자 토마스 목사님이 어느 일요일 교회에서 하신 말씀이 떠올랐다.

"여러분이 사물을 어떻게 보든 마음속의 부정적인 생각, 냉소적인 생각, 비관적인 생각은 영혼을 파괴시키고 창의적인 생각, 긍정적인 생각은 여러분이 몸과 마음과 정신의 잠재력을 발휘할 수 있도록 도울 것입니다."

지난 몇 년 동안 토마스 목사님은 셸던에게 정신적 지주였다. 토마스 목사님은 그가 대학에 진학하고, 보다 의미 있는 삶을 추구하도록 독려했다. 하지만 밴쿠버로 이사한 이래 목사님의 가르침을 잊고 있었다. 그런데 이 책에 실려 있는 문구들이 토마스 목사님의 말씀을 일깨워 주고 있었다.

당신이 현재 겪고 있는 어려움과 고통은 당신을 살찌우기 위해
마련된 시련이다.
암흑을 한 번도 맛보지 못한 사람은 빛이 얼마나 밝은지 알지 못한다.
한 가지 분명한 것은 자신에게 맞지 않는 무엇인가를 하는 한
당신은 성공에 이를 수 없다는 것이다.
하지만 자신에게 맞는 무엇인가를 한다면
보다 쉽게 성공에 이를 수 있다.

이 여섯 개의 격언, 특히 마지막 격언을 읽고 셸던은 향후의 진로에 대해 그 어느 때보다 진지하게 고민하게 되었다. 그리고 브로크가 말한 인생의 기본법칙을 떠올렸다. 브로크의 말처럼 이런 생각이 들었다. '어렵고 불편한 일을 해야 해. 학교를 그만둘 때 그만두더라도 이미 시작된 3학기는 마쳐야 해. 그래야 나중에 학위를 받기 위해 복학을 하더라도 3학기를 다시 듣는 수고를 덜 수 있지.'

3학기를 마치겠다고 결심한 후 셸던은 저녁 시간을 활용하여 두 시간 정도 공부해야겠다고 생각했다. 혼자 집에서 공부하면 너무 갑갑했기 때문에 그는 브레드 가든(키칠라노에 위치한 커피숍 겸 델리점)으로 향했다. 그는 그곳에서 종종 커피도 마시고 여자들도 구경하며 공부를 하곤 했다. 공부하기 싫어졌을 때 공부하고자 하는 의욕을 북돋울 생각으로 그는 『인생의 비밀 가이드』도 가져갔다.

셸던은 브레드 가든에 들어서자마자 주문대로 가서 레귤러커피를 주문했다. 라테를 마시고 싶었지만 돈이 부족했다. 그는 공부하기에 좋은 창가 쪽 구석 자리에 앉았다. 그 자리에서는 커피숍 전경이 훤히 보일 뿐 아니라 창밖도 내다볼 수 있었다.

얼마 지나지 않아 여느 때와 다름없이 셸던은 집중하여 공부하는 일이 어렵고 불편한 일이라는 것을 느끼고 있었다. 그래서 그는 공부하는 틈틈이 오가는 손님들을 구경했다. 심지어는 신문을 집어들고 약 20분 동안 스포츠 섹션을 읽기도 했다. 한 시간 반 정도 지나자 셸던은 지루해졌고 오늘 저녁에 해야 할 공부는 충분히 했다는 생각이 들었다. 그는 계획만큼 많은 시간 동안 공부를 하지는 않았지만, 저녁 내내 텔레비전을 보는 대신 조금이라도 공부를 했다는 생각에 마음이 뿌듯했다.

책과 다른 짐들을 가방 속에 넣으려다 룸(브레드 가든에서는 중앙 홀에 빈자리가 없을 경우 많은 이들이 룸을 이용했다)에서 걸어 나오는 브로크를 보았다. 메르세데스 190 SL의 주인 브로크 말이다. 브로크 역시 셸던을 알아보았다.

브로크가 다가와 말했다.

"안녕하세요, 셸던. 이렇게 또 만나다니 신기하네요."

셸던이 대답했다.

"안녕하세요. 이틀 연속으로 선생님을 만나다니 저 역시 신기하네요."

"이 세상에는 신기한 일 투성이죠. 아, 그리고 당신이 공부를 다 하다니 그것 역시 신기한 일이군요."

브로크의 얼굴에 웃음이 떠올랐다.

"한 시간 반 정도 경제학 공부를 했어요. 하지만 그만 하고 나가려던 참이었어요."

"나는 일을 하고 있었어요. 세 시간 동안 원고 작업을 좀 했어요. 그런데 어째서 당신은 여전히 공부를 하고 있는 거죠? 휴학하려던 결심을 바꾼 건가요?"

"완전히 바꾼 것은 아니에요. 하지만 휴학을 할 때 하더라도 3학기는 이미 시작되었으니 적어도 3학기는 마칠 생각이에요. 어제 당신을 만난 것 말고 또 한 가지 이상한 일이 있었어요. 그 때문에 휴학을 해도 3학기는 마치고 해야겠다는 생각이 들었어요."

그렇게 말한 다음 셸던은 브로크에게 『인생의 비밀 가이드』를 발견한 일을 이야기했다. 그리고 그 책을 꺼내어 브로크에게 펼쳐 보였다.

브로크는 첫 페이지의 헌사를 읽은 후 이렇게 말했다.

"흥미롭군."

그런 다음 브로크는 책의 중간 즈음을 펼쳤다.

이루지 못한 일에 미련을 두는 것은 무익한 일이다.

과거는 바꿀 수 없다.

그러므로 과거를 바꾸려는 노력을 당장 중단하라.

비록 다른 사람들이 당신의 과거를, 당신의 실패를

문제 삼는다고 해도 당신은 그에 연연할 필요 없다.

당신이 어떤 일을 했던 그 일을 한 당신을 사랑하라.

브로크는 또 다른 격언을 읽었다.

아무리 불쾌한 실패라 해도 실패는 결코 실수가 아니다.
실패는 최고의 스승이다.
실패는 당신이 배워야 하는 것을 배우는 데,
당신이 가고자 하는 곳에 도달하는 데 꼭 필요한 무언가이다.
실패를 통해 얻은 교훈들을 소홀히 하지 말라.
그러지 않으면 당신은 같은 실패를 거듭하게 될 것이다.
같은 실패를 되풀이하지 않도록 행동할 수 있을 때
당신은 비로소 실패를 통해 교훈을 얻었노라고 말할 수 있다.

브로크는 책장을 펼친 채 셸던에게 책을 돌려 주었다.

"이 책은 영적인 지혜의 보고(寶庫) 같네요. 이런 책을 발견하다니 당신은 정말 운이 좋은 사람이에요."

셸던은 이렇게 대답했다.

"당신이 집필한 자기계발서를 받지 않겠다고 한 바로 그날 이 책을 주웠기 때문에 나는 사실 지금도 당혹스러워요. 자기계발서를 읽는 것을 좋아하지 않는데 이런 책들이 나를 따라다니는 것 같아 기분이 묘하네요."

"어제 말했던 것처럼 인생에서 일어나는 동시성에 보다 관심을 기울여 보세요. 나의 말을 한번 믿어 보세요. 동시적 사건을 적절히 이용하면 인생을 바꿀 수 있어요."

브로크가 말했다.

"로스앤젤레스의 목사님도 그와 같은 말씀을 하신 적이 있어요. 그럼 당신은 동시성을 직접 경험해 본 적이 있나요?"

"물론이죠. 첫 책을 집필하는 동안 특정 정보 혹은 특정 사례가 필요한 경우가 여러 차례 있었어요. 그때마다 예상치 못했던 곳에서 필요한 정보 혹은 사례를 얻었어요. 내 경험상 이런 동시적 사건은 단순한 우연이 아니에요. 거기에는 우연 그 이상의 무언가가 있어요. 동시성을 연구하는 사람들은 우리의 기(氣)가 이러한 동시적 사건들을 만들어낸다고 말해요. 하지만 내가 동시성을 완전히 이해하고 있다는 얘기는 아니에요. 나는 동시성 전문가가 아니라 '인생의 기본법칙' 전문가니까요."

브로크의 말에 셸던이 빠른 속도로 말했다.

"예, 그렇겠죠. 하지만 당신은 자신이 말한 것을 행동으로 옮기고 있지는 않아요. 당신은 계속해서 당신이 말하는 인생의 기본법칙을 어기면서 다른 사람들에게는 그 법칙을 따르라고 말하고 있어요."

"정말로 그렇게 생각하세요?"

브로크는 셸던의 말에 몹시 놀란 눈치였다.

셸던은 잠시 망설이더니 이렇게 말을 이었다.

"솔직히 하루에 네다섯 시간밖에 일하지 않으면서 풍요로운 생활을 하고 있는 당신이 마음에 들지 않아요. 당신은 편하고 쉬운 길을 가고 있지만, 다른 사람들은 당신보다 많이 일하고 적게 버는 어렵고 불편한 인생을 살고 있잖아요."

브로크 역시 잠시 틈을 두고는 입을 열었다.

"셸던, 옳은 말이에요. 하지만 그 이면을 들여다보면 당신의 말은

옳지 않아요. 우선 내가 현재의 위치에 이른 것은 지금까지 어렵고 불편한 길을 걸어왔기 때문이에요. 나는 지금의 혜택을 누릴 만큼의 대가를 이미 치렀어요. 대부분의 사람들은 단 일주일 동안도 정기적인 수입 없이 생활하는 위험을 감수하려 하지 않아요. 또한 그들은 자기 책을 출간하고 그 책을 선전함으로써 모아놓은 돈을 날릴 위험도 감수하지 않고요. 하지만 나는 그러한 위험들을 모두 감수했어요.

둘째, 나는 일하는 시간을 누구보다도 효율적으로 활용해요. 대부분의 사람들은 게을러서 내가 이용하고 있는 테크닉을 배울 수가 없어요. 나는 중요한 일에만 관심을 기울이고 사소한 일들에는 신경 쓰지 않아요. 대부분의 사람들이 자신이 하고 있는 일에 충분한 관심을 기울이지 않음으로써 일을 더욱 어렵게 만들고 있어요. 사람들은 자신들이 사소한 일에는 많은 시간을 투자하면서 정작 중요한 일에는 시간을 아끼고 있다는 사실을 알지 못해요.

셋째, 나는 나를 위해 일해요. 그러니까 나는 자발적으로 작업 계획을 세우고 그것을 실행에 옮기고 있다는 얘기예요. 일반적으로 조직에 속해 있는 사람들은 혼자 힘으로는 아무것도 할 수 없어요. 그들은 자신에게 맡겨진 임무만을 충실히 이행할 뿐이죠. 사실 자신을 위해 일할 때 자기가 갖고 있는 의욕과 지혜와 창의력을 100퍼센트 활용할 수 있다면, 다른 사람을 위해 일할 때는 25퍼센트밖에 발휘할 수 없어요."

고개를 끄덕이며 셸던이 말했다.

"무슨 말인지 알겠어요. 어쨌든 당신과 같은 위치에 오르는 것이 쉽지는 않겠지만, 나도 언젠가는 당신과 같은 인생을 살 수 있다면 좋겠네요."

"어제 얘기했듯이 당신은 생각보다 많은 것을 이루어낼 능력을 갖고 있어요. 이 책에 적혀 있는 격언들을 기억하세요. 당신이 보다 진취적인 생각을 하는 데 커다란 도움이 될 거예요. 오프라는 중요한 무엇인가를 이루어냈어요. 그것은 자신이 갖고 있는 아이디어를 이용해 무엇인가를 했기 때문이죠. 당신도 그녀처럼 할 수 있어요."

브로크는 잠시 생각하는 듯하더니 이렇게 덧붙였다.

"그런데 수요일 저녁에는 보통 무엇을 하세요?"

"수요일은 근무가 없는 날이에요. 한두 시간 공부하는 것을 제외하면 달리 할 일이 없어요. 그런데 그건 왜 묻죠?"

"정부의 직업 및 개인 개발부가 후원하는 실패한 사람들을 위한 '개인 성장 세미나'가 있어요. 나는 그 중 세 개의 세미나를 맡게 되었어요. 그 세미나의 기본 골자가 바로 '인생의 기본법칙'이지요. 성공하고자 하는 사람은 스스로 인생을 책임질 줄 알아야 하니까요. 지금 혼자서 세 개의 세미나를 하려니 도와줄 사람이 필요해요. 강의 동안 스크린에 세미나 자료가 영사되도록 컴퓨터를 조작하고 세미나 참가자를 체크하는 일을 도와주면 돼요. 하루 네 시간 정도 일하면 되고 보수는 시간당 25달러예요. 보통 내가 강연하는 시간은 세 시간 정도예요. 강연 동안에 할 일이 그다지 많지 않으니 강연도 들을 수 있어요. 그리고 도와주는 대가로 한 번에 100달러씩 받을 수도 있고요."

"한 시간에 25달러요? 스타벅스에서는 시간당 8달러밖에 못 받는데. 당연히 해야죠. 돈을 더 많이 벌 수 있다는데 마다할 이유가 없죠."

셸던의 목소리가 대번에 올라갔다.

"단순히 돈 때문에 어떤 일을 해서는 안 돼요. 그 일로 당신이 무엇을 배울 수 있을지 생각해야 해요. 다른 어떤 일을 하더라도 이 점을 명심하세요. 물론 직업을 택할 때도요. 내 일을 도와주고 100달러를 버는 것보다 세미나를 통해 향후 당신의 인생에 도움이 될 많은 깨달음을 얻는 것을 더 중요하게 생각하면 좋겠네요."

말을 하다말고 브로크는 창밖을 내다보았다.

"시내에서 약속이 있어서 그만 가봐야겠어요. 시내 쪽으로 가면 태워다 줄게요."

"사실 시내로 가야 해요. 당신의 차를 타게 되다니 정말 기뻐요."

그들은 함께 브레드 가든에서 나왔다. 셸던은 메르세데스 190 SL을 탈 줄 알았다. 하지만 그 차는 보이지 않았다.

"차는 어디에 세워두셨어요?"

셸던이 물었다.

"여기요."

브로크가 웃으며 말했다. 그리고는 바로 앞에 주차되어 있는 은색 포르쉐 카레라 924 컨버터블의 운전석 옆좌석으로 걸어갔다. 셸던이 탄성을 지르듯 말했다.

"포르쉐 924도 갖고 있군요! 이 차도 내가 갖고 싶어했던 차 가운데 하나인데. 그리고 은색은 내가 제일 좋아하는 색상이에요."

"924와 190 SL은 주로 여름에 타고 다녀요. 날씨가 쌀쌀해지면 렉서스를 타고 다니죠."

셸던의 눈은 더욱 커졌다.

"렉서스도 있다고요? 어떻게 7년 만에 집과 이 비싼 자동차를 세 대씩이나 살 수 있었죠?"

"조금만 기다리세요. 많은 것을 배우게 될 테니까요. 세미나 때 인생의 기본법칙에 대한 내 강의를 열심히 들으세요. 그리고 그와 관련된 원칙들을 실생활에 적용하기 시작하세요. 그러면 당신도 몇 년 안에 190 SL과 924를 살 수 있게 될 거예요. 물론 그것이 당신이 정말로 갖고 싶어하는 것들이라면요."

말로 정확히 설명할 수는 없었지만, 셸던은 브로크의 세미나를 듣게 될 날이 몹시 기다려졌다. 물론 100달러도 그에게는 중요했다. 하지만 일반적인 대학 강의와는 다른 무엇인가를 듣는다는 기쁨 역시 그에게는 중요했다. 물론 아직도 셸던은 인생의 기본법칙에 관한 브로크의 조언을 여전히 믿고 있지 않았다. 하지만 『인생의 비밀 가이드』는 이렇게 제안하고 있었다.

자신의 의견보다 다른 사람의 의견에 마음을 열어놓아라.
당신이 가장 두려워하는 바를 이야기하는 사람이야말로
당신에게 가장 많은 것을 가르쳐 줄 현인이다.

chapter 2

인생의 기본법칙

생각이 현실이 될 가능성은 상당히 높다.
인생에서 최악의 것을 찾아라. 그러면 당신은 최악의 인생을 살게 될 것이다.
최선의 것을 찾아라. 그러면 당신은 최선의 인생을 살게 될 것이다.

수요일 저녁 6시, 셸던은 한 시간 뒤 브로크의 세미나가 열릴 롭슨의 랜드마크 호텔에 도착했다. 말끔히 다림질된 검은색 바지에 고급스런 푸른색 드레스 셔츠 차림의 브로크는 이미 호텔에 도착해 있었다. 그는 셸던을 반갑게 맞아 주었다. 셸던은 강당에서 시청각 시설의 설치를 도왔고, 브로크는 그에게 스크린에 세미나 자료를 영사시키는 방법을 설명해 주었다.

시간이 되자 세미나 참가자들이 강당에 들어서기 시작했다. 셸던은 그들의 이름을 일일이 기록하고 이름표를 나누어 주었다. 참가자들 가운데 남녀의 비율은 50대 50 정도였다. 그들 가운데 절반은 20대로 보였고, 나머지 절반은 그보다 나이가 많아 보였다. 50대 후반으로 보이는 남자도 한 명 있었다.

셸던은 참가자 73명의 이름을 기록한 다음 랩톱컴퓨터 앞에 앉았다. 그는 브로크가 프레젠테이션을 시작하길 기다리며 『인생의 비밀 가이드』를 꺼냈다. 지루할 때를 대비해 가져온 것이었다. 그는 아무 곳이나 펼쳐 읽기 시작했다.

부정적인 생각을 경계하라.
사람들이 실패하는 데 혹은 불행해지는 데, 부정적인 생각이
부정적인 환경보다 천 배나 많은 영향을 미친다.

연이어 그는 맞은편 페이지에 실린 문구를 읽었다.

내일의 행복은 오늘 당신이 무엇을 하느냐에 달려 있다.

오늘 하루가 다 가기 전, 당신은 어떤 행복의 씨를 심을 것인지
스스로에게 물어야 한다.

정확히 7시에 브로크는 강단에 올라가 강의대 뒤에 섰다. 강의대에
는 노트와 몇 장의 복사물, 그리고 물 한 잔이 놓여 있었다. 그는 헤드
셋을 쓰고 참가자들을 찬찬히 훑어보았다. 갑자기 찬물을 끼얹은 듯
강당이 조용해졌다.

전문 연설가의 연설 모습을 지켜보는 일이 셸던에게는 낯설지만 흥
미로운 경험이었다. 브로크가 연설을 시작하는 순간부터 셸던은 그
에게 매료되기 시작했다. 연설가로서 브로크는 보통 때의 그와는 또
다른 모습을 보여 주었다. 그는 청중 앞에서 보다 정력적이고 활동적
이며 열정적인 모습을 보여 주었다. 73명의 청중 앞에서도 그는 당당
하고 편안해 보였다. '어떻게 저렇게 열정적으로 이야기할 수 있을
까? 어떻게 저렇게 편하게 이야기할 수 있을까?' 셸던은 그의 당당하
고도 편안한 모습에 깊은 감명을 받았다.

세 시간의 연설 동안 그의 목소리는 시시각각으로 변했다. 때로는
효과를 극대화하기 위해 커다란 소리로 외치는가 하면 때로는 귀에
대고 속삭이듯 조용조용 이야기했다. 하지만 대개는 크고 분명한 목
소리로 이야기했다. 때때로 아주 냉담한 표정을 지을 때도 있었지만,
대체로 그는 부드러운 표정을 잃지 않았다. 우스갯소리를 할 때는 간
간이 미소를 짓기도 했다. 브로크는 카리스마 넘치고 매력적이었다.
화를 돋우거나 오만해 보일 때도 있었다. 하지만 셸던이 지난 몇 년
동안 접했던 학교 교사나 대학 강사처럼 따분하지 않았다.

브로크는 크고 분명한 목소리로 프레젠테이션을 시작했다. 마치 확성기에 대고 소리치고 있는 것 같았다.

"나는 이 세미나를 맡게 된 브로크 멜러입니다. 나는 정부의 직업 및 개인 개발부 소속으로 여러분이 인생에서 보다 많은 것을 이루어내는 데 도움이 되고자 합니다. 여러분은 이미 주요 직업 추구의 중요성을 강조한, 일련의 직업 개발 강좌를 들으셨습니다. 이 세미나를 맡고 있는 나의 임무는 여러분이 직장 생활뿐 아니라, 개인 생활에서도 만족스러운 성공을 이루어낼 수 있도록 돕는 것입니다.

이후 세 번의 세미나에서 내가 여러분과 공유하고자 하는 원칙들은 여러분의 삶을 무한히 변화시킬 수 있는 원칙들입니다. 그것이 매우 효율적인 원칙들임에도 불구하고 여러분 중에는 의문을 제기하는 분도 있을 것이고 저항하는 분도, 심지어는 저주하는 분도 있을 것입니다. 물론 어떤 선택을 하느냐는 여러분의 자유입니다. 하지만 한 가지 분명한 사실은 그러한 원칙들을 무시할 경우 여러분은 직업적, 경제적, 그리고 개인적 측면에서 성공을 거두기 어려울 거라는 점입니다.

나는 그 원칙들을 적극 지지합니다. 정말 효과적인 원칙들이기 때문입니다. 지난 10년 동안 그 원칙들을 실생활에 적용했기 때문에 나는 인생에서 큰 성공을 거두었습니다. 과거 나는 인생의 목표도 없는 실직자로 4만 달러의 빚을 안고 있었습니다. 하지만 지금의 나는 사랑하는 나만의 일자리를 창출했고, 이 세상 무엇과도 바꿀 수 없는 생활 방식을 만들어냈습니다. 요즘 나는 하루에 네다섯 시간 동안 일하고 있습니다. 하지만 나보다 두세 배 많이 일하는 보통 사람들보다 두 배나 많은 소득을 올리고 있습니다.

여러분도 원한다면 나만큼의 성과를 거둘 수 있습니다. 아니, 그 이상의 성과도 거둘 수 있습니다. 직업 및 개인 개발부의 상담원들은 여러분 모두를 탁월한 재능과 거대한 잠재력을 갖고 있는 사람들이라고 평가했습니다. 하지만 어떤 이유 때문에 여러분은 만족할 만한 성과를 거두지 못하고 있습니다. 따라서 내가 할 일은 여러분이 중요하게 생각하는 일에서 보다 만족스러운 성과를 거두어 보다 풍요로운 인생을 사는 방법을 여러분에게 알려 드리는 것입니다.

본론으로 들어가기 전, 마지막으로 한 가지 강조하고 싶은 것은 나는 일방적인 강연은 하지 않는다는 점입니다. 스티븐 리콕(Stephen Leacock)은 이렇게 말했습니다. '대부분의 사람들은 15분만 강연을 들으면 따분함을 느끼고 영리한 사람들은 5분만 지나면 따분해한다. 그리고 분별력 있는 사람들은 아예 강연에 참석하지 않는다.' 나는 스티븐 리콕의 말이 절대적으로 옳다고 생각합니다."

긴장된 표정으로 앉아 있던 청중들이 이 말에 웃음을 터트렸다. 하지만 브로크는 변함없이 진지한 표정으로 이야기를 계속했다.

"여러분 모두 분별력 있는 사람들이기 때문에 여기서 내가 일방적인 강연을 하는 것은 무의미한 일입니다. 그러므로 나는 여기 참석한 모든 분들이 세미나에 온전히 참여할 수 있도록 질문 형식으로 이야기를 풀어 나가도록 하겠습니다. 그리고 주제와 관련해 참가자 여러분의 경험을 듣는 시간을 갖도록 하겠습니다. 또한 여러분 모두가 참여할 수 있는 몇 가지 연습 활동도 해 보도록 하겠습니다."

약간의 틈을 둔 후 브로크는 목소리를 조금 낮춰 이렇게 말했다.

"인생에서 성공과 만족과 행복을 경험함에 있어 가장 중요한 원칙부터 시작하도록 하겠습니다. 나는 그 원칙을 일명 '인생의 기본 법칙'이라고 부릅니다. 이 법칙은 3회에 걸친 세미나 동안 우리가 논의하게 될 모든 내용의 기본적인 토대가 될 것입니다."

그런 다음 브로크는 강단에서 내려와 셸던이 앉아 있는 쪽으로 걸어 갔다. 그리고 그에게 스크린에 '인생의 기본 법칙'을 영사하도록 지시했다. 스크린에 영사된 도표는 예전에 브로크가 셸던에게 그려주었던 그림과 흡사했다. 다른 점이 있다면 보다 읽기 쉽게 그리고 보다 깨끗하게 그려져 있다는 것뿐이었다.

인생의 기본법칙

쉽고 편안 일을 한다.	어렵고 불편한 일을 한다.
↓	↓
인생이 어렵고 불편해진다.	인생이 쉽고 편해진다.

브로크는 도표의 왼편을 가리키며 이렇게 말했다.

"인생의 기본 법칙에 의하면 쉽고 편한 길을 택할 경우 우리는 궁극적으로 어렵고 불편한 인생을 살게 될 것입니다. 우리 가운데 90퍼센트는 계속 이런 길을 택하고 있습니다. 당장의 편안함에 눈이 멀기 때문입니다. 우리는 일시적인 만족에 눈이 멀어, 장기적인 측면에서 그로 인해 겪게 될 부정적인 결과를 무시하고 있습니다."

그리고 브로크는 도표의 오른편을 가리키며 이렇게 말했다.

"또 다른 방법은 어렵고 불편한 길을 택하는 것입니다. 이 길을 택할 경우 우리는 궁극적으로 쉽고 편한 인생을 살게 될 것입니다. 이 길을 택하는 사람들은 장기적인 이익을 위해서 단기적인 불이익은 감수해야 한다는 것을 알고 있습니다.

경고하지만 인생의 기본법칙은 중력의 법칙과 같습니다. 중력의 법칙을 시험해 보려고 괜히 건물 옥상에서 뛰어내렸다가 여러분은 큰 봉변을 당할 것입니다. 인생의 기본법칙의 경우에도 마찬가지입니다. 쉬운 길을 택함으로써 인생의 기본법칙을 시험해보려고 했다가 여러분은 파멸을 면치 못할 것입니다. 인생의 기본법칙은 항상 여러분에게 적용되고 있습니다. 여러분은 이런 말을 하는 나를 탓할 수도 있습니다. 하지만 이것은 내가 만들어낸 법칙이 아닙니다. 나는 그저 이러한 인생의 이치를 관찰을 통해 찾아낸 것뿐입니다. 그러므로 우리는 그것을 가능한 한 적절히 이용해야 합니다."

브로크는 청중을 똑바로 쳐다보더니, 곧 강단 쪽으로 몇 걸음 옮기며 이렇게 말했다.

"인생의 기본법칙이 인생의 모든 측면에 영향을 미치고 있는 것은 분명한 사실입니다. 그것은 소득, 우정, 결혼, 사랑, 건강, 여가, 부모로서의 역할, 그리고 일에서의 만족에도 영향을 미치고 있습니다. 여러분이 이 법칙을 어느 정도 활용하느냐에 따라 여러분이 평생 이루어낼 성공, 만족, 그리고 행복의 정도가 달라질 것입니다.

예를 들어 주식중개인으로 활동하기 시작한다고 가정해봅시다. 주식중개인들이 고객 유치를 위해 하루 평균 열다섯 통의 전화를 한다고 했을 때, 여러분은 하루에 전화를 다섯 통만 하는 쉽고 편한 길을 택할 수 있습니다. 이렇게 하면 여러분은 그만큼 고객으로부터 거절

을 덜 당하게 될 것입니다. 하지만 여러분의 인생은 그만큼 더 어려워
지고 더 불편해질 것입니다. 분명 여러분은 많은 수입을 올리지 못할
것입니다. 어쩌면 조만간 해고를 당할 수도 있습니다.

반면 매일 서른다섯 통의 세일즈 전화를 거는 어렵고 불편한 길을
택한다면 여러분은 그만큼 고객들로부터 많은 거절을 당하는 고통을
겪게 될 것입니다. 하지만 새로운 고객을 더 많이 유치하게 될 것이기
때문에 여러분의 인생은 그만큼 더 쉬워지고 편해질 것입니다. 또한
영업 실적도 높아질 것이고, 결국에는 회사에서 인정받는 최고의 영
업사원이 될 것입니다.

이것은 인생의 기본법칙이 우리의 인생에 어떤 식으로 적용되고 있
는지 설명하기 위해 내가 여러분에게 제시할 수 있는 수많은 예 가운
데 하나일 뿐입니다. 항상 쉬운 길의 문제점은 종국에는 그로 인해 불
편한 인생을 살게 된다는 것입니다. 성공의 가장 큰 장애물은 성공하
기 위해 해야 하는 일을 하는 과정에서 불편함을 감수해야 한다는 것
입니다. 우리는 본능적으로 고통이 적고 즐거움이 많은 일에 끌리게
되어 있습니다. 따라서 우리는 어떤 대가를 치르게 되더라도 전적으
로 편한 일을 하는 쉬운 길을 택하게 됩니다."

그는 목소리를 높여 이렇게 말했다.

"인생에서 계속 쉬운 길을 택할 경우 한 가지 큰 문제에 부딪히게 될
것입니다. 즉 판에 박힌 인생을 살 수밖에 없다는 문제 말입니다. 판에
박힌 인생은 무덤과 다를 게 없습니다. 다른 점이 있다면 하나는 현세고
다른 하나는 내세라는 것뿐입니다."

강당에 웃음이 일었다. 브로크는 이렇게 덧붙였다.

"판에 박힌 인생을 사는 '산 송장'과 무덤 속의 '죽은 송장'이 다를 게 뭐겠습니까?"

웃음소리가 한층 커졌다. 브로크는 잠시 말을 멈추었다가 보다 차분해진, 하지만 여전히 확신에 찬 목소리로 이렇게 말했다.

"진실로 충만한 삶을 살고 싶다면, 성취감과 만족감을 경험하고 싶다면, 여러분은 어렵고 불편한 일을 하기 위해 노력해야 합니다. 체계적인 생활을 하는 것은 어렵고 불편한 일입니다. 인생의 중요한 일들에 주의를 기울이는 것은 어렵고 불편한 일입니다. 돈을 절약하는 것은 어렵고 불편한 일입니다. 약속을 지키는 것은 어렵고 불편한 일입니다. 이런 일들이 얼마나 어렵고 불편한 일인가와 상관없이, 나는 여러분들이 현실에 안주하지 말고 그렇게 어렵고 불편한 일들을 하기 바랍니다. 하지만 지금 여러분은 인생의 수백 가지 측면에서 쉽고 편한 길을 택하고 있습니다."

이때 네 번째 줄 한가운데에 앉아 있던, 20대 중반의 한 매력적인 여성이 그의 이야기 중간에 끼어들었다. 그녀는 그를 보며 이렇게 말했다.

"저, 멜로 선생님…."

브로크는 그녀의 이름표를 보고 이렇게 말했다.

"에리카 씨, 그냥 브로크라고 부르세요. 그렇게 부르니까 내가 굉장히 늙은 것 같네요."

이 말에 몇몇 사람들이 킥킥 웃었다. 에리카는 그의 말에 힘을 얻은 듯 밝은 목소리로 이렇게 말했다.

"브로크 씨, 이런 말을 해서 죄송하지만 내가 보기에 당신은 사디스트 같아요. 인생의 기본법칙을 이용해 이 세상의 온갖 고통을 옹호하고 있잖아요."

브로크는 강단에서 내려와 에리카 옆으로 다가갔다. 그는 잠시 무언가를 생각하는 듯하더니 이렇게 대답했다.

"나는 그렇게 생각하지 않습니다. 나는 사디스트도 아니고 고통으로 가득 찬 인생을 옹호하고 있지도 않습니다. 당신의 말처럼 내가 인생의 고통을 옹호하고 있다고 해도 내가 옹호하는 것은 장기적인 고통이 아니라 단기적인 고통입니다. 당신은 장기적으로 고통 받을 필요가 없습니다.

물론 당장의 고통을 피하려면 체계적인 생활을 하는 것보다 멋대로 사는 것이 훨씬 쉽고 훨씬 편할 것입니다. 돈을 저축하기보다 쓰는 것이 더 쉽고 더 편할 것입니다. 인생에 있어 중요한 일에 관심을 기울이기보다 모르는 척하는 것이 더 쉽고 더 편할 것입니다. 약속을 지키기보다 깨는 것이 더 쉽고 더 편할 것입니다. 하지만 불행히도 이러한 행동들은 모두 장기적인 측면에서 당신의 인생을 어렵고 불편하게 만들 것입니다. 그러한 행동들은 당신에게서 성취감, 만족감, 성공, 그리고 행복을 빼앗아갈 것이기 때문입니다. 인생의 기본법칙에 입각하여 나는 어느 정도의 고통을 옹호합니다. 지금의 고통이 장기적으로 당신에게 만족과 행복을 가져다 줄 것이기 때문입니다.

다시 말하지만 에리카 씨, 나는 사디스트가 아닙니다. 그리고 단순히 고통스런 인생을 옹호하고 있는 것도 아닙니다. 나는 하루에 네다섯 시간 이상 일하지 않습니다. 나는 미국 전체 인구의 95퍼센트보다 균형적인 삶을 살고 있습니다. 내 인생은 결코 고통스런 인생이 아닙니다. 많은 다른 사람들과 달리 나는 일과 개인 생활 모두를 굉장히 즐기며 살고 있습니다."

"쉬운 인생을 살고 있기 때문에 즐겁게 사는 것처럼 들리는데요."

에리카가 웃으며 말했다.

"그렇지 않습니다. 지금과 같은 위치에 오르게 된 것은 자고 쉬고 노느라 모든 시간을 허비하는 게으른 사람들은 진정한 행복을 발견할 수 없다는 현인들의 말씀이 옳다는 것을 깨달았기 때문입니다. 나는 대부분의 사람들보다 적은 시간 일하고 있습니다. 하지만 그들이 여덟 시간 혹은 열두 시간 일하는 것보다 더 어렵고 더 불편하게 네 시간 동안 일하고 있는 것입니다."

브로크는 계속해서 말을 이었다.

"당신의 처음 질문에 이렇게 대답하고 싶습니다. 어렵고 불편한 길을 선택하는 것을 고통이라 생각하지 마십시오. 그것을 일종의 대가 지불이라 생각하십시오. 미래에 커다란 보상을 가져다 줄 무엇인가를 위해 현재 대가를 치르고 있다고 생각한다면 당신은 분명 행복하고 만족스러울 것입니다."

그러자 한층 더 밝아진 목소리로 에리카가 말했다.

"당신의 그 말에 동의합니다. 당신만큼은 아니겠지만 나도 그런 식으로 이미 인생을 살기 시작한 것 같습니다."

"좋습니다. 시작부터 이렇게 든든한 내 편이 생기다니 정말 기쁜데요. 마음을 고쳐먹기로 결심한 사람을 설득하기란 항상 더 쉬운 법이니까요."

브로크는 다시 강단으로 올라가 연설을 계속했다.

"인생의 모든 측면에 인생의 기본법칙이 적용되고 있다는 것을 우리는 쉽게 목격할 수 있습니다. 하지만 어떤 이유에서인지 많은 이들이 평생 인생의 기본법칙을 어기며 살고 있습니다. 반면 성공한 이들은 지금까지 인생의 기본법칙을 준수하며 살았습니다. 또한 그들은 지금까지 거둔 성공과 행복을 유지하고 싶다면 여생 동안에도 그것을 준수해야 한다는 것을 알고 있습니다. 여러분은 더 이상 청소년이 아니기에 이제는 인생의 어떤 것에도 공짜는 없다는 사실을 알아야 합니다. 다시 말해 불편을 감수하는 대가를 치러야만 장기적으로 행복한 삶을 살 수 있다는 사실을 알아야 합니다.

여담이지만 어린이들도 인생의 기본법칙을 생활 가운데에서 쉽게 찾을 수 있습니다. 여자친구인 실비나는 학교에서 비행소년들을 지도하고 있습니다. 그녀는 학급의 열세 살, 열네 살 학생들에게 인생의 기본법칙을 가르쳤습니다. 그리고 놀랍게도 아이들은 인생의 기본법칙을 쉽게 받아들였고 그것을 생활에 적용했습니다. 다음은 학생들이 제시한 평가서를 실비나가 정리한 것입니다."

브로크는 셸던에게 스크린에 새로운 화면을 영사하도록 손짓했다. 그는 스크린에 영사된 내용을 큰 소리로 읽기 시작했다.

중학생들이 인생의 기본법칙을 적용한 방법

학생 1 "이를 닦지 않는 쉬운 길을 택할 경우, 나는 충치와 치통으로 고생해야 하고 아버지는 나의 병원비를 지불하는 부담을 떠안아야 합니다. 반면 매일 이를 닦는 어려운 길을 택할 경우, 어른이 되어서 나는 치료 흔적 하나 없는 깨끗한 이를 가질 수 있습니다."

학생 2 "시험공부를 하지 않고 텔레비전을 보는 것은 쉬운 길을 택하는 것입니다. 하지만 쉬운 길을 택할 경우 나는 낙제하여 같은 학년을 다시 다녀야 할 것이고, 부모님은 그런 내게 몹시 화를 내실 것입니다. 공부를 하는 어렵고 불편한 길을 선택할 경우 나는 중학교, 고등학교를 무사히 마치고 대학에 입학하여 보다 나은 직장을 얻게 될 것입니다."

학생 3 "고칼로리 저영양의 패스트푸드를 먹는 쉬운 길을 택할 경우, 나는 뚱뚱해질 것이고 나 자신을 부끄러워하게 될 것입니다. 살이 빠지길 원한다면 어렵고 불편하더라도 건강식품을 먹어야 합니다."

학생 4 "마약을 팔아 쉽게 돈을 벌 경우 가족들의 고통, 위험, 죽음, 그리고 교도소 신세 같은 재앙을 겪게 될 것입니다."

브로크는 스크린에 영사된 내용을 모두 읽은 다음 이렇게 말했다.
"10대조차 현재 대가를 치름으로써 미래에 얻을 수 있는 보상을 이해하다니 놀라운 일입니다. 10대 초반의 학생이 인생의 기본법칙을 생활에 적용하여 얻을 수 있는 이익을 이해할 수 있다면, 어른 역시 그 가치를 이해할 수 있을 것입니다. 분명한 것은 인생의 기본법칙을 보다 자주 생활에 적용할수록 만성적인 문제들이 줄어들 것이고, 보다 큰 성공을 거두게 될 거라는 점입니다."
브로크는 잠시 말을 멈추고 노트를 보기 위해 강단에 올라섰다.

"우리의 인생에 있어 시련과 고통이 어디서 시작되고 있는지 이야기해봅시다. 우리의 문제는 바로 우리의 믿음 체계에서 비롯되고 있습니다. 어떤 이유에서인지 인간은 효과가 있는 새로운 믿음 체계를 채택하는 대신 효과도 없는 기존의 믿음 체계에 매달리고 있습니다. 사실 인생의 기본법칙을 적용해야 할 첫 번째 영역이 바로 그 부분입니다.

여러분이 갖고 있는 모든 믿음, 특히 여러분이 가장 중요하게 생각하는 믿음에 이의를 제기할 시간을 갖는 것은 매우 중요한 일입니다. 여러분이 이것을 어렵고 불편하게 생각하는 한, 여러분이 중요하게 생각하는 믿음은 여러분의 정신 건강에 커다란 위협이 될 수 있습니다. 사실 여러분의 생활에 근간이 되고 있는 모든 핵심적인 믿음들은 정신 건강을 위협하는 일종의 병이 될 수 있습니다."

덥수룩한 헤어스타일에 수염을 기른 30대 중반의 남성이 갑자기 손을 들었다. 그러고는 브로크가 대답하기도 전에 이렇게 말했다.

"브로크 씨, 믿음을 갖는 것이 무엇이 잘못입니까? 우리는 일상생활에서 중심 역할을 할 믿음이 필요합니다. 믿음이 없으면 사고의 틀도 존재할 수 없습니다."

"브렌트 씨, 인간으로서 제 역할을 하려면 우리는 모두 사고의 틀이 필요합니다. 가치관과 견해로 이루어진 사고의 틀 말입니다. 하지만 우리는 자신이 갖고 있는 가치관과 견해에 지속적으로 의문을 제기해야 합니다. 특히 그것이 절대적으로 믿고 의지하는 믿음이라면 더욱 그렇습니다. 대부분의 사람들이 갖고 있는 믿음은, 특히 인생에 행복과 만족을 가져다 주는 무엇인가와 관련된 믿음은 잘못된 가정, 통념,

그리고 허상인 경우가 많기 때문입니다.

예를 들어 인생은 쉬워야 한다는 믿음을 들 수 있습니다. 많은 이들이 이 믿음을 소중하게 생각합니다. 하지만 어느 누구도 진정으로 쉬운 인생을 살고 있지 않습니다. 사회적 위치와 상관없이 우리는 모두 갖가지 문제와 어려움을 겪어야 합니다. 부자나 유명인사도 보통 사람들과 마찬가지로 많은 문제를 갖고 있습니다. 대부분의 경우 그들은 보통 사람들보다 더 많은 문제를 갖고 있습니다. 일간 신문을 보십시오. 부자들이나 유명인사들이 얼마나 많은 문제들에 시달리고 있는지 즉시 확인할 수 있습니다.

살면서 한 번은 큰 행운이 찾아온다는 믿음은 인생은 쉬워야 한다는 믿음과 관련이 있습니다. 우리는 모두 인생을 쉽고 편하게 만들어 줄 커다란 행운(예를 들면 복권 당첨, 백마 탄 왕자와의 결혼, 구세주의 등장 등)이 찾아오리라 믿고 싶어합니다. 하지만 여러분을 절망의 구렁텅이에서 구해 줄 행운은 쉽게 오지 않을 것입니다. 여러분은 항상 어려움을 겪을 것이고, 얼마나 많은 돈을 갖고 있든 여러분의 행복은 돈으로 살 수 없는 다른 일련의 요소들에 의해 좌우될 것입니다."

브로크는 말을 멈추고 물 한 모금을 마셨다. 그리고 이렇게 덧붙였다.

"그러므로 어렵고 불편한 일을 하기 위해 노력해야 합니다. 그리고 여러분의 믿음이 틀릴 수도 있다는 점을 인정해야 합니다. 사실 여러분이 원하는 만큼의 행복과 만족을 얻지 못하는 주된 이유는 여러분의 믿음 때문일 수 있습니다. 믿음이 여러분의 삶을 통제하고 여러분에게서 만족과 행복을 빼앗아가고 있기 때문일 수도 있습니다. 종교

적 믿음이든 정치적, 환경적, 경제적 믿음이든 광신할 경우 그것은 일종의 병, 즉 정신병으로 발전할 수 있습니다.

인간의 마인드 문제는 믿고 싶은 것만 믿는다는 것입니다. 인간의 마인드는 현실과 무관한 무엇, 세상에 이롭지 못한 무엇, 그리고 심지어는 마인드 자체에 유해한 무엇인가를 믿을 수 있습니다. 그것은 어떤 대가를 치르더라도 자신이 갖고 있는 믿음을 정당화시키길 원하기 때문입니다. 하지만 커다란 대가를 치르면서 자신의 믿음이나, 혹은 인생에 있어 다른 무엇인가를 정당화시키는 것은 백해무익한 짓입니다.

자신이 갖고 있는 믿음을 정당화시키고 그에 매달리는 대신 여러분은 자신이 가장 중요하게 생각하는 믿음에 정기적으로 이의를 제기해야 합니다. 그리고 그와 동시에 믿음에 이의를 제기하지 않았더라면 마주치지 않았을 사고들에 대항해야 합니다. 그래야 여러분은 지속적으로 마음을 새롭게 하고 현실을 직시하는 열린 마음을 유지할 수 있습니다. 여러분이 가장 중요하게 생각하는 믿음에 지속적으로 도전하지 않으면, 여러분은 현실에 대한 왜곡된 인식을 갖게 될 것입니다. 그리고 그것은 여러분의 성공을, 만족을, 성취를 가로막는 장애물이 될 것입니다."

강당 뒤편에 앉아 있는 누군가가 손을 들었다. 그는 세미나 참여자 가운데 최고 연장자인 벤이었다. 적은 머리숱에 안경을 쓴 그는 다소 구부정한 자세로 앉아 있었다.

"말씀하세요, 벤 씨."

브로크가 말했다.

"브로크 씨, 우리들은 현실을 각각 다르게 인식하고 있습니다. 따라서 누구의 인식이 옳고 누구의 인식이 그른지 알 수 없습니다. 그런데 어떻게 당신은 현실에 대한 당신의 인식이 나의 인식보다 혹은 이 강당에 있는 다른 누군가의 인식보다 옳다고 말할 수 있습니까?"

세미나의 진행 과정을 예의주시하던 셀던은 순간적으로 『인생의 비밀 가이드』에서 읽은 격언이 떠올랐다. 그는 재빨리 책을 훑어보았다. 그러고는 다음 문구를 찾아냈다.

자신이 현실을 잘못 인식하고 있을 수도 있다고
생각해 본 적이 있는가?
만약 그렇지 않다면 그것이 바로 당신이 현실을 잘못 인식하고
있다는 증거이다.

셀던은 나란히 제시되어 있는 또 하나의 격언을 읽었다.

무엇인가를 현실로 인식할 때 신중을 기하라.
현실에 대한 잘못된 인식은 거짓이다.
이것은 인생에서 갖가지 심각한 문제를 야기할 수 있다.
사건이 끊이지 않는 이 흥미로운 세상에 당신은 홀로
구경꾼으로 남게 될 것이다.

셀던이 이 문구를 읽고 있을 때 벤의 질문에 대답하는 브로크의 목소리가 들렸다.

"벤 씨, 우리 모두가 현실을 다르게 인식하고 있는 것은 사실입니다. 하지만 현실에 대한 당신의 인식은 가능한 한 현실에 가까워야 합니다. 태양이 빛나고 있는 것이 사실이듯 현실이 단 하나뿐인 것도 사실입니다. 모두가 현실을 각기 다르게 인식하고 있음에도 불구하고 현실의 참모습은 동일합니다. 당신만의 현실을 창조하려는 노력은 쓸데없는 짓입니다. 아니, 그것은 치명적일 정도로 위험할 수도 있습니다."

"현실에 대한 개인적인 해석이 어떤 식으로 치명적일 수 있다는 것이죠?"

벤이 물었다.

"예를 하나 들어보겠습니다. 현실에 중력이 존재하지 않는다는 잘못된 인식을 갖고 있다고 합시다. 당신은 분명 그로 인해 커다란 문제를 겪게 될 것입니다. 당신이 중력의 존재를 믿든 안 믿든 중력은 존재합니다. 중력의 존재를 믿는 나는 고층 빌딩에서 앞으로 한 발을 내딛는 위험한 짓을 하지 않겠지만, 중력의 존재를 믿지 않는 당신은 그렇게 할 수 있습니다. 그럼 모두가 알다시피 당신은 치명적인 결과를 얻게 될 것입니다."

강당 여기저기서 잔잔한 웃음이 일었다. 브로크는 계속 이야기했다.

"또 한 가지 예를 들어보겠습니다. 길을 걷다가 당신을 향해 시속 50마일로 달려오는 그레이하운드(Greyhound : 미국의 최대 장거리 버스 회사) 버스를 발견했다고 합시다. 빨리 몸을 피하지 않으면 당신은 버스에 치여 죽을 것입니다. 하지만 당신은 이런 상황에서 버스가 멈추어서야 한다는 믿음을 갖고 있을 수 있습니다. 그러나 당신이 그런 믿음을 갖고 있다고 해서 정말로 버스가 멈추어 설까요? 그렇지 않을 것입니다. 이것은 돈 문제에서도 마찬가지입니다. 당신이 돈과 관련해 현실이 '어떠해야 한다'는 믿음을 갖고 있다고 해도 그것이 현실일 수는 없습니다. 현실은 당신이 현실에 대해 어떤 인식을 갖고 있든 개의치 않을 것입니다. 현실은 현실 그대로 계속될 것입니다.

이 두 가지 예는 현실에 대한 잘못된 인식이 풍요롭고 만족스런 삶을 사는 데 어떤 식으로 부정적인 영향을 미칠 수 있는지 보여 주고 있습니다. 향후 세미나 과정에서 살펴보게 될 다른 사례들에는 자신을 피해자로 인식한 사례, 자신을 창조적이지 못하고 재능이 없는 사람으로 과소평가한 사례, 인생에서 많은 실패들을 피할 수 있다고 인식한 사례, 행복으로 가는 길이 평탄하리라고만 인식한 사례들이 포함되어 있습니다. 현실에 대해 그러한 인식을 갖고 있는 사람들은 사실 인생에서 좋은 성과를 거두기 어렵습니다. 반면 현실을 직시하는 사람들은 훗날 커다란 보상을 받게 될 것입니다."

브로크는 잠시 말을 멈추고 노트를 훑어보았다. 그러고는 이야기를 계속했다.

"현실에 대한 사람들의 인식과 실질적인 현실 간에 괴리가 생기는 이유 가운데 하나는 피해의식입니다. 사실 피해의식은 오늘날 서양 사회에 가장 널리 퍼져 있는 태도 가운데 하나입니다. 스스로를 피해자로 인식하는 사람들은 자신이 처한 상황을 다른 사람의 탓으로 돌리는 쉬운 길을 택하고 있습니다. 피해자를 자처하고 다른 사람을 탓함으로써 그들은 자신이 져야 할 책임을 회피하고 있는 것입니다.

그들은 종종 자신이 처한 불행한 상황 때문에 사회와 정부를 탓합니다. 하지만 그보다는 부모를 탓하는 경우가 더 많습니다. 피해의식을 갖고 있는 많은 이들이 부모를 탓합니다. 그들은 성인으로서 자신이 갖고 있는 문제들(예를 들면 알코올 중독, 마약 중독, 경제적 어려움, 그리고 부적절한 인간관계 등)이 부모 탓이라고 생각합니다. 그것은 자신을 파괴하는 그릇된 습관입니다. 그런 습관에 익숙해져 있는 사람들은 보다 나은 삶을 창조하기 위해 노력하지 않습니다."

"부모를 탓하는 것이 무엇이 잘못입니까?"

네덜란드식 억양을 가진 30대 중반의 금발 머리 여성, 우슐라가 물었다.

"살면서 나는 부모님 때문에 슬픔이 끊이질 않았습니다. 나는 끔찍한 어린 시절을 보냈습니다. 아버지와 어머니는 사랑을 포함하여 부모로서 자녀에게 마땅히 주어야 할 많은 것들을 내게 주지 않았습니다. 만약 그분들이 부모 노릇을 제대로 했다면 내 인생이 이렇게까지 꼬이지는 않았을 것입니다."

우슐라를 빤히 쳐다보며 브로크가 되물었다.

"우슐라 씨, 당신은 왜 부모님이 완벽하지 않았기 때문에 불우한 인생을 살아야 한다고 생각하는 겁니까? 당신이 우선 인정해야 하는 것은 부모님 때문에 현재 당신의 생활이 불우해진 것은 아니라는 점입니다."

우슐라가 고집스레 말했다.

"나는 그렇게 생각하지 않습니다. 다른 부모들이 자녀에게 해 주는 것만큼만 나의 부모가 내게 해 주었다면 나는 지금처럼 힘들게 살지는 않았을 것입니다."

"왜 당신의 부모가 부모로서의 역할을 제대로 하지 못했다고 생각하는 것입니까? 그것은 누구의 판단입니까?"

"나의 판단이죠."

우슐라의 목소리가 퉁명스러웠다. 브로크는 청중들에게 눈길을 돌리며 이렇게 질문했다.

"그럼 한 가지 물어보겠습니다. 여기 계신 분들 가운데 나의 부모는 완벽했다 혹은 완벽에 가까웠다고 말할 수 있는 분이 있습니까?"

강당에 있는 사람들 모두가 주위를 둘러보았다. 하지만 손을 든 사람은 한 명도 없었다. 브로크가 다시 우슐라에게 말했다.

"보시다시피 여기 있는 사람들 가운데 단 한 명도 부모가 완벽하기는커녕 완벽에 가까웠다고도 말하지 않고 있습니다."

브로크는 시선을 다시 청중에게로 돌렸다.

"자, 그럼 여러분 가운데 부모님이 부모 노릇을 더 잘할 수도 있었다고 생각하시는 분 있습니까?"

이번에는 셸던을 포함해 강당에 있는 사람들 모두가 손을 들었다. 브로크가 말했다.

"우슐라 씨, 내 장담하지만 지금 이곳에 세계적으로 성공한 사람들을 모아놓고 이 두 가지 질문을 한다 해도 결과는 똑같을 것입니다. 결국 내 말의 요지는 이 세상에 완벽한 부모는 없다는 것입니다. 그리고 모든 이들이 부모님이 자신에게 제대로 해 주지 못한 부분에 대해 어느 정도 아쉬움을 갖고 있다는 것입니다."

얼굴이 빨개진 우슐라가 신경질적인 목소리로 이렇게 말했다.

"완벽한 부모가 없는 것이 사실이라고 해도 부모의 역할을 보다 잘하는 부모가 있는 반면 그렇지 못한 부모도 있는 것이 사실 아닌 가요?"

"그래서요?"

브로크가 되물었다.

"훌륭한 부모가 있는 사람도 인생을 망칠 수 있고, 무능한 부모 밑에서 자랐어도 그것을 계기로 꿈을 이루어낼 수 있습니다. 인생을 망치려고 들면 변명거리는 얼마든지 있습니다. 당신의 부모가 어떤 사람이었든 풍요로운 인생을 살고 싶다면 부모 탓은 이제 그만 하고 스스로 인생을 책임지기 위해 노력해야 합니다.

우슐라 씨, 성공한 사람들 중에는 당신의 부모님보다 부모 역할을 제대로 하지 못한 부모님 밑에서 자란 사람이 많습니다. 그들은 자기가 갖고 있는 결점을 부모 탓이라고 생각하지 않았습니다. 그들은 부모로부터 배운 것들을 최대한 활용했습니다. 당신은 부모님 역시 주어진 환경 속에서 자신이 할 수 있는 최선을 다했다는 것을 인정해야 합니다. 그들이 결점을 보였던 것, 혹은 당신의 표현처럼 자녀를 학대했던 것은 그들이 갖고 있었던 성장배경, 가치관, 믿음, 그리고 두려움 때문이었습니다. 보다 좋은 부모 노릇을 할 능력이 없었기 때문에 그들은 보다 좋은 부모가 되어 주지 못했던 것입니다."

우슐라는 어깨를 한 번 으쓱하더니 아무 말도 하지 않았다. 브로크는 이야기를 계속 이어 나갔다.

"보다 유능한 사람이 되고 싶다면, 그리고 자녀에게 보다 좋은 부모가 되어 주고 싶다면, 장기적인 측면에서 당신의 부모가 했던 잘못들을 잊어 버려야 합니다. 당신의 부모가 잘못했던 일이 아니라, 잘했던 일을 기억하며 살아야 합니다. 그러면 여러분은 부모가 자신에게 잘못한 일보다 잘한 일이 다섯 배는 더 많다는 것을 깨닫게 될 것입니다. 부모를 탓하며 인생을 허비한다면 당신은 발전할 수 없습니다. 보다 나은 내일을 원한다면 피해자를 자처하며 시간을 낭비하는 일은 당장 그만두어야 합니다."

우슐라는 브로크가 하는 모든 이야기에 시비를 걸기로 결심한 사람처럼 또다시 신경질적인 목소리로 이렇게 말했다.

"우리에게는 부모를 비난할 권리가 있습니다. 부모의 자녀 학대는 이미 널리 알려져 있는 사실입니다. 미국에는 부모들로부터 학대받는 사람들을 위한 지지단체도 마련되어 있지 않습니까?"

브로크는 우슐라의 신경질적인 반발에 놀랄 정도로 침착하게 대답했다.

"자신이 불우한 삶을 살고 있는 이유가 부모 때문이라며 부모를 비난하는 사람들이 많이 있는 것은 사실입니다. 나는 개인적으로 그런 지지단체에 가입하는 것은 고통을 영구화시킬 뿐이라고 생각합니다. 부모를 탓하는 자신의 행위를 오랫동안 정당화할수록 그들은 그만큼 불우한 삶을 살게 될 것입니다. 오래 전에 부모님이 돌아가셨음에도 불구하고 자신이 불행한 것에 대해 부모를 탓하는 50대 후반의 불쌍한 남자를 알고 있습니다. 그는 내가 만났던 사람들 가운데 무척 불행한 사람 중 한 명이었습니다. 여생 동안 성장배경 때문에 피해의식에 젖어 산다면 당신은 결코 행복할 수 없을 것입니다.

사실 어떤 종류의 피해의식을 갖고 있든 그것은 당신의 발전을 방해할 것입니다. 핑계를 대려고 하면 끝이 없습니다. 너무 가난해서,

여자라서, 너무 혜택을 받지 못해서, 너무 작아서, 너무 커서, 너무 검어서, 너무 희어서, 너무 교육을 받지 못해서, 유머 감각이 충분하지 않아서 등 핑계거리는 얼마든지 있습니다. 하지만 당신이 진정으로 성공하길 원한다면, 세상에서 중요한 무엇인가를 이루어내길 원한다면, 그러한 핑계들은 무의미할 뿐입니다."

다시 우슐라가 끼어들었다.

"어떻게 당신은 그 모든 것이 무의미하다고 단정지어 말할 수 있습니까? 그중 일부는 성공에 마이너스가 되지 않을 수도 있지만 여성이라는 것은 정말 커다란 마이너스입니다. 여성들은 성공하기까지, 행복해지기까지 수없이 많은 차별을 견뎌내야 합니다. 여성들은 남성들로부터 억압받고 있는 피해자입니다. 이것은 몇백 년 동안 계속 있었던 일이고, 지금도 여전히 계속되고 있는 일입니다. 여성을 억압하고 여성의 해방을 반대하는 남성우월주의자들이 지금 여기에도 많이 있다고 생각합니다."

브로크는 잠시 생각하는 듯하더니, 찡그린 표정으로 이렇게 말했다.

"우슐라 씨, 세미나가 끝난 다음 이 강당에 있는 사람들 가운데 누가 남성우월주의자인지 알려 준다면 그들과 잠시 이야기할 시간을 갖도록 하겠습니다. 아마 그러고 나면 그들 모두 진보적인 사람이 될 것이고, 모두가 당신이 혹은 이 방에 있는 다른 여성이 자동차 오일을 갈아도 시비를 걸지 않게 될 것입니다."

모두가 폭소를 터트렸다. 하지만 우슐라는 그의 유머를 이해하지 못하는 듯했다. 브로크는 이렇게 말했다.

"마지막 말은 농담으로 한 것이지만, 그에는 자유로워지는 데 무엇이 필요한지 보다 정확히 따져보라는 의미도 포함되어 있습니다. 하지만 오해하지는 마십시오. 나 역시 여성에 대한 부당한 차별이 과거에도 있었고, 지금도 있다는 것을 인정합니다. 또한 이 세상에는 믿기 어려울 정도로 많은 불평등과 불의가 존재하고 있다는 것 역시 인정합니다. 수억의 인구가 기회를 제한받고 있다는 것, 심지어는 기회를 완전히 박탈당하고 있다는 것을 알고 있습니다. 하지만 사실 그것은 서구 세계의 이야기는 아닙니다. 심한 불이익을 당하고 있는 사람들조차도 서구 세계에서는 인생을 변화시킬 좋은 기회를 가질 수 있기 때문입니다.

이러한 불이익을 극복하는 것은 현실의 문제라기보다는 마인드의 문제입니다. 어떤 개인이 자신을 사회의 희생양이라 생각하든 아니면 정부, 부모, 혹은 남성의 희생양이라 생각하든 결과는 마찬가지입니다. 성공한 인생, 행복한 인생을 사는 데 득이 될 것이 하나도 없다는 얘기입니다. 희생양을 자처하는 것이 최대 관심사인 사람은 결코 자유로워질 수 없습니다. 그들이 어떻게 자유로워질 수 있겠습니까? 잠재의식 속에서 스스로를 희생양으로 규정하고 있기 때문에 그들은 그러한 비뚤어진 믿음을 충족시키기 위해서라도 계속 희생양을 자처하게 되어 있습니다. 그리고 그들은 희생양이 된 것을 다른 누군가의 탓으로 돌리기 위해 항상 어떤 핑계거리를 찾을 것입니다."

"그럼 우리의 문제를 누구의 탓이라고 생각해야 하죠?"

팅이라는 이름의 한 동양 남자가 농담조로 말했다.

"당신은 이미 그 답을 알고 있습니다, 그렇지 않습니까? 팅 씨, 당신의 질문에 대답하는 대신 질문 한 가지 하겠습니다. 성공한 사람들 가운데 다른 사람을 탓하는 능력이 뛰어나서 성공할 수 있었다고 말하는 사람을 본 적이 있습니까?"

팅은 웃으며 말했다.

"물론 한 번도 없습니다. 하지만 희생양을 자처함으로써 만족을 느끼는 사람도 있지 않을까요?"

"팅 씨, 희생양이 되는 것이 정말 만족스러운 일이냐 아니냐를 놓고 논쟁을 벌이는 것은 0이 실수냐 아니냐 논쟁하는 것과 다를 바 없습니다. 분명 0은 실수가 아니며 희생양이 되는 것은 만족스러운 일이 아닙니다. 더 이상의 논쟁은 전적으로 시간 낭비입니다. 물론 일부 사람들은 희생양을 자처하는 가운데 만족을 얻습니다. 하지만 그것은 진정한 의미의 만족이 아닙니다. 그것은 마음의 평화와 개인의 안녕(安寧)에 기여할 수 있는 진정한 의미의 만족이 아닌 것입니다.

희생양 게임을 하는 것은 아무런 보상도 얻을 수 없는 무의미한 일입니다. 이 세상에 존재하는 불평등과 불의에 연연하면 연연할수록 당신의 성공 기회는 그만큼 줄어들게 될 것입니다. 사실 사람은 누구나 핸디캡을 혹은 다른 사람에 비해 부족한 부분을 조금씩은 갖고 있습니다."

110kg에 육박하는 거대한 체구에 검은 머리를 길게 기르고 폭주족 같은 차림을 한 패트릭이 유창한 말솜씨로 이렇게 말했다.

"브로크 씨, 모든 사람들이 다른 사람과 비교했을 때 부족한 점을 조금씩 갖고 있는 것은 사실입니다. 하지만 서구 사회에서도 대부분의 사람들이 부유한 특권층에 비해 큰 불이익을 당하고 있습니다."

그 말에 브로크가 이렇게 반박했다.

"우리가 갖고 있는 핸디캡과 부족함의 정도는 천차만별입니다. 하지만 우리의 발목을 붙잡고 있는 것은 우리가 어느 정도의 핸디캡을 갖고 있느냐 하는 것이 아니라, 우리가 그러한 핸디캡에 얼마나 연연하느냐 하는 것입니다."

"그렇다면 자신이 갖고 있는 핸디캡을 무시하고 살아야 한다는 얘기인가요?"

패트릭이 물었다.

"물론입니다. 신체적 결함에도 불구하고 혹은 슬럼가에서 자라거나 공식적인 교육을 받지 못했거나 잔혹한 부모 밑에게 자랐음에도 불구하고 가치 있는 삶, 성공한 삶을 살고 있는 수백만 명의 사람들이 있습니다. 그들 가운데는 아예 부모가 없는 사람도 있습니다. 한 가지 분명한 것은 이처럼 성공한 사람들은 결코 피해의식을 갖고 있지 않다는 점입니다."

브로크의 이야기는 계속 이어졌다.

"심각한 핸디캡에도 불구하고 커다란 성공을 거둔 사람들에게 어떻게 성공할 수 있었는지 묻는다면, 그들은 아마도 자신이 갖고 있는 핸디캡에 크게 연연하지 않았기 때문이라고 대답할 것입니다. 목표를 정하고 목표 달성을 위해 무엇을 해야 하는지 생각하고 행동하느라 그들은 너무도 바빴습니다. 그들은 무엇인가를 이루어내는 데 너무도 바빠서 핸디캡 따위에는 신경 쓸 겨를이 없었던 것입니다. 여기 계신 모든 분들께 인생에서 중요한 무엇인가를 이루어내고 싶다면 그들처럼 하기를 진심으로 충고합니다."

셸던에게는 세미나 시간이 화살처럼 빨리 지나갔다. 때때로 꾸벅꾸벅 조는 사람이 한두 명씩 눈에 띄었다. 그는 브로크를 도와 세미나 자료를 스크린에 영사해야 했기 때문에 잠시도 졸 수 없었다. 뿐만 아니라 그는 졸고 싶지도 않았다. 세미나 내용이 너무도 유익했기 때문에 그는 브로크의 이야기를 한마디도 놓치지 않으려고 귀를 쫑긋 세웠다.

그런데 브로크가 피해의식을 버리고 인생을 책임지는 태도가 중요하다는 것을 재차 강조할 때 일부 참가자들은 불편한 기색이 역력했다. 하지만 셸던은 세미나에서 특히 이 부분이 유익하다고 생각했다. 그는 네덜란드식 억양을 갖고 있는 여성, 우슐라가 피해의식 때문에 얼마나 많은 고통을 받았는지, 그리고 그러한 피해의식을 극복하지 않을 경우 그것이 그녀의 인생에 어떤 식으로 부정적인 영향을 미칠지 알게 되었다. 또한 그는 여자든 남자든, 날씬하든 뚱뚱하든, 유능하든 무능하든, 피부색이 검든 희든, 그리고 부자든 가난하든 사람들의 피해의식이 어떤 식으로 표출되고 있는지 깨달았다. 그는 피해의식을 버리고 인생을 스스로 책임지는 것이 무엇보다 중요하다는 사실을 점점 더 깊이 깨닫게 된 것이다.

셸던은 세미나 도중 잠시 『인생의 비밀 가이드』에 적힌 다음 문구를 읽었다.

피해의식이 클수록 불행도 커진다.
당신이 환경의 희생양인 이유를 입증해라.

그러면 당신은 정말 희생양이 될 것이다.

희생양이 되길 원치 않는다면

당신은 희생양이 되고 싶은지, 아니면 행복해지고 싶은지

스스로에게 물어야 한다.

셀던은 시간이 지날수록 밴쿠버에, 어쩌면 캐나다 혹은 북아메리카에 단 한권밖에 없을 『인생의 비밀 가이드』를 발견한 것이 큰 행운이라는 생각이 들었다. 비록 브로크의 당당하고 열정적인 연설 스타일과 달리 이 책은 짧고 완곡하고 시적인 문체로 이루어져 있지만, 이 책에 적힌 문구와 브로크가 강조하고 있는 원칙 간에는 철학적으로 밀접한 관련이 있었다. 이 책은 인생의 기본법칙을 생활에 적용하도록 셀던에게 용기를 불어넣고 있었다.

스스로 인생을 책임질 때 인생은 한결 쉬워질 것이다.

책임진다는 것은 당신이 모든 경험의 주인이 된다는 것이다.

물론 그에는 부끄러운 경험, 당혹스러운 경험들도 포함된다.

● ● ●

휴식 시간이 되기 30분 전쯤, 셀던은 다 알고 있다는 듯 냉소적인 표정으로 강당 뒷줄에 앉아 있는 두 명의 젊은 남자들을 발견했다. 그들은 계속해서 큰 소리로 웃고 떠들었다. 많은 세미나 참가자들이 그들 때문에 눈살을 찌푸렸다.

브로크는 두 사람의 소란을 몇 분 동안 참고 지켜보았다. 그는 그들이 알아서 잡담을 그만두리라 기대했다. 하지만 그들이 잡담을 그만둘 기미가 보이지 않자 브로크는 잠시 이야기를 멈추고 그들을 쳐다보았다. 그들은 조용해졌다. 하지만 그가 강연을 재개하자 그들 역시 잡담을 다시 시작했다. 참을 만큼 참았다는 생각이 들었는지 브로크는 이렇게 소리쳤다.

"강당 맨 뒷줄에 앉아 있는 거기 두 분, 원하는 것이 사교 활동이라면 큰길에 있는 스타벅스로 가십시오. 그게 아니라 세미나를 직접 주관하는 것을 원한다면 나처럼 18년 동안 학교를 다니고 강연 경험을 쌓고 흥미로운 강연 주제를 찾아내십시오. 그런 자격을 갖추고 있지 않다면 두 분은 이 강당에서 세미나를 주관할 수 없습니다. 두 분 마음대로 세미나를 좌우하고 싶다면 두 분의 이야기를 들어줄 두 분만의 청중을 모으고 두 분만의 강당을 마련하십시오."

강당에 거북한 침묵이 흘렀다. 브로크는 노트를 보기 위해 다시 강단 위로 올라갔다. 노트를 훑어보고 고개를 드는 순간 두 남자 중 한 명이 자리에서 일어나 출구로 향하는 것이 보였다.

"어디 가시는 겁니까?"

브로크가 서둘러 물었다.

"그만 들을 거요."

가죽 재킷을 손에 든 작은 키의 남자가 대꾸했다.

"직업 개발부에 가서 당신, 그리고 당신의 세미나 주제에 대해 불만을 접수할 거요. 이 쓰레기 같은 강의를 더 이상 듣고 앉아 있을 수가 없소. 더 이상 당신 같은 사람을 봐줄 수가 없소. 한마디로 당신은 탐욕스런 독재자요."

"불만을 접수하든 말든 그것은 마음대로 하십시오. 탐욕스런 독재자 짓을 한 것에 대해서는 내가 전적으로 책임지겠습니다. 당신의 말처럼 나는 탐욕스런 독재자입니다. 하지만 그것은 패배자의 길을 걷고 있는 많은 사람들을 보다 나은 생활로 인도하는 가장 효과적인 방법입니다.

그리고 이것은 당신을 위해 하는 말인데, 나는 최소 20회는 이러한 세미나를 했습니다. 직업 및 개인 개발부 책임자의 지속적인 강연 요청에 힘입어서 말입니다. 일단 이 강연을 듣고 난 다음 당신과 같은 사람들이 인생의 기본법칙을 이용해 이루어낸 성과 때문에 그들은 나의 강연료를 두 배로 인상시켜 주기까지 했습니다."

브로크는 이렇게 이야기하며 강당 뒤쪽까지 걸어갔다. 그는 재빨리 그 사람의 이름표를 보았다. 그러고는 이렇게 물었다.

"조 씨, 무엇 때문에 강당에서 나가려는 것입니까?"

"당신의 오만한 태도 때문이오."

조가 쏘아붙였다.

"아니, 내 태도 때문이 아닙니다. 당신의 '나약한 자아' 때문입니다. 생각해 보십시오. 내가 한 말을 당신의 친구는 그대로 듣고 있지 않습니까?"

브로크는 얼른 그와 함께 잡담을 나누었던 또 한 사람의 이름표를 보았다. 그러고는 이렇게 말했다.

"테리 씨는 자리를 뜨지 않고 있습니다. 그리고 이 강당에 있는 다른 사람들도 인생의 기본법칙에 대한 나의 이야기를 듣고도 자리를 지키고 있습니다. 내가 신이 아닌 이상 어떻게 당신은 이 강당에서 쫓아내고 다른 사람들은 그대로 강당에 앉아 있게 하겠습니까?"

조는 어깨를 한 번 으쓱해 보일 뿐 아무 말도 하지 않았다.

"조 씨, 강당에 남아 계속 강연을 듣든 아니면 강당에서 나가든 그 것은 당신이 선택할 문제입니다. 그리고 당신이 전적으로 책임질 문제입니다. 물론 당신은 지금까지 그래왔던 것처럼 강당을 나감으로써 쉬운 길을 택할 수도 있습니다. 분명 지금 이곳을 나가면 당신은 할 일 없는 사람들의 근거지인 술집에 가서 쓸데없는 이야기나 주고받게 될 것입니다. 패배자들과 시간을 보내면 당신은 분명 인생에서 성공하지 않는 법을 배우게 될 것입니다. 물론 당신은 그들에게 세미나에서 있었던 일을 이야기할 것이고, 강연자인 나를 비난할 것입니다. 또한 인생의 기본법칙과 이 강당에 남아 있는 다른 모든 사람들을 부정적으로 이야기할 것입니다. 하지만 그렇게 한다고 당신의 인생이 달라지겠습니까? 당신은 잠재력을 충분히 발휘하지 못한 채 계속 지금처럼 살아갈 것입니다. 가장 슬픈 것은 당신은 앞으로도 만족도 기쁨도 느끼지 못한 채 살아갈 것이란 점입니다."

조의 눈을 똑바로 쳐다보면서 브로크는 이렇게 덧붙였다.

"하지만 어렵고 불편하더라도 세미나가 끝날 때까지 자리를 지킨다면, 그리고 나머지 두 개의 세미나에도 참석한다면, 당신은 분명 불편을 감수한 것을 기쁘게 생각하게 될 것입니다. 그리고 당신의 인생은 180도 바뀌게 될 것입니다. 과거 그 어느 때보다 당신의 인생은 상승 곡선을 그리게 될 것입니다. 당신은 그저 인생의 기본법칙을 수용하고 그것을 생활 곳곳에 적용하기만 하면 됩니다. 만약 아직도 직업 개발부에 나에 대한 불만을 접수하고 싶은 마음이라면, 세 개의 세미나를 모두 들은 후에는 그만큼 불만 사항도 많아질 거라는 점만 생각하십시오."

사태가 보다 심각해지지는 않겠다는 안도감에 강당 여기저기서 박수갈채와 웃음이 터져 나왔다. 웃음이 잦아들자 브로크는 부드러운 목소리로 이렇게 말했다.

"이 강당에 있는 다른 모든 사람들처럼 당신도 능력 있는 사람입니다. 그리고 이 세상을 변화시키고 싶어합니다. 만약 계속 자리를 지킨다면, 그리고 이 강당에 있는 다른 사람들이 생활을 향상시키는 데 일조한다면, 그들 역시 당신이 생활을 향상시킬 수 있도록 도움이 되어줄 것입니다."

그런 다음 브로크는 청중들을 바라보며 이렇게 물었다.

"조 씨가 계속 강의를 들음으로써 여기 있는 다른 사람들에게 도움이 되길, 그리고 그의 생활을 긍정적인 방향으로 변화시키길 원하시는 분 있습니까?"

셸던을 포함하여 강당을 메우고 있는 참여자 모두가 손을 들었다.

"조 씨, 어떻게 하시겠습니까? 이 강당을 나섬으로써 당신을 위해 손을 들어준 모든 이들을 배신하겠습니까, 아니면 끝까지 강연을 듣는 용기를 보여 주겠습니까?"

잠시 침묵이 흘렀다. 마침내 조가 들리지 않을 정도로 작은 목소리로 이렇게 말했다.

"좋습니다. 이 세미나가 끝날 때까지 자리를 지키도록 하겠습니다. 하지만 이후 두 개의 세미나에 참석할 것인지는 나중에 결정하도록 하겠습니다."

강당에 있는 사람들 모두가 박수를 쳤고 조는 자리로 돌아가 앉았다. 브로크가 대답했다.

"감사합니다. 어려운 결정을 내리는 용기를 보여 준 당신을 개인적으로 높이 평가합니다. 인생에서 이와 같은 결정을 내리는 일이 많아지면 당신은 중요한 무엇인가를 이루어내게 될 것입니다. 그리고 믿기 어려울 정도의 부와 명예를 손에 넣게 될 것입니다."

브로크는 강단으로 되돌아갔다. 그는 30초 동안 가만히 서 있다가 이렇게 말했다.

"조 씨는 이 강당에 있는 다른 어떤 이와도 다르지 않습니다. 물론 나도 포함해서 말입니다. 우리는 모두 사소한 불편함 때문에 중요한 것을 포기하는 경향이 있습니다. 사실 우리는 종종 커다란 불편함이 아니라 사소한 불편함 때문에 중대한 일을 포기합니다."

열심히 브로크의 이야기를 듣고 있던 셸던은 브로크의 다음 말에 상당히 놀랐다.

"약간의 불편을 참지 못하고 중도 포기함으로써 치러야 하는 대가와 관련해 나의 개인적인 경험을 예로 들어보겠습니다. 나는 대학 시절 공과대학을 졸업하기까지 두 차례 휴학을 했습니다. 한 번 휴학할 때마다 졸업 시기가 1년씩 늦어졌습니다. 그래서 결국 3년 늦게 대학을 졸업하게 되었습니다. 만약 7년 만에 졸업하지 않고 4년 만에 대학을 졸업했더라면 진정으로 하고 싶은 것이 무엇인지 보다 일찍 발견했을 것입니다.

여기서 강조하고 싶은 것은 사소한 이유에서든 아니면 심각한 이유에서든 중도 포기하는 쉬운 길을 택할 경우 종국에는 후회하고 좌절하고 실의에 빠지게 될 거란 사실입니다. 사소한 불편함 때문에 중대한 일을 포기한다면 우리는 성취감도 행복도 느끼지 못할 것입니다. 포기하고 싶은 유혹을 뿌리치고 중요한 일을 계속하는 데는 용기가 필요하다는 것을 몸으로 보여준 조 씨에게 다시 한 번 찬사를 보냅니다."

브로크와 조 사이의 일은 셸던에게 커다란 영향을 미쳤다. 특히 휴학과 관련하여 그 일은 셸던에게 큰 영향을 미쳤다.

좋은 습관을 몸에 익힐 때 훌륭한 사람이 된다.
마찬가지로 나쁜 습관을 몸에 익히면 별 볼일 없는 사람이 된다.
그러므로 신중히 습관을 선택해야 한다.
절대로 습관이 당신을 선택하도록 내버려두어서는 안 된다.

● ● ●

잠시 휴식 시간을 가졌다. 셸던은 휴식 시간 동안 세미나 참가자 세 명이 브로크의 설득력에 탄복하는 소리를 들었다. 다른 참가자들 역시 조와 브로크 사이의 에피소드를 이야기하며 세미나가 끝날 때까지 조가 자리를 지키도록 설득한 브로크의 능력을 높이 평가했다. 셸던은 자신이 개인 계발 세미나를 주관하고 브로크처럼 세미나 참가자들을 매료시킬 수 있다면 얼마나 좋을지 상상해보았다. 하지만 그는 그것을 단순히 상상이라고만 생각했다. 그는 자신이 세미나 강연자가 될 능력과 지식을 갖추게 되리라 생각하지 않았다.

휴식 시간이 끝난 뒤부터 세미나는 인생의 기본법칙에 대한 집중적인 이야기로 이어져나갔다. 그에는 '보다 큰 만족을 느꼈던 경험담', '삶의 문제 대부분을 회피하는 방법', '약속을 지키는 일의 중요성' 이 세 가지 소주제가 포함되었다. 브로크는 인생에서 완전히 편안한 삶을 추구하는 것은 어리석은 짓임을 강조했다.

"육체적으로 완전히 편안한 삶을 산다고 개인적으로 성취감이나 행복을 느낄 수 있는 것은 아닙니다. 그리고 그것은 성공한 삶도 아닙니다. 내가 이런 이야기를 하면 많은 이들이 깜짝 놀랍니다. 그러나 실질적으로 완전히 편안한 삶을 살려는 욕심은 성공을 가로막는 커다란 장애물입니다."

"편안하게 살고 싶은 마음이 무엇이 잘못입니까?"

마른 체구에 콧수염을 기른 론이 물었다. 그는 어깨 길이의 갈색 머리카락을 말꼬리처럼 뒤로 묶고 있었다. 브로크가 대답했다.

"우리들 대부분이 어려운 일을 해내고 난 뒤 성취감과 만족감을 느끼게 됩니다. 그러나 살아가는 동안 어디서 진정한 만족을 얻을 수 있는지 우리는 흔히 잊고 삽니다."

브로크는 잠시 이야기를 멈추고 청중들로 눈길을 돌렸다. 그리고 다시 말을 했다.

"한 가지 물어봅시다. 여기 계신 분들 가운데 할 수 없다고 생각했던 무엇인가를, 혹은 다른 사람들이 할 수 없다고 말했던 무엇인가를 이루어내고 황홀감을 느껴보신 분 계십니까?"

약 스무 명이 손을 들었다. 브로크는 앞줄에 앉은 한 여성에게 이렇게 말했다.

"린다 씨, 힘들겠지만 당신이 이루어낸 일이 무엇이었는지 말씀해 주실 수 있습니까?"

"흡연하는 친구들 대부분이 내가 담배를 끊지 못하리라 생각했지만 나는 금연에 성공했어요. 사실 나도 내가 담배를 끊을 수 있을지 반신반의했죠."

린다가 웃으며 말했다.

"담배를 핀 지 얼마나 오래되었습니까?"

브로크가 물었다.

"한 10년쯤 되었습니다."

"끊는 것이 쉬웠습니까?"

"아니요, 사실 지금까지 했던 그 어떤 일보다 어려웠어요. 흡연은 내게 육체적 중독이라기보다 심리적 중독이었어요. 담배를 끊으려고 노력했지만 2~3주가 지나면 다시 담배를 피우게 되었죠. 그런 일을 여러 차례 반복하면서 마침내 금연에 성공하기까지 3년이 걸렸어요."

"담배를 끊고 커다란 성취감을 맛보았습니까?"

"그럼요, 그리고 지금도 금연에 성공한 것을 자랑스럽게 생각해요."

린다는 당당하게 대답했다.

"이것은 지금까지 살면서 내가 이뤄낸 최고의 성과 가운데 하나예요. 금연 성공으로 나는 커다란 만족감과 자부심을 느꼈어요."

그때 브로크가 끼어들었다.

"금연은 분명 많은 사람들이 어려워하는 일 가운데 하나입니다. 하지만 린다 씨는 담배를 끊는 어렵고 불편한 길을 택했고, 그에 성공함으로써 커다란 만족을 얻었습니다. 당신은 인생의 기본법칙을 몸으로 보여준 것입니다. 물론 담배를 끊음으로써 체력이 향상되고 기침이 줄어들고 호흡 기능이 좋아지고 폐암에 걸릴 위험도 줄어드는 등의 갖가지 혜택을 누리게 된 것 역시 무시할 수 없는 부분입니다. 이러한 혜택들로 인해 장기적으로 당신은 보다 쉽고 보다 편한 인생을 살게 될 것입니다."

"강사님 말씀에 전적으로 동의합니다."

린다가 웃으며 말했다.

이어 다른 두 사람이 어려운 일을 이루어내고 만족과 자부심을 느꼈던 경험을 이야기했다. 브로크는 세미나의 소주제, '인생에서 보다 큰 만족을 느꼈던 경험'을 이렇게 마무리했다.

"힘들여 노력하지 않고도 커다란 만족을 경험할 수 있다고 생각한다면 그것은 큰 오산입니다. 어떤 도전적인 일에 달려들어 장기적으로 막대한 노력을 기울일 때 비로소 여러분은 성취감과 더불어 만족감을 경험할 것입니다. 사실 담배를 끊고 린다 씨가 만족을 느꼈던 것처럼 여러분도 다른 사람들이 어렵다고 혹은 불가능하다고 말하는 무엇인가를 이루어낼 때 큰 만족을 느낄 것입니다.

인간이기에 우리는 본능적으로 불편한 것을 피하고 편하고 유쾌한 것을 추구합니다. 하지만 불행히도 진정으로 성공하고 싶다면, 그리고 성공에 수반되는 만족과 행복을 누리고 싶다면, 우리는 어느 정도 불편을 감수해야 합니다. 일반적으로 '불편'이라는 형태의 '대가'를 많이 치르면 치를수록 여러분은 '만족'이라는 형태의 '보상'을 보다 많이 받게 될 것입니다. 만족은 행복의 요소 가운데 하나이기 때문에 고뇌와 불편을 감수하는 것은 행복을 증진시키는 일이라 할 수 있습니다.

대부분의 사람들은 육체적인 불편, 실의 혹은 역경을 좀처럼 참지 못합니다. 그래서는 안 됩니다. 불편을 견뎌내는 방법을 배워야 합니다. 그러면 여러분은 북아메리카 그리고 여타 서양 세계에 살고 있는 대부분의 사람들보다 믿을 수 없을 정도로 많은 혜택을 누리게 될 것입니다. 시련과 역경을 보다 많이 견뎌낼수록 당신은 보다 성공할 것이고 보다 행복해질 것입니다."

인생이 항상 쉽지만은 않은 것을 신께 감사드려라.
인생이 쉽기만 하다면 어디서 만족을 얻겠는가?
그리고 지루하여 당신은 견디지 못할 것이다.

살면서 일정 정도 편안함을 누리는 것에 죄책감을 느끼지 말라.
하지만 편안함은 양날의 검임을 명심하라.
약간의 편안함은 건강과 행복을 증진시키지만
과도한 편안함은 건강과 행복 모두를 파괴한다.

● ● ●

행복과 마음의 평화를 이뤄내는 데 자신이 중요한 역할을
한다는 것을 잊지 말라.
만약 그러한 사실을 잊어버린다면 당신은 이 지구상의 다른
어떤 사람보다도 자신과 많은 마찰을 빚게 될 것이다.

브로크는 다음 주제인 '삶의 문제 대부분을 회피하는 방법' 을 소개하기 위해 이런 질문을 던졌다.

"여기 있는 사람들과 함께 이야기하고 싶은 특별한 문제를 갖고 계신 분 있습니까?"

검은 머리카락의 매력적인 한 젊은 여성이 손을 들었다. 그녀의 이름은 벨린다였다. 그녀는 세미나에 늦지 않으려고 빨리 달리다가 속도위반으로 75달러의 벌금을 물게 되었다. 그녀는 속도위반 딱지를 뗀 경찰을 비난했다.

브로크는 대답 대신 이렇게 물었다.

"그렇다면 벌금을 내게 된 책임이 누구에게 있다고 생각하십니까?"

벨린다는 이렇게 대답했다.

"경찰 때문이죠. 그는 불공평했어요. 나는 늦었고, 때문에 서두를 수밖에 없는 상황이었어요."

"그럼 당신이 늦은 것은 누구 때문이었습니까? 분명 경찰 때문에 당신이 늦은 것은 아니지 않습니까? 늦은 것은 당신의 선택이었습니다. 물론 무의식적인 선택이었겠지만 그것이 당신의 선택이었다는 데는 반론의 여지가 있을 수 없습니다. 어떤 이유에서인지 당신은 악마 같은 경찰 때문에 벌금을 내게 되었고, 자신은 특별한 존재이며 항상 옳은 일만 한다고 믿고 있습니다. 나 역시 차를 갖고 왔지만 나는 속도위반에 걸리지 않았습니다. 왜 나는 속도위반에 걸리지 않았다고 생각하십니까?"

"당신은 운이 좋았고 나는 운이 나빴기 때문이죠."

벨린다가 호전적인 태도로 말했다.

"그렇지 않습니다. 브로크 멜러가 오늘 속도위반 딱지를 떼지 않은 것은 이제 더 이상 속도위반을 하지 않기 때문입니다. 10년 전 그는 6 개월 동안 세 차례 속도위반에 걸렸습니다. 경찰은 그에게 제한속도 보다 시속 10마일 정도 빠르게 달리는 것은 봐주고 있다고 이야기했습니다. 브로크 멜러는 자신이 얼마나 바보인지 깨달았습니다. 그는 속도위반 딱지를 뗀 것이 자신의 잘못이었음을 인정했습니다. 이제 그는 더 이상 속도위반으로 벌금을 물을 필요가 없습니다. 그 덕에 그는 다른 속도위반자들이 부러워할 정도로 적은 액수의 보험료를 내고 있습니다. 무엇보다 중요한 것은 사고의 위험이 극적으로 줄어들었다는 것입니다."

브로크는 양손을 펼쳐보이며 편안한 표정으로 웃었다.

"나는 경찰을 탓하지 않았습니다. 나는 잘못을 행한 나를 탓함으로써 내 행동에 책임을 졌습니다. 어떤 변명도 하지 않았습니다. 그래서 어떻게 되었을 것 같습니까? 인생의 기본법칙을 준수하고 있기 때문에 나는 보다 쉬운 인생을 살고 있습니다. 나는 제한속도를 준수하는 어렵고 불편한 길을 택하고 있습니다. 그렇다고 제한속도를 정확히 지킬 필요는 없습니다. 왜냐하면 규정속도보다 시속 5마일, 혹은 10마일 빠르게 달리는 것은 봐주기 때문입니다. 반면 당신과 같은 사람들은 여전히 속도위반 딱지를 떼고 있고, 그것을 자기 탓이 아니라 남의 탓으로 돌리고 있습니다."

"당신이 무슨 말을 하든 나는 상관하지 않습니다. 나는 이의제기를 할 것입니다."

벨린다가 딱딱거리며 말했다.

"벨린다 씨, 경찰에 가서 이의제기를 하고 안 하고는 당신의 자유지만, 그것은 시간 낭비, 체력 낭비입니다. 거기에 쓸 시간과 체력이 있으면 생활을 향상시키는 데 쓰십시오. 물론 운이 좋아서 당신이 소송에서 이길 수도 있습니다. 하지만 장기적으로 보았을 때 그것은 당신의 인생에 조금도 도움이 되지 않습니다. 당신은 계속해서 속도위반을 하고 다닐 것이고, 그로 인해 자동차 보험료 부담금은 높아질 것입니다. 설상가상으로 큰 사고를 당할 수도 있습니다. 속도위반으로 범칙금을 내게 된 것은 당신 자신 때문이고, 속도위반 딱지를 떼는 경찰은 자신의 임무를 충실히 이행하는 훌륭한 사람이라는 것을 깨달을 때까지 당신은 계속 속도위반 딱지를 달고 다니게 될 것입니다."

당신이 갖고 있는 최대의 문제 혹은 실수를 더 이상
다른 사람들의 탓으로 돌리지 말라.
그러지 않으면 당신이 가장 소중하게 생각하는 성공 역시
다른 사람 없이는 거두지 못하게 될 것이다.

벨린다가 이야기한 뒤 다른 세 사람이 자신의 경험담을 이야기했다. 한 명은 그날 아침 남편과 싸웠고, 다른 한 명은 지난 주 보스와 싸워 해고를 당했으며, 마지막 한 명은 소득보다 지출이 많기 때문에 제때 임대료를 낼 수 없다고 말했다. 브로크는 그들 각각에게 문제를 책임질 사람은 바로 그들 자신임을 강조했다.

"미국 남부의 속담처럼 여러분 인생의 최대 말썽꾼은 매일 아침 화장 혹은 면도를 할 때 거울에서 보는 바로 그 사람입니다. 우리가 겪고 있는

대부분의 문제들은 우리 자신 때문에 생긴 것입니다. 우리가 겪고 있는 일은 우리 행동의 결과입니다. 하지만 많은 이들이 다른 사람을 탓하고 있습니다. 모든 문제가 자신에게서 비롯된다는 사실을 깨닫지 못한다면, 우리는 자신의 행동 때문에 계속 대가를 치르며 살게 될 것입니다.

곤경에 처할 때마다 제일 먼저 자신을 탓하는 것이 현명한 행동입니다. 현재 여러분이 안고 있는 많은 문제들이 과거에 여러분이 내린 판단의 결과이자 여러분이 행한 행동의 결과입니다. 그리고 미래에 여러분이 경험하게 될 문제들은 오늘 그리고 내일 여러분이 내릴 판단과 여러분이 취할 행동의 결과인 것입니다.

인생의 모든 작용에는 반작용이 따르게 마련입니다. 행동을 하면 그 행동에 대한 반작용으로 대가를 치르게 되어 있습니다. 물론 때때로 행동에 비해 너무 혹독한 대가를 치르기도 합니다. 어떤 이들은 행동과 대가 간의 관계를 이해하지 못합니다. 그것은 어떤 행동을 행한 즉시 어떤 대가를 치르는 것이 아니기 때문입니다. 하지만 행동과 대가 간의 관계를 이해하지 못할 경우, 여러분은 장기적으로 불행한 생활을 면치 못할 것입니다.

잘못된 것을 바로잡는 데는 행동이 필요합니다. 자신의 잘못을 전가할 대상을 찾아 두리번거리는 것은 극히 위험한 짓입니다. 예를 들어 여행 중에 곰을 만났다고 합시다. 이런 상황에서 누구를 탓할지 대상을 찾아 주변을 두리번거리는 것은 한마디로 바보 같은 짓입니다. 위기상황을 빨리 모면할 방법을 찾는 것이 보다 현명한 대응입니다. 나중에 다른 누군가를 탓하려는 자신을 발견한다면, 그런 상황에 자신을 밀어 넣은 자신을 탓하도록 노력하십시오.

이 다음에 교통체증에 걸려 오도가도 못하게 되었을 때 막연히 다른 운전자들을 비난하는 자신을 발견한다면 교통체증이 심한 도로 한가운데로 자신을 밀어 넣은 주범인 바로 여러분 자신을 비난하십시오. 그곳에 있는 다른 운전자들만큼이나 여러분도 교통체증에 책임이 있다는 점을 기억하십시오."

브로크는 잠시 이야기를 멈추었다가 이렇게 덧붙였다.

"사실 당신은 그 상황을 컨트롤할 수 있습니다. 교통체증을 해결할 최선의 방법을 알고 계신 분 있습니까?"

유머 감각이 뛰어난 동양 남자, 팅이 브로크의 질문에 즉각 대답했다.

"교통체증에서 벗어나는 방법은 차에서 내리는 것입니다. 그러면 더 이상 교통체증에 시달릴 필요가 없습니다."

브로크가 웃으며 말했다.

"바로 그렇습니다. 내가 원하는 답이 바로 그것입니다. 자신이 겪고 있는 문제를 다른 사람들의 탓으로 돌리지 않을 때 비로소 자신의 삶을 보다 온전히 통제할 수 있습니다. 자신의 문제는 자신의 책임입니다. 그래야 문제를 해결할 해결책 역시 자신의 힘으로 찾아낼 수 있습니다. 여러분은 자신에게는 엄격하고 다른 사람들에게는 관대해야 합니다. 그래야 문제의 진정한 원인을 찾아낼 수 있습니다."

30대 중반의 쾌활한 성격의 소유자인 에리카(그녀는 세미나 초반에 브로크에게 인생의 기본법칙을 이용해 인생의 고통을 옹호하고 있는 것이 아니냐는 질문을 한 바 있다)가 이렇게 물었다.

"모든 문제가 자기 탓이라 생각하면 자신을 증오하게 되지 않을까요?"

"좋은 지적입니다. 그렇지 않아도 그 이야기를 하고 싶었습니다. 모든 문제의 책임이 자신에게 있다고 생각하라는 것은 결코 부정적이고 혐오적인 태도로 자신을 탓하라는 말이 아닙니다. 긍정적이고 낙관적인 태도로 자신의 문제에 책임을 지라는 뜻입니다. 여러분은 그러한 문제를 일으킨 것을 자축해야 합니다. 그로 인해 문제를 해결하는 또 한 번의 기회, 만족을 얻을 수 있는 또 한 번의 기회를 갖게 되었기 때문입니다. 이런 태도로 살아간다면 여러분은 보다 가치 있는 삶을 살게 될 것입니다.

향후 여러분이 겪게 될 문제들을 줄이는 방법을 이야기해보도록 합시다. 우선 속도위반, 해고, 경제적 위기, 그리고 살면서 겪는 여타 곤혹스러운 일들을 피하는 열쇠는 행동에 앞서 그것이 초래할 결과를 먼저 생각하는 것입니다. 이것은 여러분이 향후 겪게 될 문제들을 극적으로 줄여 주는 효과적인 방법입니다. 향후 겪게 될 문제들을 줄이는 것 역시 인생의 기본법칙 차원에서 설명할 수 있습니다. 즉 곤경에 빠진 뒤 그에서 빠져나오려고 노력하는 것보다 아예 곤경에 빠지지 않도록 조심하는 것이 더 쉽다는 사실을 자신에게 지속적으로 상기시키는 어려운 길을 택함으로써, 여러분은 장기적인 차원에서 보다 쉬운 인생을 살 수 있다는 얘기입니다."

셸던은 브로크의 마지막 이야기, 즉 '곤경에 빠진 뒤 그에서 빠져나오려 노력하는 것보다 아예 곤경에 빠지지 않도록 조심하는 것이 더 쉽다'는 이야기에 깊은 감명을 받았다. 그래서 그는 그 문구를 노트에 적었다. 한 가지 신기한 점은 나중에 그는 그와 비슷한 문구를 『인생의 비밀 가이드』에서도 발견했다는 것이다.

골치 아픈 사람들과의 극도로 위험한 상황을 피하라.

(이미 알고 있는 것처럼) 곤경에 빠진 뒤 거기에서 빠져나오려고

노력하는 것보다 아예 곤경에 빠지지 않도록 조심하는 것이

더 쉬운 법이다.

● ● ●

"마지막으로 약속 이행 문제를 인생의 기본법칙의 적용 측면에서
살펴보도록 하겠습니다."

강의대에 두 손을 짚은 채 브로크는 사람들을 천천히 둘러보았다.

"사실 패배자들은 약속을 잘 지키지 못합니다. 생각처럼 인생이 움
직여 주지 않는 가장 큰 이유 중의 하나가 여러분이 자신과의 약속뿐
아니라, 다른 사람들과의 약속을 잘 지키지 않기 때문입니다. 여러분
은 보통의 미국인들처럼 보다 많은 쾌락과 값싼 스릴을 얻기 위해 약
속을 저버리고 있습니다.

여러분이 약속을 어기는 것은 당연히 약속을 지키는 일이 어렵고
불편하기 때문입니다. 단기적인 측면에서는 약속을 지키는 것보다
어기는 것이 더 쉽고 더 편할 것입니다. 하지만 약속을 어길 때마다
인생에서 여러분이 얻을 수 있는 성취감, 만족감, 행복, 그리고 성공
은 여러분에게서 한 걸음씩 멀어질 것입니다. 장기적인 측면에서 여
러분이 약속을 많이 어기면 어길수록 여러분은 보다 어렵고 보다 불
편한 인생을 살게 될 것입니다.

여기 여러분이 약속을 지키고 보다 효율적인 인생을 살기 위해 얼마나

노력하고 있는지 알 수 있는 간단한 테스트가 있습니다. 즉 하겠다고 이야기한 것을 여러분이 얼마나 잘 지키고 있는지 살펴보는 것입니다. 자신과의 약속, 그리고 다른 사람들과의 약속을 얼마나 잘 지키고 있는지 살펴보는 것입니다. 이것은 아주 사소한 약속에도 적용될 수 있습니다. 예를 들어 누군가에게 전화를 걸겠다고 말했을 경우 여러분이 정말로 전화를 걸었는지 생각해보십시오. 여러분이 하겠다고 한 사소한 약속도 지키지 못한다면, 여러분은 인생의 보다 큰 목표는 더더욱 이루어내지 못할 것입니다."

누군가 손을 드는 것이 보였다. 브로크에게 편안한 삶을 원하는 것이 무엇이 잘못이냐고 따지던 론이었다. 브로크가 말했다.

"예, 론 씨. 말씀하십시오."

"다른 사람과 한 약속이 중요한 약속이라면 그것을 지켜야 한다고 생각합니다. 하지만 중요하지 않은 혹은 하찮은 약속까지 일일이 지키는 것은 시간 낭비, 체력 낭비라고 생각합니다."

"정말로 그렇게 생각하십니까?"

브로크는 그런 이야기를 들은 것이 유감스러운 듯, 손에 들고 있던 물컵을 '탕' 하고 내려놓았다.

"론 씨, 사람들이 인생을 엉망으로 만들어 버릴 수도 있는데 왜 많은 약속들을 어긴다고 생각하십니까? 그것은 사람들이 약속을 어기고 싶을 때마다, 중요한 약속도 중요하지 않은 약속처럼 자의적인 해석을 하기 때문입니다.

예를 들어 누군가 당신에게 50달러를 빚지고 있다면 당신은 그것을 중요한 약속으로 생각합니다. 당신에게 그것은 어떤 일이 있어도 어겨서는 안 되는 약속임에 틀림없습니다. 하지만 반대로 당신이 누군 가에게서 75달러를 빚지고 있다면 그것은 종종 지키지 않아도 되는 하찮은 약속이 됩니다. 그렇지 않습니까, 론 씨?"

론은 얼굴이 붉어졌고 많은 사람들이 웃음을 터트렸다. 브로크는 잠시 이야기를 멈추었다가 이렇게 덧붙였다.

"론 씨, 내가 이야기하고 싶은 것은 당신에게 75달러를 빌려줄 경우 당신이 내게 그 돈을 갚지 않으리라는 것이 아닙니다. 나는 당신이 빌 린 돈을 갚지 않을 거라 생각할 이유가 전혀 없습니다. 내가 강조하고 싶은 것은 특정 순간에 약속을 지키고 싶은 마음이 있느냐 없느냐에 따라 흔히 약속의 경중이 달라진다는 것입니다. 본래 인간은 장기적 인 결과가 어떻든 약속을 지키지 않음으로써 당장의 편안함을 누리려 는 본능을 갖고 있습니다. 다른 사람과의 약속을 저버릴 경우 당신은 장기적인 측면에서 정직, 명예, 그리고 우정을 잃게 될 것입니다. 그 리고 자신과의 약속을 저버릴 경우 당신은 성취감, 만족감, 자부심, 그리고 마음의 평화를 잃게 될 것입니다."

그런 다음 브로크는 청중들을 향해 이렇게 말했다.

"여러분 모두 자신에게 어떤 활동이 중요한지 찾아내기 바랍니다. 여러분의 경력에 혹은 개인 생활에 중대한 이익을 가져다 줄 활동이 무엇인지 찾아내기 바랍니다. 그리고 특정 시간 내에 그것을 이행하 겠다고 자신과 약속해야 합니다. 이러한 약속을 기록해 두는 것도 좋 은 방법입니다.

서약서를 어떤 식으로 작성해야 할지 모르겠다면 이 서약서를 참조하 십시오. 이것은 내가 작성한 많은 서약서 가운데 하나로, 세미나 강연을 처음 시작하면서 전문 연설가로서 나 자신에게 한 약속입니다."

브로크는 셸던에게 서약서 견본을 스크린에 영사하도록 몸짓을 했다.

나와의 서약

- 나, 브로크 멜러는 보다 충만한 삶을 위해 내년 한 해 동안 2주에 한권씩 책을 읽겠다고 약속합니다.
- 나의 목표는 세상에 대한 지식을 확대하는 것입니다.
- 직업적 이력을 발전시키는 것입니다.
- 다른 사람과의 대화 능력을 향상시키는 것입니다.
- 궁극적으로 내가 베스트셀러를 집필할 수 있도록 베스트셀러가 된 책들의 구성방식을 배우는 것입니다.

잠시 후 브로크는 강당을 둘러보았다. 모든 이들이 견본을 참고로 하여 부지런히 서약서를 적기 시작했다. 하지만 조와 잡담을 하며 세미나 진행을 방해했던 남자, 테리만은 가만히 있었다.

브로크는 그에게 조금이라도 가까이 다가가려는 듯 그가 앉아 있는 방향으로 강단에서 한 걸음 내려섰다.

"테리 씨, 당신은 적지 않고 계시군요."

"서약서를 작성하는 것은 매우 어리석고 쓸데없는 짓이라고…."

브로크가 테리의 말을 중간에 가로챘다.

"서약서와 관련해 지난 몇 년에 걸쳐 깨달은 사실이 한 가지 있습니다. 약속을 잘 지키지 않는 사람들에게는 서약서를 작성하는 일이 어리석고 쓸데없는 짓일 수 있습니다."

강당 곳곳에서 웃음이 흘러나왔다. 브로크는 물을 한 모금 마신 다음 보다 부드럽고 보다 침착한 목소리로 이렇게 말했다.

"반면 약속을 잘 지키는 사람들에게 그것은 현명한 일일 것입니다. 그들은 자신에게 무엇이 중요한지, 그것을 어떻게 달성할 것인지 기록할 것입니다. 그들은 자신과의 약속을 문서화함으로써 서약서를 작성하지 않은 사람들과 달리 더욱 성실히 약속을 이행하게 될 것입니다. 그러므로 이 세상에서 가치 있는 무엇인가를 이루어내고 싶다면 테리 씨, 당신이 패배자가 아니라 현명한 사람들의 행동을 따라 하도록 권하고 싶습니다."

테리는 다소 당혹스런 눈길로 잠시 브로크를 바라보았다. 하지만 더 이상 아무 말도 하지 않았다. 그리고 잠시 뒤 그는 무엇인가를 기록하기 시작했다.

잠시 후 모든 이들이 서약서를 작성하고 나자 브로크는 참가자들에게 자신과의 약속을 지키기 위해 최선을 다하는 것이 무엇보다 중요하다고 강조했다. 만약 약속을 어길 경우 그들은 약속을 어긴 자신을 냉정히 꾸짖고 약속을 지키려는 노력을 재개해야 한다고 말했다. 그리고 약속을 보다 잘 지킬 수 있도록 서약서를 가능한 한 잘 보이는 곳에 붙여 놓으라고 말했다. 또 침실 벽, 전등 스위치가 붙어 있는 곳에 붙여 놓거나 책상에 앉았을 때 시선이 쉽게 가는 곳에 놓아두는 것도 좋은 생각이라고 덧붙였다.

몇 분 뒤 브로크가 말했다.

"서약서를 작성한 것은 지키기 위해서지 어기기 위해서가 아닙니다. 범인의 인생은 지키지 못한 약속과 변명으로 가득 차 있습니다. 여생 동안 범인의 인생을 좇고 싶지 않다면 여러분은 약속을 지키는 습관을 길러야 합니다. 단순히 말로만 약속을 지키겠다고 하는 것은 소용없는 짓입니다. 약속을 지킨다는 것은 어떤 일이 있어도 약속한 바를 행동으로 옮기는 것입니다. 꿈의 실현을 위해 노력한다는 것은 어떤 장애물이 있어도 꿈을 이루어내겠다는 강한 욕망을 갖고 있는 것을 의미합니다.

성공한 사람들은, 추구할 가치가 있는 무엇인가로부터 만족을 얻으려면 약속을 지키는 태도가 필요하다는 것을 알고 있습니다. 꿈과 목표를 이야기하고 그것을 이루기 위해 무엇을 해야 하는지 정하는 것은 쉬운 일입니다. 대부분의 사람들이 여기까지는 할 수 있습니다. 하지만 목표와 꿈을 추구하겠다는 약속을 지키는 일까지는 하지 못합니다. 약속을 행동으로 옮기지 않으면 목표와 꿈, 그리고 그것을 달성하는 방법, 그 모든 것이 무의미해져 버립니다.

누군가 이 세상에는 모든 일을 행동이 아니라 말로 처리하는 경우가 많다고 했습니다. 우리는 관심을 기울일 곳이 너무도 많습니다. 만약 그런 곳들에 정신없이 신경을 쓰다 보면 여러분은 자신과의 약속, 다른 사람과의 약속을 잊어 버리게 될 것입니다. 따라서 여러분은 자신에게 무엇이 중요한지, 그리고 성실히 약속을 이행하려면 무엇을 해야 할지 생각하고 그것을 바탕으로 움직여야 합니다.

약속을 지키고 꿈을 이루기 위해 노력하지 않는다면 약속을 하는 것이 혹은 꿈을 이야기하는 것이 무슨 소용이 있겠습니까? 지금까지 여러분은 생각하고 계획하고 이야기할 시간을 충분히 가졌습니다.

약속을 하고 꿈을 이야기하는 것은 쉽고 편한 일입니다. 어렵고 불편한 일은 바로 그러한 약속을 이행하고 꿈을 실현하는 것입니다. 약속, 특히 목표 달성과 여러분에게 가장 소중한 꿈의 실현과 관련된 약속을 지키기 시작하는 날, 여러분은 성공을 향해 나아가기 시작할 것입니다."

성공하기 위해 열심히 일할 필요는 없다.

하지만 매일 적어도 몇 시간씩 목표를 이루기 위해 전념해야 한다.

무엇인가에 전념한다는 것은 그것에 대해 이야기하는 것이 아니다.

해야 할 일을 하지 못하는 핑계거리를 찾는 대신, 해야 할 일을

묵묵히 하는 것이다.

● ● ●

"세미나를 마치기 전 마지막으로 질문하실 분 있습니까?"

브로크가 큰 목소리로 물었다. 그러자 가죽 재킷을 입은 거대한 체구의 패트릭이 제일 먼저 질문을 던졌다.

"브로크 씨, 우리가 안고 있는 모든 문제들이 우리가 행한 행동의 결과이기 때문에 책임이 전적으로 우리에게 있다고 말씀하신 바 있습니다. 우리에게 일어나고 있는 일들이 하나님께서 미리 정해 주신 일일 가능성은 없습니까?"

브로크는 미소를 머금고 이렇게 말했다.

"인생의 모든 일들이 하나님에 의해 미리 정해진 일이라 가정한다

면 여러분의 능력으로 할 수 있는 일은 아무것도 없을 것입니다. 하지만 우리 인생에는 우리 능력으로 할 수 있는 일들이 있습니다. 그러므로 모든 일을 하나님의 손에 맡기지 말고 자신의 능력으로 할 수 있는 일을 찾으십시오. 자신의 능력으로 해결할 수 있는 일을 찾아내어 그것을 해결하기 위해 적극적으로 노력하는 보다 의미 있는 인생을 꾸려 나감으로써 신의 부담을 덜어 드리십시오. 하나님께서는 스스로 돕는 자를 돕는다는 것을 잊지 마십시오."

또 다른 사람들이 몇 가지 질문을 했고 브로크는 그에 성실히 대답했다. 그런 다음 브로크는 셸던에게 인생의 기본법칙 도표를 다시 스크린에 영사하도록 요구했다. 브로크는 세미나의 내용을 이렇게 요약 정리했다.

"중요한 메시지를 담고 있는 이 도표를 꼭 기억하기 바랍니다. 잊지 마십시오. 살면서 무엇인가 뜻대로 되지 않을 때 궤도에 오르기 위해서 인생의 기본법칙을 어떻게 이용할 수 있을지 생각하십시오.

여러분 가운데 한 두 분은 인생의 기본법칙을 지금 혹은 10년 뒤에도 받아들이지 못할 것입니다. 자신의 인생을 스스로 책임지는 일보다 피해의식에 젖어 사는 것이 더 쉽기 때문입니다. 하지만 여러분 가운데 일부는 오늘 인생의 기본법칙을 받아들일 것이고 내일부터 그 결과를 보기 시작할 것입니다. 또 일부는 한 두 달 동안 이 법칙을 받아들이길 거부할 것입니다. 그런 다음 어느 날 거리를 걷다가 갑자기 인생의 기본법칙을 깨닫게 될 것입니다. 여러분은 인생의 기본법칙을 받아들이는 정도에 따라 평생 자신이 경험하게 될 성취감, 만족감, 그리고 행복감도 달라질 것임을 깨닫게 될 것입니다. 여러분이 인생의 기본법칙을 이용하기 시작하면, 여러분의 인생은 눈에 띄게 바뀌기 시작할 것입니다. 여러분이 인생의 기본법칙을 생활에 적용하기까지 상당한 시간이 걸릴 수도 있습니다. 하지만 적어도 그때부터는 인생이 바뀌기 시작할 것이고, 여러분은 보다 충만한 인생을 살게 될 것입니다.

분명한 것은 인생의 기본법칙이 냉혹하다는 점입니다. 특히 피해의식을 갖고 있는 사람들에게는 더욱 그렇습니다. 피해자를 자처하는 사람들은 고통과 좌절을 겪는 것은 말할 것도 없고 가치 있는 어떤 것도 이루어내지 못할 것입니다. 피해자를 자처함으로써 여러분은 안도감을 느낄 수도 있습니다. 하지만 그것은 여러분이 피해의식에 익숙해져 있기 때문입니다. 피해자를 자처함으로써 실질적으로 얻을 수 있는 것은 아무것도 없다는 사실을 명심하십시오. 또한 피해자가 될 이유도 없습니다. 피해자가 되느냐 마느냐는 선택의 문제입니다. 피해의식에서 벗어나 자유로이 사느냐 그렇지 않느냐 역시 여러분의 선택에 달려 있습니다. 자유로워지는 유일한 방법은 삶의 질을 결정하는 것이 환경이 아니라 환경에 대처하는 우리 자신의 태도라는 것을 기억하는 것입니다.

우리는 삶의 모든 측면에서 동일한 문제가 되풀이되는 것을 막을 수 있습니다. 어렵고 불편한 길을 택함으로써 동일한 문제가 되풀이되지 않도록 만반의 준비를 한다면, 여러분은 삶을 극적으로 향상시킬 수 있습니다. 그것이 직업을 바꾸는 것이든, 자기 사업에 뛰어드는 것이든, 다른 나라로 이민을 가는 것이든, 혹은 새로운 짝을 찾는 것이든, 결코 쉬운 일이 아닐 것입니다. 하지만 장기적인 측면에서 편안하지만 활력도 만족도 없는 생활에 체념하고 사는 것보다는 쉬운 일이 될 것입니다.

인생의 기본법칙을 명심하십시오. 인생에 공짜는 없다는 사실을 잊지 마십시오. 가치 있는 어떤 것을 얻으려면 어렵고 불편하더라도 그에 상응하는 대가를 치러야 합니다. 이에는 우정, 사랑, 경제적 자립, 균형 잡힌 생활, 그리고 자유도 포함됩니다. 대가를 치르지 않을 수 있다고 혹은 그것을 나중으로 미룰 수 있다고 생각하지 마십시오. 그것은 분명 잘못된 생각입니다. 빨리 대가를 치르기 시작할수록 여러분은 보다 빨리 행복과 만족을 누리기 시작할 것입니다.

인간은 일반적으로 조금이라도 힘들어 보이는 일은 싫어합니다. 여러분은 그러한 일을 적극 이용하십시오. 보다 어려운 일을 하십시오. 그리고 미지의 세계에 뛰어드십시오. 그럼 여러분은 보다 많은 것을 이루어낼 것이고 다른 사람들이 누리지 못하는 만족과 행복을 경험하게 될 것입니다.

요컨대 행복과 충만함이 넘치는 천국을 창조하고 싶다면 여러분은 스스로 인생을 책임져야 합니다. 이 첫 번째 세미나에 참석함으로써 여러분은 벌써 인생을 책임지기 시작했습니다. 내가 좋아하는 작가 중에 리처드 바크가 있습니다. 그는 이렇게 말했습니다. '당신 인생의 모든 사건은 당신이 일으켰기 때문에 일어난 것입니다.'

그러므로 여러분을 위해 내가 이 세미나를 하게 된 것도 일정 정도는 여러분의 책임이며 여러분의 강한 정신력 덕입니다. 사실 내가 여기서 강연하도록 여러분이 나를 끌어당기지 않았다면 나는 아마도 지금 즈음 스탠리 파크에서 자전거를 타고 있거나 비숍에서 저녁을 먹고 있거나 인생의 기본법칙에 관한 새로운 책을 집필하고 있었을 것입니다.

내가 이 자리에 설 수 있도록 해 준 여러분에게 정말 감사드립니다. 내가 일에서 최고의 만족을 느낄 때는 바로 사람들이 나의 강연에서 유익한 무엇인가를 얻을 때입니다. 예전 강연에서와 마찬가지로 이번 강연 역시 사람들에게 정말 유익한 강연이 되었기 바랍니다."

● ● ● ●

강연이 끝나고 셸던은 참석자 가운데 절반 이상이 강단으로 나와 브로크에게 훌륭한 강연이었다며 감사를 표하는 모습을 보았다. 셸던은 그 모습에 놀라지 않았다. 하지만 그는 참석자 가운데 절반이 조와 테리의 반발에 효과적으로 대응한 브로크를 칭송하는 이야기를 하자 상당히 놀랐다. 이들은 세미나 참석자 전원이 끝까지 세미나에 충실할 수 있도록 그 어떤 강사보다도 최선을 다한 브로크의 노력을 높이 평가했던 것이다. 셸던은 브로크가 자신이 강연한 내용을 행동으로 보여주었다고 생각했다. 그는 세미나를 효과적으로 컨트롤하는 어렵고 불편한 길을 택함으로써 인생의 기본법칙을 준수했던 것이다.

셸던은 또한 세미나 강연자로서 브로크가 보여준 세미나 주관 능력에 깊은 감명을 받았다. 세미나 동안 브로크는 모든 이의 이야기에 온전히 주의를 기울였다. 그는 참가자의 이야기를 경청했을 뿐 아니라, 이야기 밑바탕에 깔려 있는 감정까지도 이해하는 듯했다. 셸던은 또한 혁신적인 발표 스타일을 이용한 브로크의 효과적인 강연 방식에도 깊은 감명을 받았다. 셸던은 실질적으로 브로크의 강연으로부터 커다란 자극을 받았다. 뿐만 아니라 강연으로부터 커다란 자극을 받은 이가 자신만이 아니라는 것도 알았다. 그는 몇몇 여성 참가자들이 청중 앞에서 당당히 강연하는 브로크의 자신감 있는 모습에 감탄하는 소리를 들었다. 셸던은 다시 한 번 전문 연설가란 어떤 것인지 생각하게 되었다. 하지만 자신이 과연 대중 연설에 대한 두려움을 극복할 수 있을지는 여전히 의문이었다.

참가자 모두가 강당을 떠나자 브로크는 20달러짜리 지폐 다섯 장을 셸던에게 건넸다.

"셸던, 도와 줘서 고마워요. 정말 잘해 주었어요. 이 돈을 한 번에 다 쓰지 마세요."

"사실 당신을 도와 준 대가로 시간당 25달러를 받으리라고는 생각하지 않았어요. 대학을 졸업한 뒤에도 이렇게 많은 보수를 주는 일자리를 구하기는 어려울 거예요."

"세미나에서 말했던 것처럼 자신의 믿음을 경계하세요. 당신은 자신이 시간당 25달러를 받을 정도로 가치 있는 사람이라고 믿지 않을지도 모르지만, 당신이 항상 맡은 바 임무를 충실히 한다면 그 이상의 보수도 지불할 사람들이 있을 거예요. 참, 그리고 나는 당신이 자동차를 사기 위해 휴학을 하고 풀타임 일자리를 구하는 대신, 이번 학기를 끝까지 마쳤으면 정말 좋겠네요."

"사실 이미 그렇게 하기로 마음먹었어요."

셸던은 세미나 동안 자신이 적은 노트를 브로크에게 보여 주었다. 노트에는 이렇게 적혀 있었다.

나와의 서약

- 나, 셸던 브라운은 보다 충만한 인생을 살기 위해 향후 다섯 달 동안 학업에 충실하겠다고 약속합니다.

- 나의 목표는 좋은 일자리를 얻을 수 있는 기회를 증가시키는 것입니다.

- 남은 몇 달 동안 자동차 없이 생활함으로써 나의 의지력을 테스트하는 것입니다.

- 자부심을 증가시키고 나도 중요한 무엇인가를 이루어낼 수 있다는 것을 어머니께 보여 드리는 것입니다.

- 5년 내에 메르세데스 190 SL을 구입하는 것입니다.

브로크와 셸던은 시청각 장비를 챙기며 다정히 이야기를 나누었다. 정리를 마치고 브로크는 메르세데스 190 SL로 셸던을 집까지 태워다 주었다. 그는 셸던을 태워 주기 위해 일부러 메르세데스 190 SL을 가져왔던 것이다. 브로크는 셸던을 숙모 댁에 내려준 다음, 여자친구와 함께 저녁식사를 하자며 셸던을 집으로 초대했다.

chapter 3

새로운 시작

다른 사람들이 특정 직업을 선택하는 이유에 괘념치 말라.
당신만의 직업 선택의 이유를 찾아라.
인생에서 당신이 맛 볼 만족, 혹은 불행의 3분의 1 가량이
이 결정에서 비롯될 것이다.

브로크의 첫 번째 세미나를 들은 뒤로 셸던은 보다 긍정적인 시선으로 인생을 바라보게 되었다. 또한 그는 시티대학에서 마케팅 학위를 따겠다는 의욕에 차 있었다. 그는 수업에 꼬박꼬박 참석했고 매일 두세 시간씩 공부도 했다. 여전히 대학에 다니는 것이 쉽지는 않았다. 차도 없이 다니는 일이 쉬울 리가 없었다. 하지만 셸던은 토마스 목사님의 말씀을 기억했다.

"한마디로 삶은 어려움의 연속이지. 이런 삶 속에서 자네가 스스로에게 던져야 할 질문은 '다음은 무엇을 해야 하지?' 라네."

첫 번째 세미나가 있었던 주의 일요일에 셸던은 브로크의 집을 찾아갔다. 날씨가 흐리긴 했지만 비는 내리지 않는 따뜻한 오후였다. 밴쿠버 동부의 숙모 댁에서부터 브로크가 살고 있는 키칠라노까지 걸어가는 동안 셸던은 긍정적인 태도를 잃지 않았다. 비록 지금은 먼 길을 걸어가고 있지만 학교만 마치면 차를 구입할 것이기 때문에 걸어 다닐 필요가 없다고 생각했다. 그는 그것이 시간문제일 뿐이라 생각했던 것이다.

오그던 가에 위치한 브로크의 집 근처에 다다랐을 때 셸던은 전에 이 거리를 두세 차례 스쳐 지난 적이 있음을 깨달았다. 그때 그는 '이런 곳에 살 수 있다면 좋겠다' 는 생각을 했었다. 아니 그가 직접 그곳에 살지는 못하더라도, 아는 사람이 그곳에 살아서 그 훌륭한 집들 가운데 한 곳이라도 구경해 봤으면 좋겠다고 생각했었다. 브로크가 알려준 주소에 도착했을 때 셸던은 현대적인 2층집을 발견할 수 있었다. 마호가니 벽에는 수많은 창문이 달려 있고 천장에는 채광창이 있는 집이었다. 하지만 면적은 40평 정도밖에 되지 않았기에 대저택은 아니었다. 그럼에도 불구하고 건축가에 의해 맞춤 설계된 독특한 구조로 개방적이고 안락해 보였다.

셸던은 계단을 올라가 초인종을 눌렀다. 잠시 뒤 30대 후반으로 보이는, 검은 머리의 매력적인 여성이 현관문을 열어 주었다.

"안녕하세요, 저는 실비나예요. 브로크는 종종 저를 여자친구라고 말하죠. 하지만 이따금 여자친구가 저만이 아닌 것 같다는 생각이 드네요."

그녀가 농담조로 말했다.

"셸던 씨죠?"

셸던은 그녀와 악수를 나누며 말했다.

"예, 제가 셸던입니다. 브로크 선생님이 세미나에서 당신 이야기를 했습니다. 만나게 되어 반갑습니다."

"저도 만나서 반가워요. 어서 들어오세요."

실비나의 말투는 부드러웠다.

"브로크 선생님은 어디 계신가요?"

셸던은 거실로 들어서며 큰 소리로 말했다.

"그이는 위층에서 집필 중에 있어요. 저는 저녁식사를 준비하고 있었고요. 보통 여기서 함께 식사를 할 때는 그가 요리도 하고 설거지도 해요. 나는 재미있는 이야기로 서비스를 대신하고요."

실비나는 농담을 잘 하는 유쾌한 사람이었다.

실비아가 이야기를 계속하는데 갑자기 브로크가 거실로 걸어 들어왔다.

"하지만 그가 과로하지 않도록 오늘은 제가 저녁식사를 준비했어요. 아시다시피 하루에 네다섯 시간 이상 일해야 한다면 그이는 분명 가혹하다고 생각할 테니까요."

브로크가 웃으며 말했다.

"하하, 실비나, 장난 그만 해."

브로크는 셸던에게 고개를 돌렸다.

"안녕하세요, 셸던. 이렇게 와 줘서 기뻐요. 오늘 밤 저녁식사에 안 올지도 모른다고 생각했어요. 첫 번째 세미나 직후 나를 이렇게 다시 보는 것이 불편할 수도 있다고 생각했거든요."

"사실 오지 말까 하는 생각이 들지 않았던 것은 아니에요. 하지만 마조히스트가 되기로 했어요. 그래서 오늘 여기 온 거예요."

셸던이 농담을 했다.

"실비나의 말에 신경 쓰지 말아요. 실비나는 나를 놀려 먹는 재미에 사니까요. 항상 말로 내 정신을 쏙 빼놓는다니까요."

"하지만 걱정할 필요는 없어요. 그는 금방 제정신을 차리거든요."

실비나가 부엌으로 가면서 말했다.

"전 지금 샐러드를 만들 거예요. 준비하는 동안 집을 둘러보세요."

"네, 그러죠. 집이 정말 좋아 보이네요."

셸던이 말했다.

브로크가 셸던에게 다른 방들을 보여 주었다. 모두 멋스럽게 꾸며져 있었다. 마지막으로 2층에 있는 그의 서재에 들어섰다. 간부들의 사무실보다 더 화려하게 꾸며져 있었다.

셸던이 탄복과 의아심이 뒤섞인 표정으로 말했다.

"일하기에 매우 좋은 서재가 있는 아늑한 집이네요. 어떻게 이런 집을 7년 만에 샀습니까? 대부분의 사람들이 주택장기대출을 받아 집을 구입하더라도 대출금을 전액 상환하는 데 20년에서 25년은 걸리던데요."

"일에 인생의 기본법칙을 적용했더니 많은 돈을 벌게 되었죠. 그리고 재테크에 그 법칙을 적용했더니 충분한 돈을 모을 수 있게 되었고요. 몇 년 동안 대부분의 사람들이 평균에도 못 미치는 생활이라 생각할 정도로 간소하게 살았어요. 나는 녹슨 차를 몰고 다녔고 사람들이 살고 싶어하지 않는 값싼 아파트에 살았어요. 그렇게 했더니 나보다 수입이 세 배나 많은 사람들보다도 더 많은 돈을 저축할 수 있었죠."

"인생의 기본법칙이 하나의 강박관념이 될 수도 있겠네요."

셸던이 말했다.

"그렇죠. 하지만 그것은 갖고 있으면 좋은 강박관념이죠."

"강박관념이 될 수도 있지만 보다 나은 삶을 창조하는 안내자로서 인생의 기본법칙을 이용하세요. 다른 일반인들보다 더 크고 더 나은 무엇인가를 지속적으로 이루어내기 위해서는 이 법칙을 준수해야 해요. 그 속에는 짧은 기간 내에 훌륭한 집을 구입할 돈을 모으는 일도 포함되죠."

"벌써 이루어 낸 일이니까 그렇게 쉽게 말씀하시는 것 아닌가요? 빨리 이런 집을 사려면 어떻게 해야 할까요?"

"먼저 학업부터 마치세요. 그런 다음 즐겁게 할 수 있는 일을 구하세요. 그러면 높은 수입을 올릴 수 있을 거예요."

"어떤 일이 즐겁게 할 수 있는 일인지 모르겠네요."

셸던이 어깨를 으쓱해 보였다.

"이 세상에서 제일 하고 싶은 일이 뭐예요?"

"많은 돈을 버는 거죠. 그 외에는 잘 모르겠는데요."

"그것만으로는 부족해요. 보다 구체적으로 생각해 볼 필요가 있어요. 시간을 갖고 당신이 정말로 좋아하는 일을 찾으세요. 그런 다음 그일을 하세요. 그것은 매우 어려운 일일 수 있어요. 하지만 불가능한 일은 아니죠. 당신이 열정적으로 할 수 있는 일을 찾는 것이 무엇보다 중요해요. 처음 몇 년 동안은 수입이 더 적어질 수도 있어요. 하지만 그것은 중요하지 않아요. 좋아하는 일을 하면서 자기 발전까지 도모하는 사람은 자연히 일에서 성공하게 되어 있어요. 사실 많은 돈을 버는 것이 궁극적인 목적이 아니었어도 그들은 많은 돈을 벌게 되어 있어요."

다른 사람의 조언을 어떻게 받아들이느냐는 당신에게 달려 있다.
하지만 한 가지 분명한 사실은
다른 사람들이 어떻게 말하든 그리고 어떻게 행동하든,
당신이 특정 직업을 선택한 중요한 이유 가운데 하나는
어느 누구도 당신에게 이야기하지 않은 무엇인가라는 것이다.

셸던이 말했다.

"내 꿈은 당신처럼 되는 거예요. 세미나에서 강연하는 당신의 모습을 본 다음부터 당신과 같은 전문 연설가가 되고 싶어졌어요. 하지만 내게는 그런 재주가 없어요. 그러므로 내가 선택할 수 있는 차선책은 전공을 살려 마케팅 분야에서 풀타임 직을 구하는 거예요."

브로크가 강한 어투로 말했다.

"내 말을 믿으세요. 당신에게는 전문 연설가가 될 재능이 있어요. 또한 마케팅 전문가가 될 재능도 있어요. 중요한 것은 당신이 어떤 일을 하든 그 일을 훌륭히 수행하는 데 필요한 것들을 배우는 거예요."

"대중 연설에 두려움을 갖고 있어요. 전문 연설가가 되려면 그런 두려움이 없어야 하잖아요? 하지만 나는 대중 연설에 대한 두려움을 극복하기 어려울 것 같아요."

"왜 할 수 없다고 생각하죠? 설마 내가 타고난 대중 연설가라고 생각하는 것은 아니겠죠?"

"글쎄요, 어쨌든 당신이 73명 앞에서도 두려움 없이 이야기할 수 있다는 것은 분명한 사실이잖아요."

"지금이야 그렇죠. 사실 지금의 나는 수만 명 앞에서도 연설할 수 있어요. 스무 명을 모아놓고 연설하는 것이나 수만 명을 모아놓고 연설하는 것이나 내게는 다를 바가 없어요. 하지만 나 역시 과거에는 당신만큼이나, 아니 어쩌면 그 이상으로 대중 앞에서 이야기하는 것을 두려워했어요. 심지어는 수업 시간에 발표하는 것도 제대로 못했는 걸요. 한 학급에 학생 수라고는 아홉 명밖에 되지 않았는데도 말이죠. 나는 교수님이 혹시라도 내게 질문을 할까 봐 항상 두려웠어요. 정말로 한 번은 교수님이 내게 질문을 했어요. 나는 겨우 몇 마디 하는데도 몹시 떨었어요."

"그런데 어떻게 두려움을 극복한 거죠?"

셸던의 눈이 커졌다.

"어렵고 불편한 일을 했을 뿐이에요. 그렇다고 웅변학원을 다닌 것은 아니에요. 우선 나는 MBA 과정을 밟으며 조교로 일했어요. 조교로서 나의 주요임무는 열 명가량의 대학생들에게 개인지도를 하는 것이었어요. 학생들은 나를 별 볼일 없는 조교라고 생각했겠지만, 개인지도를 하는 과정에서 나는 대중 연설에 대한 두려움을 어느 정도 극복할 수 있었죠."

브로크는 이야기를 계속했다.

"그 후 사립 직업학교에서 강사로 일했어요. 여전히 사람들 앞에서 이야기하는 것에 두려움을 갖고 있었어요. 특히 강의 첫날은 더욱 그랬어요. 그날은 두 개의 수업이 있었어요. 수업당 학생 수는 85명이었어요. 나는 너무 두려운 나머지 두 수업 모두 15분 만에 마쳤어요. 그날 저녁 퇴근해서 나는 '나와의 서약'을 작성했어요. 세미나에서 보여 주었던 것 같은 서약서 말이에요. 강의를 하다가 죽는 일이 있어도 학기가 끝날 때까지 강사로서의 본분을 잊지 않을 것이며, 대중 연설에 대한 두려움에 정면으로 맞서겠다고 나 자신과 약속했어요."

"그것은 분명 하기 힘든 일이었을 거예요."

셸던이 고개를 끄덕였다.

"예, 힘든 일이었죠. 하지만 생각만큼 힘들지는 않았어요. 그리고 그 과정에서 나는 처음으로 인생의 기본법칙을, 그리고 그 뒤에 숨겨져 있는 힘을 체험할 수 있었어요. 어렵고 불편한 길을 택했더니 상황이 바로 호전되었죠. 일주일 만에 대중 연설에 대한 두려움이 급격히 줄어들었으니까요. 놀랍게도 학기말 즈음에는 그만두고 싶지 않을 정도로 훌륭히 강의를 할 수 있게 되었고, 무엇보다 강의 자체를 즐기게 되었어요. 그리고 직업학교의 다른 어떤 강사보다도 학생들로부터 좋은 평가를 받았어요."

"직업학교에서의 강의 경험 덕에 쉽게 전문 연설가가 될 수 있었던 것인가요?"

셸던이 물었다.

"그것은 시작이었어요. 전문 연설가가 되는 길도 쉽지만은 않았어요. 각종 회의 및 강연회의 전문 연설가가 되려면 당신은 연설에 능해야 해요. 하지만 그것만으로는 충분하지 않아요. 연설 능력 외에 명성도 필요하다는 얘기죠."

"어떻게 하면 명성을 얻을 수 있죠?"

"스포츠 스타도, 영화배우도, 혹은 유명 언론인도 아닌 경우에는 책을 씀으로써 명성을 얻을 수 있어요. 나의 경우에는 『작은 세상에서 크게 생각하기 *Thinking Big in a Small World*』를 집필한 뒤로 전문 연설가가 될 수 있을 정도의 명성을 얻게 되었죠."

"그럼 나도 전문 연설가가 되려면 책을 써야 한다는 말인가요? 내가 책을 쓰다니, 그건 당치도 않은 일이에요."

말을 마치고 셸던은 입맛을 다셨다.

"왜 그렇게 생각하죠? 한때는 나 역시 나 같은 사람은 책을 쓸 수 없다고 생각했어요. 사실 대학교 1학년 때 영어 수업을 들었는데 학점을 따지 못했어요. 그리고 그 후로 그 수업을 두 번이나 더 들었는데도 마찬가지로 낙제점을 받았어요. 여름학기 때 학점을 이수하지 못하면 4학년 진급이 불가능하다는 통보까지 받은 적이 있어요. 글을 알기만 한다면 당신은 얼마든지 책을 쓸 수 있어요. 책은 분량이 다소 많은 기말 논문 혹은 에세이와 다를 바 없어요."

"글솜씨를 타고나는 사람도 있잖아요?"

셸던이 물었다.

"물론 선천적으로 다른 사람보다 글솜씨가 뛰어난 사람들이 있어요. 다른 사람보다 재능이 뛰어난 사람은 특정 분야에서 두각을 나타낼 가능성이 그만큼 높다고 할 수 있죠. 예를 들면 글솜씨가 있는 사람은 보통 사람보다 유명 작가가 될 가능성이 그만큼 높다고 할 수 있겠죠. 그럼에도 불구하고 글을 쓰는 작업은 끈기와 헌신이 필요한 일이에요. 예를 하나 들어볼게요. 나는 작가로서 나의 한계를 잘 알고 있어요. 조지 버나드 쇼, 장 폴 사르트르, 혹은 노벨 문학상을 받은 다른 수상자들에 비하면 나의 글솜씨는 형편없어요. 만약 내가 노벨 문학상을 받는다면 세계 주요 도시 거리마다 반대 시위가 이어질 걸요.

하지만 그런 한계 때문에 글쓰기 자체를 포기할 필요는 없어요. 내가 쓸 수 있는 글을 쓰면 되니까요. 나는 종종 나보다 문학적인 능력과 재치가 뛰어난 사람들을 만나요. 그리고 그들은 정말 책을 쓰고 싶어해요. 하지만 그들은 글을 쓰지 않았어요. 하지만 나는 그렇게 했어요. 얼마 전에 깨달은 사실인데, 나는 윌리엄 셰익스피어와 같은 수준 높은 글을 쓸 수는 없지만 내 능력에 맞는 글을 쓸 수는 있어요.

무엇보다도 내가 첫 번째 책을 집필할 수 있었던 것은 나와의 약속의 결과예요. 나는 매일 적어도 세 시간씩 글을 쓰겠다고 나 자신과 약속했거든요. 세 시간 동안 나는 네 페이지 정도 쓰려고 노력했어요. 세 시간에 네 페이지 쓰는 것은 뛰어난 재능이 없어도 가능한 분량이니까요. 때때로 감동적인 내용이 담겨 있을 때도 있었어요. 하지만 그렇지 않다고 해도 수정 작업을 할 수 있는, 네 페이지 분량의 글이 꾸준히 생기는 것만으로도 괜찮은 수확이었죠. 그리고 하루 세 시간씩 글을 쓰겠다는 자신과의 약속을 어기고 하루 15분씩만 글을 쓴다고 해도, 말로만 글을 쓰겠다고 하고 아무것도 하지 않는 사람보다는 더 빨리 책을 완성할 수 있을 거예요. 행동하지 않는다면 평생이 걸려도 당신은 어떤 것도 이루어낼 수 없어요."

"아무나 작가 양성 강좌를 들을 수 있나요?"

"물론이죠. 하지만 반드시 그런 강좌를 들어야 하는 것은 아니에요."

"그럼 다른 무슨 대안이라도 있나요?"

"나이키의 선전 문구처럼 그냥 하면 돼요. 글을 쓰기 시작하는 어렵고 불편한 일을 그냥 하면 돼요. 유명한 작가들 가운데 작가 양성 과정을 밟은 사람은 거의 없을걸요."

"유명한 작가들은 대부분 뛰어난 글솜씨를 갖고 있었기 때문에 그런 강좌를 듣지 않고도 쉽게 글을 쓸 수 있었던 것 아닌가요?"

브로크가 반박했다.

"결코 그렇지 않아요. 리처드 바크는 『갈매기의 꿈』을 포함해 몇 권의 베스트셀러를 썼어요. 하지만 그 역시 글쓰기가 어려운 작업임을 인정했어요. 어니스트 헤밍웨이도 글 쓰는 작업이 어렵고 때때로 불가능해 보이기까지 할 때 용기를 얻기 위해 기존에 썼던 작품을 읽곤 한다고 말했어요. 그리고 『캐치 22』의 작가 캐치 헬러는 모든 훌륭한 작가는 글을 쓰는 데 어려움을 겪는다고 말했어요."

"글 쓰는 일이 그렇게 어려운 일인데 작가들은 왜 계속 글을 쓰는 걸까요?"

"진정으로 작가가 되길 원한다면 글을 쓰지 않는 것이 글을 쓰는 것보다 더 어렵고 더 불편하기 때문이죠. 그것은 다른 경우에도 마찬가지예요. 당신이 전문 연설가가 되길 원한다면 혹은 만족스럽고 충만한 생활을 제공할 다른 무엇인가가 되고 싶다면, 그것을 하지 않는 것이 그것을 하는 것보다 더 어렵고 더 불편한 일일 거예요. 누군가 이런 말을 했어요. '결국 당신이 후회할 일은 무엇인가를 한 것이 아니라, 무엇인가를 하지 않은 것이다.'"

"전문 연설가 혹은 작가가 되겠다는 목표를 이루기 위해 노력한 모든 이들이 목표를 이루어내는 것은 아니잖아요."

셸던은 고집을 피우는 아이처럼 물고 늘어졌다. 브로크가 그의 말에 동의했다.

"맞는 말이에요. 하지만 당신이 정말로 하고 싶은 일에 매진할 때 꿈만 꾸고 말만 하는 사람들에 비해 당신의 성공 가능성은 훨씬 높아질 거예요. 헨리 데이비드 소로는 이렇게 말했어요. '꿈을 좇아 자신 있게 전진한다면, 자신이 꿈꾸어온 삶을 살기 위해 노력한다면, 당신은 꿈을 추구하지 않은 사람보다 더 크게 성공할 것이다.'"

셸던이 또 한 가지 질문을 던졌다.

"그런데 현재 자기가 하고 있는 일을 싫어하면서 대부분의 사람들이 보다 만족스러운 일을 찾지 않는 이유는 무엇일까요?"

"보다 나은 무엇인가를 추구하는 일과 못마땅하지만 현재의 생활을 지속하는 일 가운데 한 가지를 택해야 할 경우 대부분의 사람들이 못마땅하더라도 현재의 생활을 계속하는 길을 택하기 때문이죠. 그들은 상관의 횡포, 열악한 근로 환경, 발전 가능성이 없는 따분한 일을 참고 견딜 거예요. 보다 좋은 일자리를 찾는 데는 시간과 노력이 필요하기 때문이죠. 게다가 보다 나은 일을 찾으려면 변화와 위험을 감수하고 때때로 커다란 희생(1~2년 동안 보다 낮은 보수를 받는 일 같은)을 치러야 하기 때문이죠. 그래서 대부분의 사람들이 익숙한 일을 계속하는 것이 더 쉽다고 생각해요. 그것이 아무리 따분하고 고된 일이라 해도 말이죠.

하지만 어렵고 불편하더라도 보다 쉽고 보다 편안한 미래를 위해 희생을 감수할 준비가 되어 있는 사람들이 있어요. 예를 들어 존 그리샴은 법정추리소설을 쓰겠다는 꿈을 위해 변호사 일을 그만두었어요. 만약 그렇게 하지 않았다면 그는 지금과 같이 성공하지 못했을 거예요."

"내가 존 그리샴같이 성공한 작가가 된다면 정말 근사해 보이겠죠?" 셸던이 말했다. 브로크가 싱긋 웃어보이고는 대답했다.

"근사해 보이고 싶어서 글을 쓸 수는 없죠. 글을 쓰는 일이 좋아서 혹은 다른 사람과 공유하고 싶은 어떤 이야기가 있어서 글을 써야 해요. 물론 유명한 작가가 되면 많은 혜택을 누릴 수 있어요. 하지만 근사해 보인다는 것이 유명한 작가가 됨으로써 누릴 수 있는 혜택이라 말할 수는 없을 것 같네요."

"고소득은 유명한 작가가 누릴 수 있는 최대의 혜택임에 틀림없어요."

셸던이 고개를 끄덕였다.

돈을 위해 일할 경우 일에서 진정한 성공을 거두기는 어렵다.
새로운 시각으로 돈을 바라보라. 그러면 당신은 돈의 많은 측면이 얼마나 어리석은지 깨닫게 될 것이다.

당신은 또한 기본적인 필요만 충족된다면 행복과 돈은 무관하다는 사실을 깨닫게 될 것이다.

그렇다면 당신이 돈에 연연할 이유가 무엇이겠는가?

셸던의 말에 브로크가 부드러운 말투로 대답했다.

"그렇지 않아요. 물론 작가가 되면 짧은 시간 내에 많은 돈을 벌 수 있어요. 하지만 그보다 중요한 보상이 있어요. 모험, 자기만족, 독자들로부터의 인정, 그리고 자부심 같은 보상들이죠. 대부분의 유명 작가들은 경제적 보상이 글을 씀으로써 얻을 수 있는 최대의 보상이라 생각하지 않아요. 자신의 세계관을 다른 이들과 나누는 스릴, 그리고 자신의 책을 읽고 독자들이 기쁨을 느꼈다고 말할 때 느끼는 영적 성취감이 그들에게는 돈보다 더 큰 보상이죠. 글을 쓰는 과정에서 겪게 될 모든 어려움을 극복할 준비가 되어 있다면 당신 역시 그러한 보상을 얻을 수 있어요."

"물론 책을 쓰는 일이 어렵다고 해도 첫 번째 책을 쓸 때보다는 두 번째 책을 쓰는 지금이 더 쉽겠죠?"

"그렇지 않아요. 오히려 어떤 면에서는 두 번째 책을 쓰는 지금이 더 어려워요. 이틀에 한 번씩은 그만둘까 하는 생각이 들어요. 하지만 매일 서너 시간씩 글을 쓰겠다는 나와의 약속을 지키기 위해 여전히 노력하고 있어요. 사실 석 달 동안 집필 작업을 하면서 가장 어려운 일은 적절한 제목을 찾는 것이었어요. 지금까지 최소한 100개는 생각했을 거예요. 하지만 이거다 싶은 제목이 없었어요. 어렵고 불편하더라도 계속 좋은 제목을 찾아본다면 언젠가는 좋은 제목을 찾게 되겠죠, 뭐."

"책 제목을 그냥 '인생의 기본법칙' 이라고 하면 왜 안 되죠?"

셸던이 물었다.

"너무 따분하잖아요. 보다 획기적인 제목이 필요해요. 만약 이 책에 붙일 획기적인 제목을 생각해 준다면 사례로 500달러를 드리죠."

"500달러요! 진심인가요?"

셸던이 놀라 외쳤다.

"그럼요, 진심이죠. 제목이 좋을수록 사람들이 책에 보다 많은 관심을 기울이죠. 그리고 결국 구입하게 되고요. 좋은 제목만큼 홍보 효과가 뛰어난 것도 없죠."

"500달러를 준다면 진지하게 생각해 보죠."

"그렇다고 이것 때문에 학업을 소홀히 해서는 안 돼요."

브로크가 눈을 찡긋해 보였다.

"글쓰기와 대중 연설에 대한 이야기는 이제 그만 하고 저녁 먹으러 가죠. 그렇지 않으면 늦은 벌로 실비나가 저녁을 이웃집 개에게 주고 말 걸요."

저녁식사를 하며 셸던은 브로크와 실비나에 대해 더 많은 것을 알게 되었다. 실비나는 라틴계 미국인으로 부에노스아이레스에서 밴쿠버로 이사를 왔다. 실비나와 브로크는 키칠라노 해변의 공공 테니스장에 테니스를 치러 갔다가 만났다. 그들은 종종 좋은 레스토랑에서 함께 식사를 했고, 때때로 하와이나 그리스 같은 곳으로 여행을 갔다. 두 사람 모두 운동에 열심이었다. 적어도 하루에 한 시간 반씩 격렬히 운동을 했다. 체력을 증진시키고 몸매를 유지하기 위해서였다. 브로크와 실비나 두 사람 모두 자립심이 강해서 혼자만의 시간 역시 중요하게 생각했다. 실비나는 브로크의 집에서 반 마일 떨어진 거리에 자기 집을 갖고 있었다.

저녁식사 후 브로크와 셸던은 설거지를 했다. 셸던은 온갖 가구들이 갖춰져 있는데 왜 식기세척기는 없는지 물었다. 브로크는 이 세상에 존재하는 모든 편의시설을 갖춰야 행복한 것은 아니라고 대답했다. 또한 그런 사치품을 구입하는 것은 돈 낭비라고 덧붙였다. 그리고 많은 이들이 경제적 위기를 겪는 이유 가운데 하나가 불필요한 사치품들을 사들이기 때문이라고 말했다.

잠시 후 셸던과 브로크, 그리고 실비나는 뒤뜰에 앉아 기분 좋게 이야기를 나누었다. 셸던이 브로크를 보며 이렇게 말했다.

"실비나처럼 좋은 여자친구가 있으면 좋겠어요."

"위험한 생각인데요."

브로크가 농담을 했다.

"정말로 저 좀 도와 주세요. 한 번에 스포츠카 두 대를 동시에 타고 다니지는 않잖아요. 그러니 일주일 동안만 메르세데스 190이나 포르쉐 924를 빌려 주면 안 될까요? 그런 차를 몰고 다니면 여대생들이 따라붙을 거예요. 그럼 분명 멋진 여자친구를 사귈 수 있겠죠?"

브로크는 적이 아닌 친구로서 염려 어린 표정으로 셸던을 바라보았다. 브로크가 무엇인가를 말하려 하는 순간, 실비나가 먼저 이렇게 말했다.

"좋은 차가 있어야 사귈 수 있는 여자라면 그 여자는 당신이 원하는 그런 여자친구가 될 수 없어요. 장기적으로 그런 여자는 당신에게 좋은 사람이 되어 줄 수 없어요. 그들은 그저 돈 때문에 당신을 만나는 것일 뿐, 진정으로 당신을 사랑하지는 않을 테니까요."

"당신이 브로크를 만났을 때 그가 좋은 차를 타고 있지 않았나요?"

셸던이 물었다.

"처음 브로크를 만났을 때 그는 구형 도요타 셀리카를 몰고 있었어요. 어떤 주차장에도 그보다 더 최악인 차는 없었죠."

실비나가 웃으며 말했다.

"그를 만나기 전에 나는 밴쿠버에서 가장 부유하고 잘생기고 똑똑한 남자들과 사귀었어요. 그들 모두 호화스런 대형차를 몰고 다녔고, 비싸고 멋진 옷들을 입고 다녔어요. 그들은 항상 최고급 레스토랑만 데리고 다녔어요. 하지만 그들 중 어느 누구도 브로크만큼 나를 감동시키지는 못했어요. 브로크가 좋았던 것은 그들과 달랐기 때문이에요. 그는 자신만의 독특한 멋을 갖고 있었어요. 좋은 차 없이도 그는 내게 깊은 인상을 주었지요. 그는 또한 나를 좋은 레스토랑에 데려갔어요. 물론 흔히 사람들이 자신이 부자라는 것을 과시하기 위해 찾는 최고급 레스토랑은 아니었죠."

이어서 브로크가 이야기했다.

"내가 하고 싶은 말을 실비나가 더 설득력 있게 이야기한 것 같네요. 사실 다른 사람의 차를 몰고 다닌다고 실비나같이 좋은 여자친구를 만날 수는 없어요. 아, 그리고 이것은 또 다른 문제지만, 당신 자신의 차가 아니라면 아무리 훌륭한 차를 몰고 다녀도 당신은 그리 행복하지 않을 거예요. 열심히 일을 하든 창의력을 발휘하든, 당신의 힘으로 차를 장만해야만 그 차를 몰고 다니는 것에서 행복을 느낄 거예요."

셸던은 그의 이야기에 수긍했다.

"맞는 이야기예요. 인생의 기본법칙이 적용되지 않는 일이 없네요."

"정말 당신은 이해가 빠르군요."

브로크가 웃으며 말했다.

당신은 모를 수도 있지만 당신의 수호천사는 알고 있다.
당신이 무엇인가를 원할 때 그것을 손에 넣을 수 없다는 것이
종종 당신에게 큰 축복이 될 수 있다는 것을 말이다.

셸던과 브로크, 그리고 실비나는 계속 즐겁게 이야기를 나누었다. 그때 어린 소녀가 뒷문을 통해 뒤뜰로 들어왔다. 그 아이는 장애 때문에 보행기에 의지해 걷고 있었다.

"안녕하세요, 실비나 아줌마. 안녕하세요, 브로크 아저씨."

소녀가 환한 미소를 지으며 명랑한 목소리로 말했다.

"안녕, 코리나."

실비나와 브로크가 동시에 대답했다. 코리나는 여전히 미소 띤 표정으로 천천히 그들에게 다가왔다. 그러더니 1.5m 정도 거리에서 호기심 어린 표정으로 셸던을 보며 말했다.

"오빠는 누구세요? 나는 코리나예요."

셸던이 웃으며 말했다.

"나는 셸던이란다. 안녕?"

소녀는 여전히 호기심 어린 표정으로 그를 보며 말했다.

"네, 안녕하세요? 저는 브로크 아저씨와 실비나 아줌마를 만나러 왔어요. 저는 아저씨네 이웃집에 살아요. 브로크 아저씨와 실비나 아줌마 두 분 모두 저의 좋은 친구예요. 오빠는 무슨 일로 여기 오셨어요?"

"이웃에 살지는 않지만 너처럼 나도 이 두 사람의 특별한 친구가 되고 싶어서 왔단다."

"코리나는 우리에게만 특별한 친구가 아니에요. 코리나는 많은 사람들에게 특별한 존재죠. 코리나는 정말 똑똑하고 훌륭한 아이예요."

갑자기 코리나가 고개를 돌리더니 실비나 뒤를 가리켰다.

"우와, 나비다. 보세요. 정말 예쁘죠."

나비를 쫓아가기라도 하려는 듯 소리쳤다.

"나비가 된다면 정말 좋겠죠?"

코리나는 그 후 한 시간 반가량 함께 있는 동안에도 그와 같은 감탄을 연발했다. 그 아이는 사람들을 끌어들이는 묘한 매력을 갖고 있었다. 물론 셸던도 예외는 아니었다. 코리나가 뒷문을 통해 자기 집으로 돌아갈 즈음 셸던은 코리나에게 완전히 매료되어 있었다. 코리나는 자신의 장애에 대해 한마디도 하지 않았다. 아니, 장애로 인해 거동이 불편한 사람 같지 않았다.

코리나가 집으로 돌아간 뒤 브로크와 실비나는 코리나가 다른 어떤 사람보다 즐거운 삶을 살고 있다고 말했다. 코리나는 자신의 핸디캡 때문에 무엇인가를 할 수 없다고 생각하지 않았다. 코리나의 어머니는 코리나에게 모든 사람이 핸디캡을 갖고 있다고 말해 주었다. 그것은 가난일 수도 있고 뚱뚱한 것일 수도 있고 다른 사람보다 IQ가 낮은 것일 수도 있고 혹은 다른 사람만큼 건강하지 못한 것일 수도 있다고 설명해 주었다. 그리고 코리나는 지적 능력이 뛰어났고 (일례로 그 아이는 학교에 입학한 이래 항상 학급에서 상위권에 들었다), 그런 측면에서 보면 대부분의 사람들이 지적인 핸디캡을 갖고 있다고 할 수 있다고 말해 주었다.

브로크는 셸던을 보며 이렇게 말했다.

"건강하고, 신체적인 핸디캡도 없고 똑똑하고 부자이고 고등교육도 받은 어른 중에 코리나만큼 삶을 사랑하는 사람을 얼마나 보았나요?"

셸던이 웃으며 말했다.

"한 명도 못 봤는데요. 자신이 갖고 있는 핸디캡에도 불구하고 피해의식을 전혀 느끼지 않고 있다니 놀랍네요. 세미나 참석자들에게 코리나의 오늘 모습을 비디오로 촬영했다가 보여줄 수 있다면 좋겠네요."

"사실 전문 연설가로 내가 무슨 일을 하는지 보고 싶다며 코리나가 계속 조르는 통에 다음 세미나에 실비나가 코리나를 데려올 거예요. 세미나 참석자들 모두 코리나를 만날 수 있을 거예요. 그리고 그 아이가 얼마나 즐거운 삶을 살고 있는지 느낄 수 있을 거예요. 코리나를 처음 만난 많은 이들이 코리나를 보고 용기를 얻어요. 삶에서 즐거움을 찾지 못하던 비관적인 사람들도 코리나를 보면 생각이 많이 바뀌죠."

당신은 오늘 누리고 있는 특권에 보다 감사해야 한다.

만약 하나님께서 당신이 갖고 있는 모든 재능을 빼앗아갔다가

되돌려 주신다면 얼마나 행복할지 상상해 보라.

chapter 4

창의력

돈을 잃어 버린다면 조금 잃게 될 것이다.
시간을 잃어 버린다면 보다 많은 것을 잃게 될 것이다.
건강을 잃어 버린다면 모든 것을 잃게 될 것이다.
그리고 창의력을 잃어 버린다면 남은 것이 아무것도 없게 될 것이다.

셸던은 첫 번째 세미나에 참석할 때보다 한결 긍정적인 마음으로 두 번째 세미나가 열리는 강당에 도착했다. 그는 첫 번째 세미나 때와 마찬가지로 브로크를 도와 시청각 장비를 설치하고 세미나 참석자들에게 이름표를 나누어 주었다. 셸던은 참가자들이 첫 번째 세미나에서 있었던 일에 대해 이야기하는 것을 들었다. 그리고 첫 번째 세미나 참가자 전원이 아마도 두 번째 세미나에 참석했으리라 추측하는 이야기도 들었다. 사실 그들의 추측처럼 조를 포함해 첫 번째 세미나에 참가했던 사람들 모두가 두 번째 세미나에 참석했다.

세미나 시작 15분 전 즈음 실비나와 코리나가 강당에 도착했다. 코리나는 셸던이 앉아 있는 곳으로 천천히 다가왔다. 그리고는 그에게 인사를 하며 무엇을 하고 있는지 물었다. 셸던은 컴퓨터를 조작하며 브로크의 세미나를 돕고 있다고 설명했다. 코리나는 실비나와 함께 강당 뒤편으로 걸어갔다. 코리나가 천천히 자신감 있는 표정으로 강당을 오갈 때 세미나 참가자들은 호기심 어린 눈으로 그 아이를 쳐다보았다. 코리나는 사람들과 눈이 마주칠 때마다 미소를 지어 보였다.

●●○

브로크는 첫 번째 세미나 때보다 한층 침착하고 편안한 태도로 세미나를 시작했다.

"이렇게 다시 만나게 되어 정말 반갑습니다."

그가 미소를 지으며 말했다.

참가자들도 브로크에게 "안녕하세요!"라는 말과 미소로 답했다.

브로크가 이야기를 계속했다.

"오늘 저녁에는 인생의 기본법칙을 활용하는 방법에 대해 보다 자세히 논의해 보도록 하겠습니다. 이 시간을 통해 여러분은 보다 창의적인 방법으로 일과 개인생활에서 다양한 기회를 창출하는 방법을 배우게 될 것입니다. 하지만 창의력을 논하기에 앞서 지난 세미나로 인해 이익을 얻은 사람이 있는지부터 알아보도록 합시다. 특히 인생의 기본법칙을 적용하여 피해의식을 극복하고 인생을 스스로 책임짐으로써 어떤 성과를 거둔 사람이 있는지 알아봅시다."

놀랍게도 첫 번째 세미나에서 테리와 함께 세미나의 순조로운 진행을 방해했던 조가 제일 먼저 손을 들었다. 그는 우선 지난 세미나 때 소동을 일으켰던 것을 사과했고, 세미나가 끝날 때까지 자리를 지킬 수 있도록 설득해 준 브로크에게 감사를 표했다. 그런 다음 조는 자신이 정말 관심 있어했던 여성으로부터 거절당할 위험을 감수하는 어렵고 불편한 길을 택했던 사건을 이야기했다.

"처음에는 정말 힘들었어요. 도서관에서 그녀에게 다가가 약 2분 동안 이야기를 나눈 뒤 자리를 떴어요. 그녀가 나를 바보라고 생각할 것이 틀림없었죠. 다음날 나는 또다시 그녀를 만났어요. 나는 전날 내가 정말 바보 같은 짓을 했다는 것을 알고 있었어요. 하지만 나는 전날과 같은 바보짓을 또다시 했어요. 그러나 이번에는 2분이 아니라, 20분 동안 그녀와 이야기를 나누었어요. 그리고 세 번째 만났을 때는 2시간 동안 이야기를 했어요. 그리고 지금도 믿을 수 없는 일이지만, 토요일 저녁 마침내 치안티(Chianti's)에서 그녀와 함께 저녁식사를 했어요."

강당 곳곳에서 박수갈채가 쏟아졌다. 브로크가 장난스런 말투로 이렇게 말했다.

"오, 조 씨, 나는 당신이 인생의 기본법칙을 이용해 돈을 버는 새로운 방법을 알게 되었다거나 보다 적은 돈으로 보다 즐거운 데이트를 즐기는 방법을 알게 되었다는 이야기를 할 줄 알았습니다. 인생에서 당신이 원하는 것을 얻기 위해 어떤 식으로 위험을 감수했는지 이야기해 주어서 정말 감사합니다."

다른 몇 명의 참가자들이 생활에 어떤 식으로 인생의 기본법칙을 적용했는지 이야기했다. 한 여성은 항상 약속 시간에 늦는 남자친구의 버릇을 어떻게 고쳤는지 이야기했다. 이야기인즉, 어렵고 불편한 일이었지만 자신이 언제까지나 그를 참고 기다리지는 않을 것이라는 뜻을 분명히 했더니 다음에는 그가 약속 시간보다 일찍 나왔다는 것이었다.

그런 다음 첫 번째 세미나 때 모든 사람의 현실이 다른 사람의 현실만큼 타당하다는 주장을 전개했던 벤이 자신의 경험을 이야기했다. 그는 매우 무례했던 상관이 생각만큼 무례한 사람이 아님을 깨닫게 된 일을 이야기했다. 그것은 전적으로 그가 상관의 희생양이 되기를 거부했기 때문이었다. 벤은 상관이 자신을 멍청이라 모욕할 때 그 말에 상처 받을 필요가 없다는 것을 깨닫게 되었다. 또한 상관이 어떤 말을 했을 때 모멸감을 느꼈던 것은 자신이 그의 말을 자의적으로 해석했기 때문임을 깨달았다. 만약 그의 말을 한 귀로 듣고 한 귀로 흘렸다면 그가 어떤 말을 하든 모멸감을 느끼지 않았을 것이다. 그러므로 벤은 모멸감을 느꼈던 것이 상관의 탓이 아니라 바로 자기 자신의 탓임을 알게 되었다. 모멸감을 남의 탓이 아니라 자신의 탓이라 생각하게 됨으로써 벤은 모멸감을 극복할 수 있게 되었던 것이다.

네 번째로 팅이 이야기했다. 그는 도로에서 상대편 운전사의 진로를 방해했던 일을 이야기했다. 운전사는 갓길에 차를 세워놓고 그에게 소리치기 시작했다. 팅은 어렵고 불편한 일이었지만 자신의 잘못을 인정하고 정중히 사과했다. 운전사는 팅의 정중한 사과에 몹시 놀라는 눈치였다. 그리고 오히려 운전사는 그의 정중한 사과에 사의를 표했다.

첫 번째 세미나 때 속도위반에 걸려 딱지를 뗐던 벨린다가 마지막으로 자신의 경험을 이야기했다. 첫 번째 세미나 직후부터 그녀는 더 이상 피해자가 되지 않기 위해 인생의 기본법칙을 적용하기 시작했다고 말했다.

"얼마 전 나는 이혼을 했어요. 그 때문에 피해의식을 갖고 있었죠. 하지만 2주 전 세미나를 들은 후 생각을 바꾸기로 결심했어요. 내 행복은 내가 책임지겠다고 맹세했죠. 부정적인 생각을 버리고 모든 것을 긍정적으로 생각하기 시작했어요. 그렇게 태도를 바꾼 지 2주밖에 되지 않았는데 나날이 모든 상황이 호전되고 있어요. 부정적인 생각이 들기 시작할 때 혹은 피해의식이 고개를 들 때 나는 그런 사치를 누릴 시간이 없다며 스스로를 설득했어요. 처음에는 힘든 일이었어요. 하지만 시간이 지날수록 점점 쉬워지고 있어요. 그리고 2주밖에 지나지 않았는데 전보다 상황이 훨씬 좋아졌어요."

그녀의 말을 들은 브로크가 이렇게 말했다.

"벨린다, 계속 그렇게 생활한다면 당신의 상황은 지금보다 훨씬 더 좋아질 것입니다. 연구 결과에 따르면 아무리 매일같이 노력해도 새로운 사고방식이 우리의 마음속에 완전히 자리를 잡으려면 최소 3주가 걸린다고 합니다. 그러므로 계속 노력해야 합니다. 그러면 3주 전에 비해 이혼이라는 상처가 당신에게 상대적으로 아무런 영향도 미치지 않는 상태에 이르게 될 것입니다."

그런 다음 브로크는 강단으로 올라가 이렇게 말했다.

"경험담을 이야기해 주신 모든 분들께 감사드립니다. 이 경험담을 통해 여러분은 피해의식을 극복하고 인생을 스스로 책임지는 데 인생의 기본법칙이 얼마나 큰 힘을 발휘할 수 있는지 느끼셨을 것입니다. 여기서 중요한 것은 여러분이 치명적인 실패, 심각한 어려움, 차별대우, 그리고 여타 불평등을 겪느냐 아니냐가 아니라 그것들을 극복하기 위해 최선의 노력을 기울이느냐 그렇지 않느냐가 될 것입니다. 단기적으로 그것은 어렵고 불편한 일일 것입니다. 하지만 그런 노력을 계속한다면 여러분은 장기적으로 보다 쉬운 인생을 살게 될 것입니다.

자신의 문제를 여러분 스스로 온전히 책임질 때 여러분은 진정으로 성취감과 만족감을 느끼고 성공을 이루게 될 것입니다. 여전히 인생의 기본법칙을 이해하지 못하는 사람들에게도 인생은 결코 복잡하지 않습니다."

브로크는 미소를 지으며 이렇게 덧붙였다.

"즉 여러분에게 인생이 고통이라면 여러분은 잘못 살고 있는 것입니다. 여러분은 쉽고 편한 일을 너무 많이 하고 있는 것입니다. 이제부터라도 어렵고 불편한 일을 많이 하십시오. 그러면 인생의 고통이 훨씬 줄어들 것입니다.

　이제 인생의 기본법칙을 창의적으로 활용하여 보다 많은 기회를 창출할 방법에 대해 이야기해 보도록 합시다."

　창의적으로 생각하고 창의적으로 행동하려고 노력하라.
　최초가 되어라.
　개성을 발휘하라
　그리고 대담해져라.
　그래야만 당신은 이 세상에 커다란 영향을 미치게 될 것이다.
　그리고 위대한 존재가 될 것이다.

　한 시간 반 동안 브로크는 창의력의 여러 가지 측면을 이야기했고, 인생의 기본법칙을 보다 창의적으로 활용할 방법을 논의했다.

　브로크는 중요한 일곱 가지 창의력 원칙을 이야기했다. 그것들은 비록 지키기 어렵고 불편한 원칙들이지만, 지키기만 한다면 장기적으로 성공에 중요한 역할을 할 원칙들이었다. 참석자들이 노트에 기록할 수 있도록 셸던은 스크린에 일곱 가지 원칙을 영사했다.

　첫째, 창조적이 되려고 노력한다.
　둘째, 다양한 해결책을 모색한다.
　셋째, 자신의 아이디어를 적극 활용한다.
　넷째, 주변의 모든 기회를 소홀히 하지 않는다.
　다섯째, 실패를 기꺼이 감수한다.

여섯째, 자신만의 개성을 과감히 추구한다.

일곱째, 끈기를 갖는다. 그리고 마땅히 치러야 할 대가를 치른다.

브로크는 세미나 참가자 전원에게 그들이 완전히 다 쓸 수 없을 정도로 많은 창의력을 갖고 있다는 것을 설득력 있게 설명했다. 그는 창의력이 수백만 달러의 가치가 있는 자산이지만, 대부분의 사람들은 자신이 그러한 자산을 갖고 있다는 사실조차 알지 못한다고 말했다. 그리고 만약 그러한 사실을 알고 있다고 해도 그것의 진정한 가치를 알지 못하거나 그것을 적절히 이용할 방법을 알지 못한다고 덧붙였다. 브로크는 다양한 테크닉을 이용함으로써 누구든 지금보다 훨씬 더 창의적이 될 수 있으며, 창의력은 분명 습득 가능한 무언가라고 주장했다.

첫 번째 세미나에서 자신이 갖고 있는 믿음에 항상 이의를 제기해야 하는 이유를 따져 물었던 브렌트가 이렇게 말했다.

"어떻게 창의력이 습득 가능하다는 것이죠? 창의력은 습득 가능한 것이 아니라 선천적인 것이에요. 따라서 창의력을 갖고 태어나지 않은 사람은 창의적이 될 수 없어요."

브로크는 그가 앉아 있는 자리 가까이로 다가가며 이렇게 대답했다.

"브렌트 씨, 당신은 창의력을 포함하여 많은 것에 완고한 믿음을 갖고 있습니다. 일전에 말했던 것처럼 믿음은 일종의 병입니다. 믿음을 버리십시오. 그렇지 않으면 믿음이 당신의 삶을 좌지우지하게 될 것입니다.

창의력과 관련해 당신이 갖고 있는 모든 낭만적인 생각들을 버리십시오. 창의력은 특정 예술가와 음악가만이 가질 수 있는, 하나님이 주신 선물이 아닙니다. 창의력은 또한 고통이나 광기와도 관련이 없습니다. 창의력은 종종 특별한 기술, 능력, 지식 혹은 노력으로 해석되기도 합니다. 사실 이런 요소들 가운데 그 어떤 것도 창의력을 발휘하는 데 중요하지 않습니다. 인간이란 존재가 본래 창의적인 것뿐입니다.

창의력 연구가들은 모든 사람이 창의력을 갖고 태어났지만 대부분의 사람들이 창의력을 억누르며 살아가고 있다는 사실을 발견했습니다. 또한 그들은 나이가 들수록 창의력이 저하된다는 사실을 밝혀냈습니다. 마흔다섯 살 어른의 창의력은 여섯 살 어린이의 창의력의 5퍼센트밖에 되지 않습니다. 하지만 어른이라고 반드시 창의적이지 않은 것은 아닙니다. 시간과 노력만 있으면 어른도 얼마든지 창의력을 일깨울 수 있기 때문입니다.

마크 트웨인은 이렇게 말했습니다. '수천 명의 천재들이 천재라는 사실을 모른 채 이 세상을 살다 간다.' 그들은 너무 게을러서 하나님이 주신 재능을 사용하지 않기 때문에 자신이 천재라는 것을 알지 못하는 것입니다. 창의적이지 못한 모든 이들 속에는 창의력을 억압하는 틀을 깨고 이 세상을 변화시키고 싶어하는 창의적인 자아가 잠자고 있습니다. 사실 장기적인 차원에서 창의력을 사용하는 것보다 그것을 억압하는 일이 훨씬 더 어려운 일입니다. 하지만 우리들은 갖가지 방법으로 창의력을 억압하고 있습니다. 그것은 단기적인 차원에서 창의력을 사용하는 것보다 억압하는 것이 더 쉽고 더 편하기 때문입니다. 창의력을 억압하는 가장 쉬운 방법은 자신이 창의적이지 않다고 생각하는 것입니다.”

긴 말을 마친 다음 브로크는 개인의 창의력을 가로막는 장벽에 대해 이야기했다. 그 속에는 체제에 순응할 것을 요구하는 사회적 압력, 정답은 단 하나뿐이라고 가르치는 정규 교육, 창의적인 근로자를 적대시하는 기업 문화, 리스크 감수에의 두려움처럼 사람들이 스스로에게 부과하는 제약 등이 포함되었다. 그는 그러한 장벽들이 사람들의 창의력을 저해할 뿐 아니라, 목표, 희망, 바람, 꿈, 그리고 성공도 억압한다고 말했다.

브로크는 참가자들이 어떤 식으로 창의력을 억압하고 있는지 보여주기 위해 몇 가지 연습 활동을 했다. 그중 셸던에게 가장 장기적인 영향을 미친 연습 활동은 다양한 해결책을 찾는 것의 중요성을 강조한 것이었다.

브로크는 셸던에게 다음 문제를 스크린에 영사하도록 요구했다. 그러고는 문제를 푸는 방법을 이렇게 설명했다.

“스크린 상의 등식이 성냥개비로 만들어졌다고 가정합니다. 상기 부호의 각 선은 성냥개비 한 개로 이루어져 있습니다. 더하기 부호의 가로선과 세로선 역시 그렇습니다. 등호 부호의 두 개의 가로선 역시 성냥개비로 만들어졌습니다. 보시다시피 등식은 로마 숫자로 표기되어 있습니다. 액면 그대로라면 상기 등식은 성립하지 않습니다. 다시 말해 6 더하기 2는 6이 아니라는 얘깁니다. 창의적인 방법으로 성냥개비를 단 한 개만 움직여 상기 등식이 '참' 이 되도록 고쳐보십시오."

그런 다음 브로크는 세미나 참가자들이 어떤 식으로 문제를 풀어야 하는지 정확히 이해할 수 있도록 이 연습 활동의 목적을 다시 설명했다.

약 5분 뒤 브로크는 참가자들 상당수가 테스트를 끝낸 것을 발견했다. 그는 이렇게 물었다.

"좋습니다, 문제를 다 푸신 분 있습니까?"

참가자들 가운데 절반 이상이 손을 들었다. 셸던 역시 손을 들었다. 그는 참가자들 가운데 3분의 1가량이 아직 답을 구하지 못했다고 생각하니 자신이 자랑스러웠다.

"그럼 여러분 가운데 답을 한 개 이상 구한 분 있습니까?"

미소 띤 얼굴로 브로크가 말했다. 모두가 들었던 손을 내렸다.

"답을 한 개 이상 구한 분이 한 명도 없다니 재미있는 일이네요. 비록 지키기 어렵고 불편하지만 창의력을 발휘하는 데 필요한 일곱 가지 창의력 원칙을 다시 한 번 생각해 보도록 합시다."

브로크는 셸던에게 다시 일곱 가지 창의력 원칙을 스크린에 영사하도록 요구한 다음 이야기를 계속했다.

"여러분은 '다양한 해결책을 모색한다' 는 두 번째 원칙에 주목해야 합니다. 분명히 기억해야 할 점이 있다면, 그것은 우리 인생에서 어떤 문제를 해결하는 방법이 결코 하나가 아니라는 사실입니다.

하지만 우리들 대부분이 이 성냥개비 문제를 풀 때처럼 개인적인 문제, 경제적인 문제, 그리고 직장에서의 문제도 한 가지 방법으로만 풀려 하고 있습니다. 때때로 우리는 문제를 해결할 또 한 가지 방법을 찾기도 합니다. 그런 다음 문제를 효과적으로 해결하지 못하면 우리는 세상을 탓하기 시작합니다. 우리는 사회를, 정부를, 부모를, 그리고 직장 상사를 탓합니다. 심지어는 날씨를, 시끄럽게 짖어대는 이웃집 개를 탓하기도 합니다.

사실 우리가 탓해야 하는 것은 문제를 해결할 방법을 한두 가지밖에 찾지 않는, 쉽고 편한 길을 선택한 바로 우리 자신입니다. 우리가 어렵고 불편한 길을 택했다면 우리는 보다 많은 해결책을 찾아냈을 것입니다. 그리고 그중 일부는 다른 해결책보다 나은 효과를 거두었을 것입니다. 명심할 것은 효과적인 해결책, 특히 다른 사람들을 깜짝 놀라게 할 정도로 획기적인 해결책은 보통 첫 번째나 두 번째 해결책이 아니라, 다섯 번째, 심지어는 열 번째 해결책이라는 것입니다.

그러므로 이 문제의 답을 하나 이상 구할 시간을 10분 드리겠습니다. 흥미를 더하기 위해 한 가지 제안을 하겠습니다. 가장 많은 답을 구하신 분에게 창의력에 관한 제 책을 선물로 드리겠습니다."

세미나 참가자들이 브로크의 이야기를 듣고 있는 동안에도 셸턴은 가능한 한 많은 답을 구하려 애를 썼다. 하지만 그는 두 개밖에 답을 구하지 못했다. 그리고 그 두 개의 답마저도 팅이 구한 답과 같았다. 만약 그 이상의 답을 구했더라도 셸턴은 그것을 발표하지는 않았을 것이다. 그는 브로크의 조교인 자신이 창의력에 관해 쓴 브로크의 책, 『작은 세상에서 크게 생각하기』를 상품으로 받을 자격이 있는지 알 수 없었고, 브로크를 처음 만났던 날 그 책을 받지 않겠다고 해놓고 이제 와서 그 책을 받는다면 너무 얌체처럼 보일 것 같아서였다.

10분 뒤 브로크는 다섯 개 이상 답을 구한 사람이 있는지 물었다. 다섯 개의 답을 구한 사람은 없었다. 그것은 팅이었다. 브로크는 팅에게 그가 찾은 답을 다른 참가자들에게 설명해 주라고 말했다.

팅이 말했다.

"첫 번째는 등식 왼편에 있는 로마 숫자 vi의 i를 v 왼편으로 옮겼습니다. 그래서 4 더하기 2는 6이라는 등식을 만들었습니다."

"두 번째는 로마 숫자 ii의 왼쪽 성냥을 등식 오른편으로 옮겨 6 더하기 1은 7이라는 등식을 만들었습니다."

"세 번째는 로마 숫자 ii의 오른쪽 성냥을 등식 오른편으로 옮겨 6 더하기 1은 7이라는 등식을 만들었습니다."

이때 브로크가 끼어들었다.

"좋은 아이디어입니다. 대부분의 사람들은 마지막 두 개의 답을 별개의 답으로 생각하지 않습니다. 따라서 그것은 당신만의 창의적인 사고라 할 수 있습니다."

팅이 이야기를 계속했다.

"네 번째는 등식 왼편의 로마 숫자 vi의 i를 등식 오른편으로 옮겨 5 더하기 2는 7이라는 등식을 만들었습니다."

브로크는 청중 가운데로 걸어 들어가 팅에게 책을 주며 "아주 잘했습니다."라고 한 뒤 강단으로 올라가 청중을 향해 말했다.

"어제 창의력 계발서에서 이 문제를 발견했는데, 그 책에는 답이 한 개밖에 제시되어 있지 않았습니다. 그 작가는 이 문제의 답을 한 개밖에 찾지 않은 것이 분명합니다. 그렇다고 그 작가가 창의적이지 못하다는 얘기는 아닙니다. 팅은 이미 우리에게 이 문제의 답이 네 개나 있다는 것을 보여 주었습니다. 지금까지 나는 팅이 제시한 네 개의 답 외에 한 개의 답을 더 찾아냈습니다. 그리고 이 답을 찾으면 누구나 세 개의 답을 더 구할 수 있습니다. 하지만 그 답이 무엇인지 이야기하기 전에 다른 참가자들에게 자신이 구한 답을 이야기할 기회를 드리겠습니다. 팅이 구한 네 개의 답과 다른 답을 찾으신 분 있습니까?"

벨린다가 손을 들었다.

"저요, 내 답이 적어도 팅 씨의 답과는 다르다고 생각해요. 등식 왼편의 로마 숫자 vi의 i를 빼내어 등호에 걸쳐놓으면 등호 부호(=)가 부등호 부호(≠)로 바뀝니다. 즉 5 더하기 2는 6과 같지 않다는 부등식이 성립되는 것이죠."

브로크가 말했다.

"벨린다, 정말로 훌륭합니다. 그것이 바로 내가 이야기하고자 했던 바로 그 답입니다. 그 답을 알면 세 개의 답을 더 구할 수 있습니다. 그러니까 서로 다른 세 개의 i, 즉 등식 왼편에 있는 로마 숫자 ii의 오른쪽 i와 왼쪽 i, 그리고 등식 오른편에 있는 로마 숫자 vi의 i를 등호 위에 걸쳐 놓으면 부등호 부호(≠)를 이용하여 비슷한 세 개의 답을 구할 수 있습니다. 이렇게 부등호 부호(≠)를 이용하면 우리는 네 개의 답을 더 구할 수 있습니다. 팅이 구한 네 개의 답과 합치면 우리는 이제 총 여덟 개의 답을 구한 셈입니다.

이 외에 또 다른 답을 구한 분 없습니까? 내가 아직까지 보지 못한 답이 적어도 하나는 나와야 합니다."

브로크가 사람들을 둘러보았지만 아무도 손을 들지 않았다.

"좋습니다. 그럼 여덟 개의 답을 구한 것으로…."

"잠깐만요."

조가 끼어들었다.

"지금 막 떠오른 답이 있는데 당신이 인정할지 모르겠습니다."

"좋습니다. 한번 설명해 보십시오."

브로크는 흥미진진한 표정으로 조를 보았다. 조는 자신이 찾은 답을 설명했다.

"등호 부호(=)의 성냥 두 개 가운데 위에 있는 성냥의 오른쪽 끝을 아래 있는 성냥의 오른쪽 끝에 갖다 붙이면 안 될까요? 그러면 완전히 똑같지는 않지만 '~보다 크다(>)'는 부호를 만들 수 있어요. 즉 6 더하기 2는 6보다 크다는 부등식이 되는 거죠."

브로크가 조금 높아진 목소리로 말했다.

"훌륭합니다. 그 부호를 '~보다 크다'는 부호라고 해석하려면 약간의 상상력이 필요하긴 하지만 인정하도록 하겠습니다. 이 강당에 있는 다른 모든 분들도 그 답을 인정하리라 생각합니다. 여기서 우리가 발견할 수 있는 중요한 점은 상상력을 동원하면 보다 창의적인 답을 구할 수 있다는 것입니다."

브로크는 잠시 이야기를 멈추었다가 이렇게 덧붙였다.

"여기 있는 사람들 모두는 조가 획기적인 답을 제시했다는 것에 동의할 것입니다. 그의 답은 적어도 다른 여덟 개의 답보다 더 많은 상상력이 가미된 답이기 때문입니다. 앞에서 말했던 것처럼 획기적인 답은 보통 첫 번째나 두 번째 구한 답이 아닙니다. 이 경우만 해도 그것은 아홉 번째 구한 답이었습니다.

이 성냥개비 테스트만 봐도 첫 번째와 두 번째 답을 찾을 때보다 획기적인 아홉 번째 답을 구할 때 더 많은 시간과 노력이 소요되었음을 알 수 있습니다. 보다 창의적인 생각을 하려고 노력하는 어렵고 불편한 길을 택할 때만 우리는 문제를 해결할 획기적인 해결책을 찾아낼 수 있습니다. 이것은 수학 문제든, 경제 문제든, 직업 문제든 혹은 개인 문제든 마찬가지입니다. 이 다음에 여러분이 효과적인 해결책이 없는 문제에 부딪히게 되거든 보다 많은 시간과 노력을 투자하여 다양한 해결책을 찾아보도록 하십시오. 여러분은 보다 효과적인 해결책을 찾아낼 것입니다. 어쩌면 그중 한두 개는 획기적인 해결책일 수도 있습니다. 명심해야 할 점은 당신이 현재 얼마나 많은 해결책을 갖고 있든 그보다 더 많은 해결책을 찾을 수 있다는 것입니다."

그는 20분 동안 참가자들에게 그들이 갖고 있는 문제를 해결할 보다 많은 해결책을 찾는 데 창의력을 이용할 방법을 설명하기 위해 연습 활동을 몇 가지 더 했다. 그런 다음 브로크는 셸턴에게 스크린에 또 하나의 자료를 영사하도록 지시했다. 참가자들 모두 고개를 들어 스크린을 보았다. 스크린에는 다음 문구가 영사되어 있었다.

OPPORTUNITYISNOWHERE

브로크가 물었다.

"스크린 상의 저 문구가 무슨 뜻인 것 같습니까?"

많은 이들이 손을 들었고 브로크는 우슐라를 지목했다. 그녀는 첫 번째 세미나에서 브로크의 이야기에 가장 많은 이의를 제기한 사람이기도 했다.

"기회는 어디에도 없다는 뜻이죠(Opportunity is NOWHERE)." 그녀가 자신 있게 대답했다. 그녀는 자신의 대답이 옳다고 확신하는 듯했다.

"우슐라 씨, 당신이 그런 대답을 하다니 흥미로운 일이군요."

브로크가 대답했다. 그런 다음 브로크는 다시 물었다.

"우슐라 씨와 다른 생각을 갖고 계신 분 있습니까?"

브로크가 손을 든 참가자들 가운데 한 명을 지적하기도 전에 실비나 옆에 앉아 있던 코리나가 강당 뒤편에서 소리쳤다. 코리나는 보행기에 의존해 자리에서 일어나 환한 미소를 지으며 이렇게 말했다.

"브로크 선생님, 무슨 이야기를 하기엔 제가 너무 어리긴 하지만 저는 저 문장을 다르게 보는데요."

브로크는 미소를 지으며 이렇게 말했다.

"코리나, 비록 네가 정식 참가자는 아니지만 나의 특별한 손님이니 여기 자리한 다른 모든 사람들의 특별한 손님이기도 하단다. 그렇기 때문에 나는 여기 계신 분들 모두가 너의 생각을 듣고 싶어하리라 생각한다."

코리나는 여전히 환한 미소를 지으며 이렇게 말했다.

"제게 저 문구는 '지금 여기 기회가 있다(Opportunity is NOW here)'로 보이는데요."

"잘했다. 훌륭하구나, 코리나."

들뜬 목소리로 브로크가 말했다. 그런 다음 브로크는 잠시 이야기를 멈추고 생각을 정리하는 표정을 지었다. 그는 스크린 상의 문구가 담고 있는 또 하나의 의미를 맞추는 사람이 코리나가 되리라고는 상상도 하지 못했기 때문이었다.

"우선 이 테스트에 참가하고 싶다는 코리나의 요구에 여기 계신 다른 어떤 분보다 내가 더 놀랐다는 것을 먼저 말씀드리고 싶습니다. 여러분도 보시다시피 코리나는 이 강당에 있는 다른 사람들만큼 자유롭게 걸어 다닐 수 없습니다. 그럼에도 불구하고 내가 이 도시에서 만난 그 어떤 사람보다도 삶에 뜨거운 열정을 보이고 있습니다.

비록 과학적인 증거가 있는 것은 아니지만 코리나 같이 삶을 긍정적으로 보는 사람들은 스크린 상의 문구를 '기회는 어디에도 없다'가 아니라, '기회가 지금 여기에 있다'로 해석할 확률이 높습니다. 함정이 들어 있는 이 테스트는 부정적으로 생각하는 것이 얼마나 쉬운 일인지, 그리고 우리를 둘러싸고 있는 기회들을 간과하는 것이 얼마나 쉬운 일인지 일깨워 주고 있습니다. 하지만 긍정적으로 생각하는 것도, 그로 인해 우리를 둘러싸고 있는 기회를 발견하는 것도, 그 못지않게 쉬운 일입니다.

불행히도 많은 이들은 우리가 원하고 있는 많은 것들이 '기회'의 형태로 우리에게 제공되고 있다는 사실을 모르고 있습니다. 다시 말해 우리는 실패 못지않게 성공의 가능성을 두려워하고 있는 것입니다. 이상할 정도로 사람들은 오랫동안 그들 삶의 많은 부분을 차지해온 부정적인 믿음들을 버리고 싶어하지 않습니다. 성공한 사람들을 비판하는 태도, 자신의 좋지 않은 환경을 불평하는 태도, 그리고 재능 있는 사람들을 시기하는 태도를 버려야 합니다. 그래야만 보다 긍정적인 시선으로 세상을 볼 수 있습니다. 하지만 많은 사람들이, 낯설게 느껴지는 긍정적인 태도를 새롭게 익히는 대신 이미 익숙해진 부정적인 태도를 그대로 고수하는 쉬운 길을 택하고 있습니다."

당신이 불가능하다고 생각되는 것을 시도하지 않는다면
사람들은 그 이유를 이해할 것이다.
하지만 당신이 불가능하다고 생각했던 것을 다른 누군가가 해낸다면
어떻게 될까? 그 사람을 없애지 않는 한 어느 누구도 당신이 그것을
시도하지 않은 이유를 이해하지 못할 것이다.

몇 분 뒤 브로크는 이렇게 말했다.
"여기 있는 사람 모두가 이 세상을 변화시키고 그 과정에서 부자가 될 많은 기회를 갖고 있습니다. 물론 그것이 여러분이 바라는 무언가라면 말입니다."
브로크의 말이 못마땅했는지 우슐라가 손을 들어 이렇게 말했다.
"그 말을 믿으라는 얘긴가요? 이 세상에서 보통 사람이 부자가 될

기회는 희박합니다. 그렇지 않다면 왜 이렇게 많은 이들이 가난하게 살겠습니까?"

"그렇지 않습니다. 현실을 정확히 이해하게 된다면 우슐라 씨, 당신은 서구 세계가 기회로 가득 차 있다는 것을 깨닫게 될 것입니다. 하지만 이러한 사실을 모르고 있는 사람이 당신뿐이라고 생각하지는 마십시오.

많은 이들을 가난 속에 가두어놓고 있는 통념 가운데 하나가 바로 거액을 벌 수 있는 좋은 기회들은 이미 모두 발견되었다는 생각입니다. 대부분의 사람들이 50년 전에도, 그리고 5년 전에도 이런 생각을 갖고 있었고 지금도 많은 이들이 그러한 생각을 버리지 못하고 있습니다. 사실 나는 앞으로도 많은 이들이 그러한 생각을 버리지 못하리라 생각합니다. 하지만 분명한 것은 여러분이 그러한 믿음에 매달리는 한 여러분은 앞으로도 많은 좋은 기회들을 놓치게 될 거라는 사실입니다."

아무리 인기 없는 것이라 해도 평범하지 않은 무엇인가에 대한
호기심을 키워라.
평범하지 않은 것, 그곳에 바로 기회가 숨겨져 있기 때문이다.

"그렇다면 그 모든 기회들이 도대체 어디에 있는 거죠?"
우슐라는 여전히 비아냥거리는 투였다.
"기회는 모든 곳에 존재하고 있습니다. 당신 집의 뒤뜰에도 기회는 존재하고 있습니다. 우리가 누리고 있는 모든 문명의 이기가 한때는

눈에 보이지 않는 아이디어였습니다. 누군가 그 아이디어를 구체화시키기 위해 무엇인가를 했기 때문에 이제는 볼 수도 있고 만질 수도 있는 편리한 도구가 된 것입니다. 새로운 상품 혹은 서비스를 창출하기 위해 이용할 수 있는 기회는 무한히 많습니다. 수많은 새로운 직업들 그리고 사업들이 지속적으로 창출되고 있습니다. 인터넷의 급속한 성장으로 몇 년 전에는 상상조차 못했던 새로운 유형의 사업들이 속출하고 있습니다. 새로운 상품, 서비스, 그리고 기술들이 매일같이 등장하고 있습니다. 그것은 새로운 기회를 이용할 수 있을 정도로 창의적이고 의욕적인 사람들이 있기 때문입니다."

대부분의 사람들처럼 당신 역시 이 세상을 변화시킬,
그리고 이 세상을 보다 살기 좋은 곳으로 만들
아이디어를 하나 이상 갖고 있다.
그 아이디어들 가운데 최고의 아이디어를 완전히 무가치하게
만들 확실한 방법이 여기 있다.
바로 그 아이디어를 갖고 아무것도 하지 않는 것이다.

"그럼 왜 보다 많은 사람들이 그러한 기회들을 이용해 부자가 되지 않는 것이죠?"
우슐라가 다시 물었다.
"우슐라 씨, 다른 사람보다 뛰어난 재능을 갖고 있는 것도 아닌데 상대적으로 짧은 시간 내에 부자가 된 이들이 있습니다. 분명 이 강당에도 그런 이들을 알고 있는 사람들이 있을 것입니다. 그들이 부자가

된 것은 좋은 기회를 포착하고 그것을 적극 이용했기 때문입니다."

　브로크가 청중들에게 친구나 지인 중에 최근 들어 갑자기 부자가 된 사람이 있는지 묻기도 전에 팅이 끼어들었다.

　"브로크 씨, 내가 알고 있는 사람 중에도 지난 몇 년 사이에 갑자기 부자가 된 사람이 세 명이나 있습니다. 그중 배리 앤세츠키라는 사람이 있습니다. 그의 형은 지질학 박사 학위까지 받았는데 정부에서 지급하는 생활보조금으로 살고 있습니다. 하지만 배리는 대학 중퇴자임에도 불구하고 백만장자가 되었습니다. 나는 그와 함께 학교를 다녔습니다. 하지만 학창 시절 어느 누구도 그가 그렇게 많은 돈을 벌게 되리라고는 상상하지도 못했습니다."

　"그는 어떻게 백만장자가 되었죠?"

　세미나 참가자 중 한 명이 물었다.

　"배리가 일했던 아시아계 컴퓨터 회사가 밴쿠버 지사를 철수하고 싶어했습니다. 지사를 계속 운영할 만큼 밴쿠버 시장이 크다고 생각지 않았기 때문입니다. 그래서 배리는 그 회사의 에이전트로 작은 회사를 설립하여 제품 판매를 대행할 수 있도록 해달라고 요청했습니다."

　팅이 이야기를 계속했다.

　"배리는 본래 그 회사의 컴퓨터 서비스 기술자로 일했기 때문에 영업 경험은 전혀 없었습니다. 배리는 청바지에 카우보이 부츠를 신고 잠재 고객들에게 지속적으로 전화를 걸었습니다. 그는 자신이 판매하고 있는 장비뿐 아니라, 장비 구입 후 고객들이 받을 수 있는 서비스에 대해서도 설명했습니다. 기업 고객들은 그의 정중한 영업 태도, 기술 서비스를 제공할 수 있는 그의 능력, 그리고 그의 정직함을 높이 평가했습니다. 사업을 시작한 지 5년 만에 그는 열 명의 직원을 거느리게 되었고 경쟁사들보다 높은 영업 실적을 올리게 되었습니다. 그러자 아시아계 컴퓨터 회사는 밴쿠버 시장을 장악할 수 있도록 그의 회사에 500만 달러를 지원했습니다. 또한 그들은 배리에게 컨설턴트로 연간 15만 달러를 받으며 그들을 위해 계속 일해 줄 것을 제안했습니다."

팅이 이야기를 마치고 난 다음 브로크가 이렇게 말했다.

"좋은 예를 들어 주셔서 감사합니다, 팅 씨. 당신의 친구 베리 씨가 오늘날 백만장자가 된 것은 첫째, 기회를 포착했기 때문입니다. 둘째, 단순히 기회 포착에 그치지 않고 그것을 적극 활용했기 때문입니다. 그는 그 회사의 영업사원들이 팔 수 없었던 컴퓨터를 자신이 팔 수 있을지 판단하기 위해 명예와 시간과 돈을 버리는 위험을 감수했습니다.

여기서 우리는 다시 한 번 현실을 짚어볼 필요가 있습니다. 매일같이 많은 기회들이 발견될 날을 기다리며 우리의 인생 안팎에서 표류하고 있습니다. 하지만 슬프게도 많은 사람들은 그것들을 찾아내지 못하고 있습니다. 심지어는 누군가 좋은 기회가 있다는 것을 일러 주어도 그들은 그것에 관심을 기울이지 않고 있습니다. 텔레비전에서 어떤 스포츠 경기를 봐야 하는지 고민하느라, 혹은 토요일에 있을 모임에 어떤 옷을 입고 갈지 결정하느라 너무 바쁘기 때문입니다. 대부분의 사람들이 다른 데 신경을 쓰느라 바빠서 좋은 기회를 놓치고 있음에도 불구하고, 그들은 보통 사람들은 좋은 기회를 얻을 수 없다고 불평하는 보다 쉽고 보다 편한 길을 택하고 있습니다."

브로크가 이야기를 계속했다.

"사람들은 어떤 이유 때문에 잠재적인 부에 등을 돌리고 있습니다. 토마스 에디슨은 많은 이들이 새로 찾아온 기회를 또 하나의 일이라 생각하기 때문에 좋은 기회를 놓치고 있다고 말했습니다. 이에도 인생의 기본법칙이 적용되고 있습니다. 좋은 기회가 오지 않는다고 불평하는 일은 쉽고 편한 일입니다. 이런 경우 우리는 힘들여 기회를 찾아다닐 필요가 없습니다. 물론 기회를 발견하는 것과 기회를 이용하는 것은 또 다른 문제입니다. 기회를 발견하는 것은 시작에 지나지 않습니다. 기회를 발견하는 것보다 더 어렵고 더 불편한 일은 기회를 활용하는 데 필요한 만큼의 시간과 돈과 노력을 투자하며 여타 희생을 감수하는 것입니다.

서구 세계는 아이디어, 조언, 제품, 인력, 열정, 그리고 서비스를 필요로 하는 사람들에게 그것들을 제공하기 위해 위험을 무릅쓰는 개인들에게 계속 커다란 기회를 제공할 것입니다. 이 세계에는 수없이 많은 문제들이 존재하고 있습니다. 그리고 그러한 문제들을 해결하고자 하는 사람들에게는 기회의 문이 활짝 열려 있습니다. 보다 효율적인 난방시설, 보다 효율적인 주택, 보다 영양이 풍부한 음식, 공기 오염이 덜한 자동차, 보다 나은 보육시설, 청소 도우미, 스트레스 완화 기술, 보다 저렴한 휴가 방법 등 요즘 사람들은 수없이 많은 것들을 필요로 하고 있습니다. 수십만 명의 개인들이 이러한 문제들에 달려들어 보다 효율적인 해결책을 제시함으로써 성공을 거두고 있습니다. 만약 여러분이 그들 가운데 한 명이 되고 싶다면 자신을 둘러싸고 있는 기회를 포착하고 그것을 생산적으로 이용해야 합니다."

브로크는 잠시 휴식을 갖기 전, 그때까지의 논의 내용을 이렇게 요약했다.

"이것은 여기 있는 모든 이에게 해당되는 이야기입니다. 이것은 기회가 향후 여러분의 집 대문을 두드릴 것이냐 아니냐의 문제가 아닙니다. 기회는 분명 종종 여러분의 집 대문을 두드릴 것입니다. 중요한 것은 기회가 여러분의 집 대문을 두드릴 때 여러분이 얼마나 자주 집에 있느냐 하는 것입니다."

● ● ●

휴식을 마치고 브로크는 몇 가지 연습 활동과 테크닉을 이용하여 색다른 방식으로 문제를 해결하는 방법을 보여 주었다. 그리고 또 다른 다섯 개의 연습 활동을 이용해 명백한 해결책과 기회들을 우리가 얼마나 쉽게 간과하고 있는지 보여 주었다.

마지막 30분 동안에는 실패에 대해 그리고 일에서 성공하고자 할 때 치러야 하는 대가에 대해 이야기했다.

오늘 시도하라.

오늘 실패하라.

내일 다시 시도하고 다시 실패하라.

그리고 모레도 글피도 또다시 시도하고 또다시 실패하라.

계속 시도하라.

계속 실패하라.

계속 배워라.

시도하고, 실패하고, 배워라.

그러면 '아하, 성공했도다' 라는 순간이 도래할 것이다.

브로크는 창의력과 실패가 협력관계에 있음을 강조했다. 그는 논의 주제인 '실패'를 간략히 설명했다. 그리고 이렇게 주장했다.

"이 세상에서 놀랄 정도의 성공을 거두고 싶다면 여러분은 철저히 실패해야 합니다."

브로크는 사람들의 관심을 증폭시키기 위해 잠시 이야기를 멈추었다. 그런 다음 이렇게 말을 이었다.

"바보 같은 소리를 하고 있다고 생각하여 여러분은 내 이야기를 귀찮아할 수도 있습니다. 그럼에도 불구하고 나는 똑같은 말을 반복할 것입니다. 그럼 여러분은 한층 귀찮아할 것이고 나는 한층 바보 같아질 것입니다."

강당 뒤편에서 웃음소리가 흘러나왔다.

브로크는 효과를 극대화하기 위해 커다란 목소리로 말했다.

"다시 한 번 강조하지만 이 세상에서 놀랄 정도의 성공을 거두고 싶다면 여러분은 철저히 실패해야 합니다."

브로크는 또다시 잠시 이야기를 멈추었다. 그런 다음 보다 침착해진 목소리로 이렇게 말했다.

"사람들이 귀찮아할 수도 있는, 이 바보 같은 말을 반복하고 있는 이유를 혹시 알고 계신 분 있습니까?"

첫 번째 세미나 때와 달리 세미나 내용을 적극적으로 수용하던 조가 제일 먼저 손을 들었고 이렇게 대답했다.

"당신의 말은 결코 바보 같은 말이 아닙니다. 빌 게이츠를 포함해 성공한 모든 사람들이 수많은 실패를 경험했습니다. 그들은 중대한 무엇인가를 이루어내지 못한 보통 사람들보다 훨씬 많은 실패를 경험했습니다."

"제가 이야기하고자 하는 것이 바로 그것입니다. 조 씨, 말씀 감사합니다."

그는 조에게 가벼운 미소를 보인 뒤 청중들 쪽으로 고개를 돌렸다.

"조 씨의 말처럼 성공으로 가는 길은 이와 같습니다."

브로크는 셸던에게 다음 자료를 스크린에 영사하도록 손짓했다. 그러고는 손으로 스크린을 가리켰다.

실패. 실패. 실패. 실패. 실패. 성공.
실패. 실패. 실패. 실패. 실패. 실패.
성공. 실패. 실패. 실패. 실패. 성공.

효과를 극대화하기 위해 그는 목소리를 한층 높였다.

"성공으로 가는 길이 이와 같다면 성공률을 두 배로 증가시키는 가장 쉬운 방법이 무엇이겠습니까?"

코리나를 포함해 많은 사람들이 일제히 이렇게 외쳤다.

"실패율을 두 배로 증가시키는 것입니다."

"바로 그렇습니다. 인생은 정말 쉽지 않습니까?"

브로크가 웃으며 말했다.

"여러분은 이제 인생의 기본법칙을 정확히 이해하고 있습니다. 우리는 인생의 기본법칙에 편승해 앞으로 나아가고 있습니다. 이런 추세로 나간다면 머지않아 여러분 모두 세계적인 성공자 대열에 진입하게 될 것입니다."

한 번의 실패는 성공의 길에 첫발을 내딛게 하고,
백 번의 실패는 성공에 도달하게 한다.

브로크는 이야기를 계속했다.

"믿기 어렵겠지만 여러분이 성공하면 할수록 여러분의 이름에 꼬리표처럼 붙어 다닐 실패 경력도 증가할 것입니다. 일에서 보다 큰 목표를 이루어내려면 여러분은 중도에서 만나게 될 가장 작은 성공에, 그리고 가장 큰 실패에 축배를 들어야 합니다. 자신의 실패를 자랑스럽게 이야기할 수 있다는 것은 실패에 책임을 진다는 것이고, 실패로부터 무엇인가를 배운다는 것이기 때문입니다.

실패율이 증가할수록 성공률이 증가한다는 것이 사실이라면 사람들은 왜 보다 많이 실패하지 않는 것일까요?"

"사람들은 실패를 두려워하기 때문입니다."

브로크의 질문에 패트릭이 대답했다.

"나는 그렇게 생각하지 않습니다. 사람들이 정말로 실패 자체를 두려워하고 있는 것일까요?"

브로크가 다시 물었다.

"실패 자체는 아닙니다. 실패하면 사람들이 자신을 어떻게 생각할지 두려워 실패를 두려워하는 것입니다."

패트릭이 부연 설명을 했다. 그러자 브로크가 주먹을 쥐어 가볍게 공중을 치는 시늉을 하며 말했다.

"바로 그렇습니다. 대부분의 사람들이 이 사회에는 일종의 계층구조가 존재한다고 믿고 있습니다. 계층구조 최상단에 천재가 있고, 그약간 밑에 커다란 성공을 거둔 사업가와 기업 간부가 있고, 또 그 밑에 중간 정도의 성공을 거둔 사람들이 있고, 최하단에 바보들이 있다고 생각합니다. 물론 우리는 바보처럼 보이고 싶어하지 않습니다. 우리는 다른 사람들의 눈에 바보로 비치는 것을 원하지 않기 때문에 실패의 위험을 감수하려 하지 않습니다. 불행히도 그러한 위험을 감수하지 않고서는 성공한 사업가나 기업 간부가 될 수 없는데도 말입니다. 물론 우리는 천재 역시 될 수 없습니다. 그렇다고 우리가 중간 정도의 성공을 거둔 사람이 될 수 있는 것도 아닙니다.

우선 천재가 되는 데 무엇이 필요한지 생각해 보도록 합시다. 여러분 가운데 천재는 타고나는 것이라 믿는 사람이 있을 것입니다. 하지만 프랑스의 페미니스트 작가이자 실존주의자인 시몬느 드 보봐르의 말에 나는 전적으로 동의합니다. 그녀는 이렇게 말했습니다. '사람은 천재로 태어나지는 않으나 천재가 된다.'

인류 역사상 가장 위대한 천재로 평가받는 토마스 에디슨을 생각해 보십시오. 그는 1,000여 개의 발명품 특허를 받았습니다. 가장 잘 알려진 발명품 가운데 하나가 바로 전구입니다. 에디슨은 첫 번째 전구를 발명하기까지 수백 번의 실험을 했다고 합니다. 약 500번 정도 실험을 하고 나자 에디슨의 조수가 그에게 이렇게 물었습니다. '왜 이 바보 같은 짓을 계속하십니까? 박사님은 벌써 500번 시도하고 500번 실패했습니다.' 그러자 에디슨은 이렇게 대답했습니다. '나는 아직 한 번도 실패한 적이 없어. 전구를 만들 수 없는 방법을 이제 500가지 알았을 뿐이야.'"

청중들이 웃음을 터트렸다.

"그로부터 얼마 뒤 에디슨의 끈기 있는 노력은 결국 보상을 받았습니다. 즉 불이 제대로 들어오는 전구를 만들게 된 것입니다. 사람들은 이 발명품 하나만으로도 그를 천재라고 생각했습니다. 이 이야기가 주는 교훈은 '천재는 인내와 끈기의 또 다른 이름' 이라는 것입니다. 다시 말해 천재는 여러분보다 더 많은 끈기로, 실패로 가득 찬 어렵고 불편한 길을 걸어간 사람인 것입니다.

그럼 이제 사업가로 혹은 기업 간부로 성공한 사람들의 특징을 살펴보도록 합시다. 북캐롤라이나 연구원들은 성공을 가능하게 한 한 가지 중대한 특징을 알아내기 위해 성공한 간부들을 연구했습니다. 여러분은 그것이 무엇이었다고 생각합니까? 한번 대답해 보실 분 있습니까?"

먼저 패트릭이 손을 들었다. 그는 이렇게 말했다.

"당신의 말에 함정이 있는 것 같기는 하지만, 그래도 한번 말해 보겠습니다. 나는 그들의 관리 능력 때문이었다고 생각합니다."

다음에는 앞줄에 앉아 있던 크리스틴이 말했다.

"대화 능력이었다고 생각합니다. 효과적으로 대화할 수 있는 능력이 없으면 간부로 성공할 수 없습니다."

또 다른 두 명의 참가자가 자신이 생각하는 성공에 필요한 특징을 이야기했다. 이야기를 들은 다음 브로크는 이렇게 말했다.

"연구원들이 발견한 성공한 간부들의 최고의 특징은 관리 능력, 대화 능력, 마케팅 능력, 그리고 리더십보다 더 중요한 특징은 바로 실패 대처 능력이었습니다. 유능한 사람들은 실패를 환영하며 그를 통해 중요한 사실을 배웁니다. 크리스틴 씨의 말처럼 대화 능력 없이는 사실 간부로 성공하기 어렵습니다. 하지만 실패 대처 능력이 없으면 간부로 성공하는 것은 불가능합니다.

성공한 사람들은 성공을 유지하는 과정에서도 많은 실패에 부딪히게 되리라는 것을 알고 있습니다. 그들은 수없이 바보가 될 것입니다. 하지만 그들은 바보보다도 못한 사람이 있다는 것을 알고 있습니다. 즉 바보가 되는 것이 두려워 아무것도 하지 않는 사람 말입니다.

물론 패트릭 씨의 주장처럼 바보가 되는 것을 두려워하는 사람들이 실질적으로 두려워하는 것은 다른 사람들이 자기를 어떻게 생각할까 하는 점입니다. 다른 사람들이 자신을 어떻게 생각할까 두려워 실패할 위험을 무릅쓰지 않는 사람들, 혹은 실패를 경험하길 거부하는 사람들에게 들려 주고 싶은 흥미로운 연구 결과가 있습니다. 그것은 사람들의 사고 습관에 관한 연구로, 사람들의 사고 가운데 80%가 부정적이라는 것입니다. 그렇다면 당신은 바보가 될 위험을 무릅쓰고 새로운 시도를 하는 것이 낫습니다. 왜 그렇겠습니까? 당신이 무엇을 하든 사람들은 당신을 부정적으로 생각할 것이기 때문입니다."

웃음이 터져 나왔다.

이때 강당 뒤편에 앉아 있는 한 여성이 손을 들었다.

20대 초반의 그녀는 트리스타니아였다. 그녀는 자리에서 일어나 이렇게 말했다.

"인간으로서 우리 모두는 다른 사람으로부터 사랑받고 싶어합니다. 그리고 존중받고 싶어합니다. 그러므로 다른 사람이 우리를 어떻게 생각하는지 항상 걱정합니다. 다른 사람의 눈에 바보처럼 보이고 싶어하지 않는 것은 당연합니다."

브로크가 대답했다.

"인간으로서 우리가 다른 사람들로부터 사랑과 존중을 바라는 것은 분명 사실입니다. 하지만 문제는 모든 사람으로부터 사랑받고 싶어한다는 데 있습니다. 고(故) 허버트 B. 스워프는 그런 어리석은 생각을 이렇게 꼬집었습니다. '나는 당신에게 성공의 공식을 알려 줄 수는 없습니다. 하지만 실패의 공식을 알려줄 수는 있습니다. 바로 모든 사람을 만족시키려고 노력하는 것입니다.'

모든 사람으로부터 사랑받겠다는 생각을 버리십시오. 모든 사람이 누군가에게는 멍청이로 보일 수 있습니다. 물론 이것은 내게도 해당되는 이야기입니다. 아마 첫 번째 세미나에서도 누군가는 나를 멍청이라고 생각했을 것입니다."

말을 멈추고 브로크는 장난기 어린 표정으로 조를 쳐다보았다. 일부 참가자들이 킥킥댔다. 브로크는 말을 이어나갔다.

"인기를 얻고자 하는 욕망은 사실 개인의 성공과 번영을 가로막는 장애물입니다. 모든 사람을 만족시키려고 노력하는 것은 보다 나은 곳에 투자할 돈과 시간과 체력을 낭비하는 것입니다. 그렇게 산다면 여러분은 진심으로 여러분을 아끼는 사람이 아니라, 겉으로만 여러분을 아끼는 척하는 일부 사람들만을 만족시키게 될 것입니다. 그리고 불행하게도 여러분은 진정으로 만족시킬 가치가 있는 사람들은 만족시키지 못할 것입니다. 물론 여러분 자신 역시 만족시키지 못할 것입니다."

브로크는 효과를 극대화하기 위해 목소리를 높였다.

"다시 한 번 강조하지만, 평생 다른 사람에게 깊은 인상을 주려고 노력하는 것은 여러분의 귀중한 시간과 돈과 체력을 낭비하는 일입니다. 만약 지금까지 다른 사람의 눈에 바보로 비치지 않으려고 노력했지만 성공하지 못했다면, 이제는 바보 같아 보이지 않으려는 노력을 그만두십시오. 여러분이 아직 깨닫지 못했을 수도 있지만, 다른 사람에게 깊은 인상을 심어 주는 최선의 방법은 그들에게 깊은 인상을 주려고 노력하지 않는 것입니다.

일곱 가지 창의력 원칙을 다시 한 번 생각해봅시다. 그 원칙을 지키는 것은 어렵고 불편한 일입니다. 하지만 어렵고 불편하더라도 그 원칙을 지키면 우리는 믿을 수 없는 성과를 거둘 수 있습니다. '자신만의 개성을 과감히 추구한다' 는 여섯 번째 창의력 원칙에 주목하십시오. 불행히도 대부분의 사람들이 그와 반대로 행동하고 있습니다. 즉 우리는 다른 사람처럼 생각하고 다른 사람처럼 행동함으로써 존경과 인정을 받으려고 애쓰는 것입니다. 그 결과, 우리는 존경도 인정도 제대로 받지 못하고 있습니다.

보다 존경받고 보다 인정받고 싶다면 파블로 피카소, 비틀즈, 마돈나, 오프라, 마가렛 대처, 그리고 마틴 루터 킹을 보십시오. 그들은 모두 이 세상을 크게 변화시켰습니다. 동시에 그들은 수억 명의 사람들로부터 커다란 사랑과 존경과 인정을 받았습니다. 제가 여러분에게 묻고 싶은 것은 이들이 다른 사람처럼 행동하고 다른 사람이 자신을 어떻게 생각할지 걱정했느냐는 것입니다."

강당 곳곳에서 '아니요', '그렇지 않습니다' 라는 대답이 쏟아졌다. 브로크는 이야기를 계속했다.

"물론 그들은 그러지 않았습니다. 조금만 더 관심을 기울이면 여러분은 이 세상에서 가장 존경받는 사람들은 다른 사람들이 무슨 말을 하든 혹은 자신을 어떻게 생각하든 상관하지 않고, 자신이 갈 길을 간다는 것을 알 수 있습니다. 많은 사람들로부터 사랑받고 있는 사람들은 또한 많은 사람들로부터 미움도 받고 있습니다. 하지만 그들을 미워하는 사람들조차도 그들을 존경합니다.

여기 다소 역설적이지만 기억할 만한 중요한 교훈이 있습니다. 이 세상에서 존경받고 싶다면 여러분은 다른 사람들이 자신을 어떻게 말하고 생각할지 신경 쓰지 않아도 될 정도로 훌륭해져야 합니다. 성공을 가로막는 장애물로부터 구속을 받으며 사는 것보다는 위험을 감수하며 사는 것이 장기적인 측면에서 여러분에게 득이 될 것입니다.

자신의 인생에서 그리고 다른 사람의 인생에서 여러분이 중요한 역할을 하길 원한다면, 여러분은 다른 사람처럼 행동해서는 안 됩니다. 여러분은 기꺼이 위험을 감수하고 개성을 추구하고 현 상태에 도전해야 합니다. 그때만이 이 세상을 보다 재미있고 보다 살기 좋은 곳으로 변화시킬 수 있습니다."

● ● ●

브로크는 창의력의 마지막 원칙을 설명하기 위해 한 우화를 예로 들었다.

"한 선술집에서 두 명의 나그네가 이야기를 나누게 되었습니다. 보통의 경우처럼 그들은 이야기 도중에 서로 무슨 일을 하는지 물었습니다.

한 남자가 이렇게 말했습니다.

'나는 항상 곡마단에서 일하고 싶었습니다. 그리고 2년의 노력 끝에 마침내 베일리 곡마단에서 일하게 되었습니다. 나는 대체적으로 그 일이 마음에 듭니다. 하지만 그 일은 힘든 일입니다. 하루에 열네 시간씩 일하지만 여덟 시간 일하는 사람만큼의 보수밖에 받지 못하고 있습니다. 시간당 보수가 7달러입니다. 나는 세차를 하고 바닥을 청소하고 쓰레기를 치우고 코끼리 우리를 치워야 합니다. 책임자는 계속 승진시켜 주겠다고 합니다. 하지만 그는 내가 더 열심히 일해야 한다고 생각하기 때문에 내게 고함을 치는 경우가 잦습니다.'

다른 남자가 이렇게 대답했습니다.

'나라면 그런 놈 밑에서 참고 일하지 않을 겁니다. 나와 함께 일해 보지 않겠습니까? 조합에도 가입되어 있는 일입니다. 그리고 매우 쉬운 일입니다. 대우도 좋습니다. 처음 시작하는 사람도 시간당 18달러를 받을 수 있습니다. 시간외근무를 할 경우에는 두 배의 보수도 받을 수 있습니다. 당신은 그저 도랑을 파기만 하면 됩니다.

곡마단에서 일하는 남자가 즉각 이렇게 대답했습니다.

'뭐요? 도랑을 판다고요? 도랑이나 파려고 연예 활동을 그만두라고요? 말도 안 되는 소리 하지 마시오.'"

일부 청중들이 웃음을 터뜨렸다. 브로크는 이야기를 계속했다.

"이 우화가 이야기하고 있는 교훈은 연예 활동을 포함해 인기 있는 일을 하고 싶다면 그에 상응하는 대가를 치러야 한다는 것입니다. 무엇이든 손쉽게 얻을 수 있다고 생각한다면 여러분은 곤란한 상황에 처하게 될 것입니다."

한 참가자가 손을 들었다. 그의 이름은 커스텐이었다.

"정말로 하고 싶은 일을 하면 되지 않겠습니까? 그러면 원하지 않는 일을 할 필요도, 어려움을 참을 필요도 없지 않겠습니까?"

브로크가 대답했다.

"그렇습니다. 보수가 가장 많은 일이 아니라 여러분이 가장 만족할 수 있는 그런 일을 택하십시오. 그러면 여러분은 즐겁게 살아갈 수 있을 것입니다. 어려운 일, 책임, 지루한 업무에 대처하고 필요한 대가를 치르는 방법을 배울 때 여러분은 꿈에 그리던 삶을 살게 될 것입니다.

어떤 직업을 택하느냐와 상관없이 여러분은 성공을 이루어내기 전에 분명 시련을 겪게 될 것입니다. 여러분이 꿈꾸어왔던 일자리를 추구할 때 여러분은 가치 있는 삶을 창조한다는 것이 결코 쉬운 일이 아니라는 것을 깨닫게 될 것입니다.

꿈에 그리던 생활을 하게 되기 전에, 여러분은 보다 적은 보수를 받을 수도, 원치 않는 업무와 열악한 조건을 참아야 할 수도 있습니다. 아마도 여러분은 신형 메르세데스 컨버터블 대신 몇 년 동안 구형 MGB를 몰고 다녀야 할 수도 있습니다. 여러분은 전보다 더 장시간 근무를 해야 할 수도 있습니다.

여기서 중요한 것은 여러분이 심각한 문제를, 치명적인 어려움을, 불평등을, 혹은 차별을 겪을 것이냐 아니냐가 아닙니다. 그러한 문제들을 극복하기 위해 창의력을 어떻게 활용할 것이냐 하는 점입니다.

시련기를 맞아 여러분은 실의에 빠질 수도 있습니다. 하지만 시련을 당연한 일로 생각하는 자세가 무엇보다 필요합니다."

무엇 하나 제대로 되는 일이 없는 날도 있을 것이다.
하지만 그렇다고 모든 것을 잃어 버리게 되는 것은 아니다.
오히려 그 반대다.
당신은 기쁨과 안락함이 가득한 1년 동안에 배우는 것보다
더 많은 것을 고난 가득한 하루 동안에 배우게 될 것이다.

브로크는 이야기를 계속했다.
"끈기를 갖는다. 그리고 마땅히 치러야 할 대가를 치른다"는 일곱 번째 창의력 원칙은 여러분이 살면서 부딪히게 될 어려움과 좌절을 극복하는 데 도움이 될 것입니다. 다른 여섯 가지 창의력 원칙들처럼 그것을 지키는 것은 어렵고 불편한 일입니다. 하지만 어렵고 불편하더라도 그것을 준수한다면 여러분은 믿기 어려운 성과를 거두게 될 것입니다. 경쟁자보다 하루 더 혹은 한 달 더, 일 년 더 어렵고 불편한 일을 하는 사람은 성공에 필요한 돌파구를 찾게 될 것입니다.

500번의 실험 끝에 전구를 만들어낸 에디슨을 기억하십시오. 그는 가장 불쌍한 실패자는 성공의 문턱에 이른 것을 모르고 포기하는 사람이라고 말했습니다. 사람들이 실패하는 가장 큰 이유는 너무 일찍 포기하기 때문입니다. 많은 이들이 코앞에 성공이 와 있는 것을 모르고 중대한 프로젝트 혹은 유망한 일자리를 포기합니다. 반면 끈기 있는 사람들은 다른 사람들이 실패를 인정하고 포기하고 돌아설 때 코

앞에 성공이 있다는 것을 알고 더욱 분발합니다.

여기에 인생의 기본법칙의 또 한 가지 역설이 존재합니다. 필요한 대가를 치르는 일이 쉽지는 않지만 대가를 치르지 않는 것보다는 쉽다는 역설 말입니다. 어렵지만 가치 있는 일을 할 자격이 있다는 것을 알려면 힘들더라도 참고 견뎌야 합니다. 어려움을 극복하고 목표를 이루어낸다면 여러분은 그 모든 것에서 보다 큰 만족을 얻게 될 것입니다."

대부분의 사람들이 일, 목표, 그리고 꿈을 너무 빨리 포기한다.
마더 테레사, 넬슨 만델라, 그리고 마하트마 간디가
우리처럼 빨리 포기했다면 그들 역시 지금과 같은 위대한 업적을
남기지 못했을 것이다.

이때 팅이 손을 들더니 이렇게 질문했다.

"브로크 씨, 당신의 이야기를 들어보면 대중 연설가로 성공하기까지 최소 2~3년은 걸린 것 같은데 일반인들이 성공하려면 얼마나 오래 대가를 치러야 할까요?"

"정해진 공식은 없습니다. 분명한 것은 여러분이 레스토랑 소유주가 되든, 아니면 경영 컨설턴트, 재무 상담가, 마사지 전문가, 혹은 카레이서가 되든, 성공하려면 어느 정도의 대가를 치러야 한다는 점입니다.

하지만 시간과 노력 측면에서 여러분이 반드시 다른 사람들과 동일한 대가를 치러야 하는 것은 아닙니다. 여러분이 갖고 있는 창의력의 가치를 과소평가해서는 안 됩니다. 여러분은 성공의 사다리를 한 칸

씩 올라갈 수도 있지만, 창의력을 이용하여 한 번에 몇 칸을 올라갈 수도 있습니다. 사실 창의적인 사람들은 창의적이지 못한 사람들이 10년, 15년에 걸쳐 이루어낸 일 혹은 아예 이루어내지 못한 일을 2~3년 만에 이루어내고 있습니다.

대가를 치르는 일과 관련해 두 가지 기억할 것이 있습니다.

첫째, 새로운 일을 시작할 때 여러분이 갖고 있는 최고의 자산은 바로 여러분의 상상력이라는 것을 기억해야 합니다. 새로운 분야에 뛰어들어 신임을 얻으려면 여러분은 경력자 및 전문가보다 열 배는 창의적이 되어야 합니다. 다행히 그것은 어려운 일이 아닙니다. 경력자와 전문가들이 그리 창의적이지 못하기 때문입니다. 그들 중 대부분은 자신이 모든 것을 알고 있다고 생각하는 보다 쉽고 보다 편한 길을 택합니다. 따라서 그들은 새로운 업무 방식을 찾으려 노력하지 않습니다. 그러므로 여러분들이 새로운 방식으로 생각하려 노력한다면 전문가와 경력자보다 경쟁 우위를 점하게 될 것입니다.

둘째, 대가를 치르는 일이 어렵고 불편하더라도 그것을 참고 견디면 장기적으로 보다 쉽고 보다 편한 인생을 살 수 있다는 것을 기억해야 합니다. 새로운 일을 시작할 때 여러분은 투자한 만큼의 성과를 거두지 못할 것입니다. 가령 여러분은 일에 투자한 시간과 노력보다 다섯 배 혹은 열 배 적은 성과와 수입을 올릴 것입니다. 하지만 그렇게 2~3년 정도 대가를 치르고 나면 여러분은 투자한 시간과 노력에 맞먹는 성과와 수입을 올리게 될 것입니다.

그리고 종국에는 여러분이 투자한 것보다 열 배, 스무 배 많은 성과를 거두게 될 것입니다. 물론 그때가 되면 다른 사람들은 여러분의 인생만 왜 그렇게 쉽고 편한지 의아해할 것이고 여러분은 그것이 인생에서 중요한 모든 것에 인생의 기본법칙을 적용하고 있기 때문이라고 말할 수 있게 될 것입니다."

우리는 자신보다 특권을 누리고 있지도 않고 재주가 뛰어나지도 않은 사람이 놀라운 성과를 거두면 흔히 운이 좋았다고 말한다.
놀라운 성과를 거둔 것을 운 때문이라 생각한다면 당신은 평생 수많은 불운을 겪게 될 것이다.
놀라운 성과를 거둔 것을 창의적인 행동의 결과라 생각한다면 당신은 평생 많은 행운을 누리게 될 것이다.

● ● ● ●

마지막으로 브로크는 패배자로 살아가지 않으려면 일곱 가지 창의력 원칙을 준수하는 것이 중요하다는 사실을 이렇게 요약했다.

"개인의 성과를 좌우하는 두 가지 중요한 원칙이 있습니다. 그중 하나는 전체적인 원칙이고 다른 하나는 개별적인 원칙입니다. 전체적인 원칙은 모두가 이 세상을 변화시킬 독특한 창의력을 갖고 있다는 것입니다. 그리고 개별적인 원칙은 거의 모든 사람이 전체적인 원칙을 자신에게 적용하길 거부한다는 것입니다.

대부분의 사람들이 자신이 갖고 있는 창의력을 사용하길 꺼려합니다. 그것은 인생에서 가치 있는 무언가를 가지려면 그에 상응하는 대가를 치러야 하는 것처럼 창의력을 이용하는 데도 대가를 치러야 하기 때문입니다. 하지만 여러분이 치러야 하는 대가를 생각할 것이 아니라 여러분이 받게 될 보상을 생각하십시오. 여러분은 문제 해결 능력이 향상되고 자부심이 고양되고 새로운 도전에 맞서는 자신감이 증가하고 일과 개인 생활에 대한 시각이 변하는 등 여러 가지 측면에서 자기발전을 이루어내는 보상을 받게 될 것입니다.

소득을 낳는 개인으로서 여러분이 갖고 있는 진정한 가치를 잊지 마십시오. 여러분이 갖고 있는 기회를 창의적으로 이용하십시오. 창의적인 사고는 인간에게 이롭고 새롭고 흥미로운 무엇인가를 제공했다는 만족감을 안겨줄 뿐 아니라, 가까운 미래에 수백만 달러의 가치를 지니게 될 것입니다.

여러분이 찾고 있는 것이 기회든 해결책이든, 여러분이 갖고 있는 창의력의 힘을 과소평가하지 마십시오. 창의력을 적극 이용하십시오. 쉽고 편한 일 대신 어렵고 불편한 일을 하십시오. 생각하고 또 생각하십시오. 그리고 충분히 생각했다고 믿어질 때 몇 번 더 생각하십시오. 획기적인 답을 찾을 의지를 갖고 있다면 여러분은 그것을 찾게 될 것입니다. 충분히 생각할 여유가 없다면 최소한 새롭고 색다른 방식으로 생각하기라도 하십시오. 조금이라도 창의적인 사고를 한다면 여러분은 경쟁자보다 한 걸음 앞서 가게 될 것입니다.

이 세상에 여러분이 꿈을 실현하는 것을 막을 수 있는 장애물은 없습니다. 여러분은 모두 최악의 장애물도 극복할 수 있는 거대한 창의력을 갖고 있습니다. 중병이나 죽음을 제외한 다른 모든 장애물, 예를 들면 심각한 문제, 실패, 재난 혹은 차별을 여러분의 창의력을 시험할 기회라고 생각하십시오.

살면서 장애물을 만날 때마다 처음에는 장애물을 뛰어넘으려고 노력하십시오. 만약 장애물을 뛰어넘는 데 실패한다면 장애물 밑으로 지나가도록 노력하십시오. 그래도 실패한다면 장애물 오른쪽으로, 그 다음에는 왼쪽으로 비껴가려 시도하십시오. 필요하다면 장애물을 치울 수 있도록 다른 사람에게 도움을 청하십시오. 그래도 안 된다면 날아서 장애물을 넘으십시오.

그래도 여전히 장애물을 극복하지 못한다면 180도 방향을 바꾸어 반대 방향으로 걸어가십시오. 지구를 한 바퀴 돌아 장애물 반대편에 이를 수 있도록 말입니다. 또 다른 방법은 장애물에 산을 뿌리고 장애물이 부식되기를 기다리는 것입니다. 그래도 효과가 없으면 장애물을 태워버리십시오. 필요하다면 다이너마이트로 폭파라도 시키십시오."

브로크는 미소를 띠며 세미나를 이렇게 마무리지었다.

"만약 그 모든 방법이 실패한다면 여러분의 상상력을 총동원하여 정말로 기발한 방법을 생각해내십시오."

인간의 믿음과 행동 대부분이 어리석기 그지없는 관행이다.
많은 사람들이 사회에 퍼져 있는 어리석은 행동을 반복하고
있을 뿐이면서 생각하고 있다고 믿는다.
사실 사회의 일원으로 생각하는 사람들은 생각하지 않는 것과
다름없다.

세미나 후 몇 몇 참가자들이 강당 앞으로 나와 브로크에게 창의적이 되는 데 도움이 될 책이 있으면 소개시켜 달라고 부탁했다. 브로크

는 자신의 베스트셀러를 권하는 대신 로저 본 오크(Roger von Oech)의 『측면 사고 *A Whack on the Side of the Head*』를 추천했다. 그 책은 직업 및 비즈니스 측면에서 창의력을 개발시키기에 좋은 책이었다. 또한 그는 보다 예술적인 측면에서 창의력을 발전시키고 싶다면 줄리아 캐머론(Julia Cameron)의 『아티스트의 길 *The Artist's Way*』을 읽도록 권했다. 그것은 예술적인 관심이 없는 사람이라도 창의력을 발전시키는 데 도움이 될 만한 책이었다.

세미나 참가자 모두가 강당을 떠난 뒤, 실비나와 코리나가 강당 앞으로 걸어 나왔다. 브로크가 코리나를 향해 물었다.

"코리나, 창의력에 대한 내 이야기 어땠니?"

"브로크 아저씨, 성냥개비를 이용하여 문제를 해결하는 방법이 많이 있다는 것을 설명한 부분이 마음에 들었어요. 사람들이 이야기한 해결책 모두 기발했어요. 하지만 아저씨, 아세요? 제가 또다른 방법을 생각해냈어요. 20달러를 주시면 알려 드릴게요."

코리나가 장난스럽게 말했다.

"나는 네가 로마 숫자를 모르고 있는 줄 알았는데. 네가 똑똑하기는 하다만, 너는 아직 5학년이잖니."

"학교에서는 아직 배우지 않았어요. 강연 중에 실비나 아줌마가 가르쳐 주셨어요."

코리나가 대답했다. 브로크가 감탄하여 이렇게 소리쳤다.

"와, 정말 빨리 배우는구나! 네가 찾아낸 해결책이 무엇인지 듣고 싶구나. 네가 정말 새로운 해결책을 찾아냈다면 20달러 이상을 주마. 인생의 기본법칙에 관한 책에 그 테스트를 실을 거란다. 그러니 책에

실을 답을 가능한 한 많이 발견하면 좋지. 100달러 정도 주면 적당할 것 같은데, 어떻겠니?"

"100달러! 정말요?"

코리나가 좋아서 물었다.

"물론이지. 책에 실을 수 있는 새로운 답은 내게 100달러의 가치가 충분히 있지. 책에 붙일 좋은 제목을 생각해 주면 셸던 아저씨에게는 500달러를 주기로 했단다."

코리나가 눈을 동그랗게 뜨고 브로크를 쳐다보았다.

"그럼 제가 좋은 책 제목을 찾아 드려도 제게 500달러를 주실 건가요?"

브로크가 웃으면서 대답했다.

"물론이지. 하지만 내가 정말 책의 제목으로 사용할 제목이어야만 500달러를 줄 거다. 그러니 셸던과 코리나, 두 사람 중 한 사람만 500달러를 받을 수 있겠지."

"그럼 아까 그 테스트의 또다른 답을 생각해낸다면 내게도 100달러를 줄 건가요?"

셸던이 물었다.

"물론이죠. 새로운 답 하나당 100달러를 드릴게요."

브로크가 셸던을 보고 말하고는 코리나 쪽으로 시선을 옮겼다.

"자, 그럼 코리나, 네가 찾아낸 답을 들어볼까?"

코리나가 웃으면서 자랑스럽게 말했다.

"등식 왼편에 있는 로마 숫자 vi의 i를 로마 숫자 ii 두 개의 성냥개비 사이에 놓는 거예요. 그러면 크고 뚱뚱한 로마 숫자 i이 한 개 만들어지죠. 그럼 로마 숫자 v 더하기 크고 뚱뚱한 로마 숫자 i은 로마 숫자 vi이라는 등식이 성립되잖아요."

"우와, 정말 기발하구나, 코리나. 조의 답보다 훨씬 더 기발해."
브로크가 외쳤다.
실비나가 브로크에게 미소를 지어 보이며 말했다.
"당신이 좋아할 줄 알았어요. 코리나가 그 이야기를 했을 때 나는 기절할 뻔했어요."
그런 다음 브로크는 셸던을 바라보았다.
"항상 또다른 답이 있다고 한 내 말이 무슨 의미인지 알겠죠? 우리 인생에서도 마찬가지예요. 이 성냥 테스트에서 보다 많은 답을, 그리고 보다 나은 답을 찾을 수 있는 것처럼 어떤 문제에든 보다 많은 답이, 그리고 보다 나은 답이 있기 마련이에요. 물론 열심히 찾기만 한다면요."
"이 성냥 테스트에 또다른 답이 있을 거라고 생각하는 거예요? 그럼 나도 100달러, 혹은 200달러를 벌 수 있겠네요?"
셸던이 물었다.
"셸던, 이 테스트에 얼마나 많은 답이 있는지는 나도 몰라요. 당신의 말처럼 100달러 혹은 200달러를 벌고 싶다면 당신이 찾아보세요.

그것은 전적으로 당신에게 달렸어요. 하지만 이 창의력 테스트가 담고 있는 진정한 메시지를 잊지 마세요. 인생의 모든 측면에 창의력을 적용하라는 메시지 말이에요. 그러면 당신의 인생은 여러 가지 측면에서 보다 나은 방향으로 변하기 시작할 거예요.

창의력을 계발시킴으로써 얻을 수 있는 보상 가운데 하나는 돈을 벌 기회를 찾아낼 수 있다는 거예요. 성냥 테스트의 새로운 답을 구해서 버는 100달러 혹은 200달러는 일이나 사업에 창의력을 활용하여 벌 수 있는 돈에 비하면 너무도 하찮은 액수예요. 당신의 최대 자산은 창의력이라는 것을 잊지 마세요. 그리고 자산을 기록할 때마다 창의력을 포함시키는 것을 잊지 마세요. 100만 달러짜리 자산이니까요."

"걱정 마세요. 잊지 않을 거예요. 당신 덕에 정말 창의력에 관심을 갖게 되었어요. 그리고 마케팅과 영업 활동에 창의력을 어떤 식으로 적용할 것인지 관심도 생겼고요. 이제부터 보다 창의적이 되려고 노력할 거예요."

● ● ●

다른 사람처럼 생각하라. 그럼 작게 생각하게 될 것이다.
다른 사람과 달리 생각하라. 그럼 크게 생각하게 될 것이다.

셸던은 집에 도착하여 성냥개비 테스트의 답을 최소한 한 개는 찾아내기로 결심했다. 그는 코리나의 기발한 답에 깊은 감동을 받았다.

그래서 그도 새로운 답을 찾아내고 싶었다. 그는 약 한 시간 동안 문제를 진지하게 들여다보며 성냥을 갖가지 위치로 옮겨보았다. 그는 새로운 답을 찾아낸 것 같은 느낌이 들었다. 하지만 아니었다. 한 시간이 지나자 그는 실망했고 마침내 포기했다.

셸던은 『측면 사고』나 『아티스트의 길』 같은 창의력 계발서를 읽고 싶었다. 그런 책에는 분명 새로운 답을 찾아내는 데 도움이 될 만한 내용이 담겨 있을 것 같았다. 그는 브로크의 책, 『작은 세상에서 크게 생각하기』라도 읽고 싶었다. 다음에 브로크를 만나면 자존심을 버리고 그 책을 달라고 부탁해야겠다고 생각했다.

그런 다음 셸던은 갑자기 『인생의 비밀 가이드』를 집어들었다. 혹시 그가 읽지 않은 부분 가운데 창의력과 관련된 내용이 실려 있지 않을까 해서였다. 하지만 밤은 영감을 불러일으킨다는 마지막 구절까지 읽었지만 성냥개비 문제를 푸는 데 도움이 될 만한 내용은 찾지 못했다.

당신의 인생에서 당신은 기적의 원천이다.
인내와 헌신이 있을 때 기적이 일어난다.
그러므로 기적이 일어날 때까지 포기하지 말라.

그는 그만 잠자리에 들려다가 인생의 기본법칙을 생각했다. 그리고 브로크의 말을 떠올렸다. '생각하고 또 생각하십시오. 충분히 생각했다고 믿어질 때 몇 번 더 생각하십시오.' 이 말에 자극받아 셸던은 어렵고 불편한 일을 했다. 즉 새로운 답을 얻으리라 기대하지 않았음에도 불구하고 1~2분만 더 문제를 풀어보고 자기로 한 것이다.

"등식 오른편의 로마 숫자 vi에 있는 i를 v 오른쪽에서 왼쪽으로 옮기면 6 더하기 2는 4라는 등식이 된다."

"아니야, 이건 분명 틀렸어."

셸던은 계속 생각했다.

"하지만 이 등식을 거울에 비춰보면 오른쪽과 왼쪽이 바뀌니까⋯ 그래, 6은 2 더하기 4라는 등식이 되네!"

"야, 바로 이거야. 드디어 내가 답을 찾아냈어!"

셸던은 기쁜 마음에 크게 외쳤다. 순간 셸던은 많은 발명가들이 획기적인 돌파구를 찾아내고 '유레카(eureka : 아르키메데스가 왕관의 순금도를 재는 방법을 발견했을 때 지른 소리로 '알았어!' 의 의미)' 를 외쳤을 때의 기분이 어떠했을지 체험할 수 있었다. 또한 그는 무한한 만족감과 자부심을 느꼈다. 기발한 답을 찾아낸 이 일은 남은 인생 동안 그에게 믿을 수 없을 정도로 막대한 영향을 미칠 것이 분명했다.

　잠자리에 들 때까지 셸던은 이 답으로 인해 브로크에게 받게 될 100달러는 생각나지도 않았다. 또한 브로크의 강연을 도와 주고 받을 100달러까지 합치면 하루에 200달러를 버는 셈이 된다는 사실도 생각나지 않았다. 그는 그저 문제를 풀었다는 만족감과 자부심에 만취한 채 잠자리에 들었다. 사실 지금까지 그는 하루에 그렇게 많은 돈을 번 적도 없었고 그렇게 기발한 생각을 한 적도 없었다.

chapter 5

보상

인생은 경기다.
행복한 사람은 선수이다.
불행한 사람은 관중이다.
당신은 어느 쪽이 되고 싶은가?

셸던은 다음날 아침 자리에서 일어나 전날 밤 찾아낸 성냥개비 테스트의 답을 다시 생각했다. 잠시 동안 그는 다른 세미나 참가자들이 찾아내지 못한 답을 자신이 찾아낸 것에 대한 만족감에 젖었다. 그는 브로크가 그 답에 '기발한 답' 이라는 훈장을 달아 주리라 자신했다.

잠시 후 셸던은 또 다른 답을 찾을 수 있지 않을까 하는 생각이 들었다. '100달러를 더 벌 수 있으면 좋을 텐데.' 그는 생각했다. 충동적으로 그는 기발한 답을 이미 찾아낸 상황에서 또 다른 답을 찾아내는 것은 불가능한 일이라고 생각했다.

무엇인가를 가정할 때마다 한 가지 가정을 추가하라.
당신의 가정이 틀릴 수도 있다는 가정 말이다.
모든 가정에 이 마지막 가정을 포함시키는 것을 잊지 말라.

그 순간 셸던은 지난밤처럼 어디선가 브로크를 목소리를 들었다. '기억해야 할 것은 당신이 얼마나 많은 답을 갖고 있든, 모든 문제에는 항상 보다 많은 답이 존재한다는 사실입니다.' 그는 생각을 고쳐 먹었다. 그는 보다 많은 답이 존재한다고 가정하고 답을 두 개 더 찾아 200달러를 더 받게 될 때를 상상했다. 그 순간부터 그는 보다 많은 답을 찾아내겠다는 생각에 사로잡혔다.

문제가 없으면 당신은 돈을 벌 방법도 없다.
또한 문제가 없으면 당신은 성취감과 만족감도 얻을 수 없다.
이것이 명백한 사실이라면 문제는 위대한 것 아니겠는가.

셸던은 틈날 때마다 새로운 방법으로 문제를 풀어보았다. 시티대학을 다니기 시작한 이래 그는 처음으로 친구들과 카페테리아에서 점심을 함께 하는 대신 점심 시간 내내 도서관을 지켰다. 그는 카페테리아에서 점심을 먹고 게임을 하며 즐거운 시간을 보낼 기회를 놓치더라도 최선을 다해 보다 많은 답을 찾고 싶다는 생각이 들었다.

대부분의 사람들이 중요한 모든 것에 시간을 제대로
배분하지 못하고 있다.
10억 인구가 (당신에게는) 추구할 가치가 없어 보이는
무엇인가를 추구하고 있기 때문이다.
그것은 인간의 어리석음을 보여 주는 좋은 증거다.

점심 시간이 끝나고도 셸던은 여전히 새로운 답을 찾지 못했다. 그럼에도 불구하고 그는 답 찾기를 그만두지 않았다. 그는 의욕을 북돋기 위해 『인생의 비밀 가이드』를 펼쳤다. 그는 학교에 올 때마다 그 책을 갖고 다녔는데, 그날에는 다음 두 개의 격언을 읽었다. 그는 그것만으로도 답 찾기를 계속할 충분한 의욕을 얻었다.

인생의 모든 일이 쉽게 해결되리라 기대하지 말라.
첫 번째 시도에서 성공한다면 그런 일은 다시 일어나지 않으리라
생각하라.
그리고 그렇게 성취한 것은 자랑스럽게 생각할 가치도 없는 일이다.

당신이 원하는 대로 일이 풀리지 않을 때 낙담하지 말라.
실패는 단 한 번 만에 성공할 수는 없다는 보편적인 진리를
일깨워 주는 좋은 방법이다.

수업이 끝나고 집으로 돌아가는 길이었다. 갑자기 비가 쏟아지기 시작했다. 셸던은 이렇게 생각했다. '끔찍한 날이군. 반나절 이상 문제에 매달렸는데 여전히 답을 찾지 못하고 이렇게 비에 젖어 덜덜 떨어야 하다니, 정말 끔찍한 날이야.'

어떤 시각으로 문제를 바라보느냐에 따라 문제의 심각성은 달라진다.
시각을 바꿔라. 그러면 대부분의 문제들이 그리 중요하지 않은
문제가 될 것이다.
그리고 일부 문제는 문제가 아니라, 오히려 기회가 될 것이다.

몇 분 동안 비를 맞으며 달리던 셸던의 눈에 챕터스(Chapter's) 서점이 보였다. 그는 비를 피해 서점으로 들어갔다. 서점에 들어섰을 때 그는 갑자기 브로크가 세미나 때 추천한 창의력 계발서들이 떠올랐다. 그는 그 책들을 찾아보며 유익한 시간을 보내면 좋겠다고 생각했다. 아마도 그 책들을 읽으면 문제를 푸는 데 도움이 될 무엇인가를 찾을 수 있을 터였다.

모든 역경을 기회로 바꾸려고 노력하라.
이렇게 하면 역경도 당신 편이 될 것이다.

셸던은 비즈니스서에서 로저 본 오크의 『측면 사고』를 금방 찾아냈다. 그는 편한 의자에 앉아 그 책을 읽기 시작했다. 그는 책을 훑어보던 중 인간의 마음을 컴퓨터에 비유한 부분에 이르렀다. 셸던은 그 부분을 읽고 컴퓨터에 대해 생각하게 되었다. 시티대학에서 컴퓨터 프로그래밍 수업 시간에 배운 내용이 떠올랐다. 그는 그것을 성냥개비 테스트에 적용시켜보았다.

"성냥개비 한 개를 덧셈 부호 위에 걸쳐놓으면 덧셈 부호가 별표 부호처럼 보이게 돼. 그리고 컴퓨터 언어에서 별표 부호는 곱셈 부호를 의미하지. 그럼 로마 숫자 ii의 오른쪽 성냥을 덧셈 부호 위로 옮겨 별표 기호를 만들면 6 곱하기 1은 6이라는 등식이 되네. 야! 답을 또 찾았어!"

셸던은 또다시 큰 만족감을 느꼈다. 이 방법은 전날 찾아낸 방법만큼 기발하지는 않았다. 하지만 그가 찾아낸 또 한 가지 답임에는 틀림없었다. 게다가 이 방법을 이용하면 또 한 개의 답을 만들어낼 수 있으니, 그는 이 방법을 찾아낸 대가로 브로크에게 200달러를 받을 수 있었다. 즉 로마 숫자 ii의 오른쪽 성냥을 옮겼던 조금 전과 달리 왼쪽 성냥을 덧셈 부호 위에 걸쳐놓아 또 하나의 등식을 만들 수 있었던 것이다.

그는 최소 100달러(잘하면 200달러)를 벌었다는 만족감에 『측면 사고』를 구입하기로 했다. 사실 그 책을 사려면 갖고 있는 돈을 모두 털어야 했다. 하지만 그 책은 그가 창의적으로 생각하는 데 이미 많은 도움이 되었을 뿐 아니라 그 책 덕에 책값의 몇 배에 해당되는 돈을 벌게 되었기 때문에, 그 책을 사는 것이 아깝지 않았다. 또한 그는 브로크에게서 돈을 받으면 브로크의 책, 『작은 세상 속에서 크게 생각하기』도 구입하겠다고 마음먹었다.

놀랍게도 서점을 나설 즈음에는 비가 완전히 그쳐 있었다. 그는 비가 오히려 축복이었다는 생각이 들었다. 이것은 일종의 '동시적 사건' 같았다. 비를 피하려 서점에 들어가지 않았다면, 그리고 『측면 사고』를 훑어보지 않았다면, 그가 컴퓨터 부호를 응용한 두 개의 답을 찾아내지 못했을 터였기 때문이다.

긍정적인 변화든 부정적인 변화든, 인생에서의 변화는 종종
갑작스레 찾아온다.
따라서 그러한 변화를 맞을 채비를 하고 있어야 한다.
창의력을 이용하여 그러한 변화를 최대한으로 이용하라.
그러면 대부분의 변화들이 좋은 것으로 판명될 것이다.

집에 도착하여 셸던은 약 두 시간 동안 학과 공부를 했다. 공부를 끝내고 나자 다시 성냥개비 문제가 떠올랐다. 텔레비전을 보며 그는 책에서 문제를 해결할 또 다른 실마리를 찾길 바라는 마음으로 『측면 사고』를 대충 훑어보았다.

마침내 그는 '만약 …라면 어떻게 될까?'라는 질문의 중요성을 강조한 부분을 읽게 되었다. '만약 …라면 어떻게 될까?'라는 질문은 상상의 나래를 펴는 가장 쉬운 방법이다.' 그 말에 영향을 받은 셸던은 스스로에게 이런 질문을 던졌다. '전혀 다른 무엇인가를 한다면 어떻게 될까? 성냥개비를 한 개 옮기고 종이로 등식 가운데 일부를 가리면 어떻게 될까? 브로크는 성냥개비를 한 개만 옮기라고 했을 뿐, 종이를 사용해서는 안 된다는 말을 하지는 않았어.'

30분 동안 성냥개비 한 개를 이리저리 옮기고 종이로 남은 등식 가운데 일부를 가리기를 수차례 반복했다. 그리고 마침내 그의 끈기는 결실을 거두었다. 또 하나의 답을 찾아낸 것이다.

우선 그는 등식 왼편의 로마 숫자 vi의 v에 있는 왼쪽 성냥개비를 오른쪽 성냥개비 위에 가로로 걸쳐놓았다. 그런 다음 새로 만들어진 글자의 일부를 종이로 가렸다. 그랬더니 손으로 쓴 듯한 아라비아 숫자 4가 만들어졌다.

셸던은 즉시 이렇게 결론 내렸다. '조금만 바꿔서 생각하면 이것도 답이 될 수 있어. 수학적으로 아라비아 숫자 4 더하기 로마 숫자 2는 로마 숫자 6이라는 등식은 성립 가능하니까.'

시계는 저녁 10시를 가리키고 있었다. 전날 밤처럼 셸던은 새로운 답을 찾고 뿌듯함에 젖어 있었다. 그는 이 기쁨을 누군가와 나누고 싶었다. 그래서 브로크에게 전화를 걸어 네 개의 새로운 답을 찾아냈다고 자랑하기로 했다.

전화벨이 두 번 울렸을 때 브로크가 전화를 받았다. 셸던은 즉각 브로크에게 새로운 답을 네 개 찾았다고 말했다. 브로크는 약간 놀라는 눈치였다.

"새로운 답을 네 개나 찾았다고요? 네 개 모두 정말 일리 있는 답인가요?"

"물론이에요. 그중 세 개는 문제를 푸는 새로운 방법이고 한 개는 그에서 파생된 방법이에요. 팅이 세미나에서 찾았던 답처럼 말이에요. 두 개의 서로 다른 성냥개비를 옮겨 동일한 답을 구한 방법 말이에요."

셸던이 자신 있게 대답했다. 그는 잠시 생각하다가 이렇게 물었다.

"왜요? 답 하나당 100달러를 주겠다던 약속을 지키지 않으려는 것은 아니겠죠?"

브로크가 대답했다.

"아니요, 절대로 그렇지 않아요. 세미나가 끝나고 즉시 보수를 지급했던 것처럼 새로 찾아낸 답에 대해서도 약속한 만큼의 보상을 지급할 거예요. 내일 저녁 치안티에서 만나 같이 식사하면서 새로 찾아낸 답을 알려 주면 어떨까요? 실비나와 코리나도 올 거예요. 그때 답을 찾은 데 대한 보상도 지급할게요. 그때 즈음 당신이 또 다른 답을 찾아냈을지 모르니 돈을 넉넉히 가져가죠. 그리고 저녁식사도 대접할게요. 8시 어때요?"

"좋아요. 손수 저녁을 해 먹지 않고 주중에 공짜 저녁을 먹을 수 있다니 좋네요."

셸던이 유쾌하게 대꾸했다.

"당신이 어떤 답을 찾아냈는지 기대되네요. 그럼 내일 8시에 봐요."

브로크 역시 기분 좋은 목소리였다.

● ● ●

다음날 저녁 셸던은 약속에 늦고 싶지 않아 몇 분 일찍 치안티 레스토랑에 도착했다. 그는 약속의 경중과 상관없이 약속을 지키는 것이 얼마나 중요한 일인지 말했던 브로크의 이야기를 떠올렸다. 그가 레스토랑에 도착했을 때 브로크와 실비나, 그리고 코리나는 이미 자리에 앉아 있었다.

그들은 가볍게 인사를 주고받았다. 그러고는 코리나의 학교 생활에 대해 이야기했다. 셸던은 빨리 자신이 찾은 답을 이야기하고 싶었다. 하지만 브로크는 식사 후에 그 문제를 이야기하자고 했다. 그 후 30분 동안 셸던은 거의 아무 말도 하지 않았다. 브로크와 실비나, 그리고 코리나만이 이야기를 나눴다.

저녁식사를 반 정도 했을 즈음 실비나가 셸던을 바라보며 물었다.

"셸던, 오늘은 너무 조용하네요. 뭐 재미있는 일 없어요?"

"별로 없는데요."

셸던이 말했다.

"아닌 것 같은데요. 우리에게 뭔가 할 말이 많은 것 같은데요."

실비나가 부드럽게 말했다.

"사실은 브로크 씨에게 할 말이 있어요. 브로크 씨가 좋아할 이야기예요."

"듣고 싶어요. 어서 이야기해 주세요."

브로크가 대답하기도 전에 실비나가 말했다. 셸던은 웃을 듯 말 듯한 표정으로 이렇게 말했다.

"오늘 어머니께 전화를 했어요. 먼저 인사를 하고 어떻게 지내시는지 물었죠. 어머니는 이렇게 대답하셨어요. '잘 지낸다. 하지만 지금보다 훨씬 더 잘 지낼 수 있다면 좋겠구나. 인생은 정말 쉽지 않구나. 인생이란 투쟁의 연속일 뿐 그 이상도 그 이하도 아니구나.'

그때 내가 어머니께 뭐라고 말했는지 아세요? 나는 이렇게 말했어요. '보세요 엄마, 인생은 쉬운 거예요. 물론 인생은 쉽지 않을 수도 있어요. 하지만 태도와 행동을 바꾼다면 인생은 훨씬 더 쉬워질 거예요. 인생의 기본법칙을 실천해 보세요.' 그런 다음 인생의 기본법칙에 대해 말씀드렸어요. 그리고 내가 그것을 인생에 어떻게 적용하고 있는지, 그로 인해 내가 어떤 보상을 받기 시작했는지도 말씀드렸어요."

셸던은 이야기를 계속했다.

"어머니는 아마 내가 바보 같은 소리를 하고 있다고 생각하셨을 거예요. 왜냐하면 내 말을 이해하지 못하셨을 테니까요. 다음 달에 어머니를 뵈면 인생의 기본법칙을 보다 자세히 설명해드릴 거예요. 그리고 그것을 어머니 인생에 어떤 식으로 적용할 수 있는지 설명드릴 거예요. 그러면 아마도 어머니의 인생도 조금씩 변하기 시작하겠죠?"

이때 몇 초 동안 자신이 이야기할 때를 기다리고 있던 코리나가 브로크의 집 뒤뜰에서 나비를 발견했을 때와 같이 흥분한 목소리로 이렇게 말했다.

"브로크 아저씨, 셸던 오빠가 어머니께 했다는 말이 아저씨의 책 제목으로 너무 좋은 것 같지 않아요?"

"셸던 아저씨가 어머니께 했던 말이라니, 어떤 것을 말하는 게냐?"

브로크가 다소 당황하며 물었다. 코리나는 미소 띤 얼굴에 윙크까지 하며 이렇게 말했다.

"아저씨 책 제목을 '보세요 엄마, 인생은 쉬운 거예요.' 라고 하면 어떨까요?"

"으음…."

브로크는 잠시 생각에 잠겼다. 실비나와 셸던도 코리나의 제의를 곰곰이 생각했다.

"'보세요 엄마, 인생은 쉬운 거예요.' 그거 괜찮구나."

"정말 마음에 들어. 코리나, 상금은 네 차지가 될 것 같구나."

실비나가 웃으며 말했다. 브로크는 잠시 생각하더니 이렇게 말했다.

"내 생각에도 500달러는 네 차지가 될 것 같구나. 계속 고민을 한다 해도 그보다 더 좋은 제목을 생각해내기는 어렵겠다."

브로크는 셸던을 바라보며 농담조로 말했다.

"셸던, 그 제목을 생각해낸 사람이 당신이 아니라 아깝겠어요. 조금만 더 창의적으로 생각했다면 그 제목을 찾아낼 수도 있었을 텐데 말이에요."

셸던이 과장스런 표정을 지었다.

"그렇네요. 이 꼬마 천재가 내가 한 말을 인용해서 500달러를 벌었네요."

브로크가 셸던에게 말했다.

"데이비드 레터먼의 말처럼 코리나의 천재성은 항상 켜져 있어요. 다른 사람들이 간과하는 기회를 포착하여 그것을 적절히 이용하는 창의적인 사고 역시 천재성이죠. 세미나에서 말했던 것처럼 어린이에게 관심을 가져보세요. 당신은 그들로부터 많은 것을 배우게 될 거예요. 특히 창의적으로 생각하는 방법과 관련해 많은 것을 배울 수 있어요."

코리나가 셸던을 바라보며 행복한 목소리로 말했다.

"셸던 오빠, 걱정 마세요. 브로크 아저씨께 500달러를 받으면 반은 오빠 드릴게요. 오빠 덕에 찾아낸 제목이니까요."

셸던이 코리나의 이야기를 생각해 보기도 전에 브로크가 이렇게 말했다.

"좋다, 코리나. 내가 셸던과 너에게 각각 500달러를 주마. 두 사람 모두 제목을 찾는 데 일조했으니 말이야. 그리고 이 제목은 내게 1,000달러의 가치가 충분하단다. 그렇지 않으면 좋은 제목을 찾느라 계속 머리를 쥐어짜야 할 테니 말이야."

주요리를 먹은 직후 브로크는 셸던과 실비나, 그리고 자신을 위해 포도주 세 잔을 주문했다. 그리고 코리나를 위해서는 알코올 성분이 들어 있지 않은 음료를 주문했다. 그런 다음 브로크는 이렇게 말했다.

"내 새로운 책에 멋진 이름을 붙여 준 코리나/셸던 팀을 위하여 건배 한번 하죠. 제목이 좋아서 『보세요 엄마, 인생은 쉬운 거예요』은 분명 베스트셀러가 될 거예요. 감사의 뜻으로 헌사에 두 사람의 이름을 넣을게요."

그런 다음 브로크는 셸던을 보았다.

"이젠 당신이 찾아낸 새로운 답을 이야기할 차례예요. 이야기를 듣고 나면 당신에게 주어야 하는 보상금도 그만큼 많아지겠죠?"

셸던은 약 5분 동안 자신이 찾아낸 네 가지 답을 자랑스럽게 설명했고 코리나와 실비나, 그리고 브로크는 그의 설명을 경청했다. 셸던은 자신이 찾아낸 두 번째 혹은 세 번째 답의 유효성에 브로크가 이의를 제기할 수도 있다고 생각했다. 하지만 브로크는 네 개의 답 모두를 쾌히 인정했다.

"네 가지 답 모두 굉장해요. 400달러를 또 벌었네요. 어렵고 불편하더라도 기회를 찾으려고 노력하면 정말 내 말대로 상응하는 보상이 따르죠?"

"사실 그렇게 어렵지는 않았어요. 시간이 많이 걸리고 다소 힘들긴 했지만 재미있었어요. 그리고 답을 찾아냈을 때는, 특히 첫 번째와 두 번째 답을 찾아냈을 때는 정말 기쁘고 내 자신이 자랑스러웠어요."

"그래요, 그건 당연한 일이에요. 개인적으로 어떤 일을 이루어내고 나면 자부심이 향상되죠. 어렵고 도전적인 일일수록 일을 성취한 후 얻을 수 있는 만족감도 크고요. 그리고 이루어낸 것이 많을수록 자신에 대한 자부심도 크죠. 우리가 처음 만났던 그날 당신에게 말했던 것처럼 준비가 되어 있을 때 당신은 인생에서 놀라운 성과를 거둘 수 있어요. 그리고 인내심은 창의력을 발휘하는 데 가장 중요한 도구 가운데 하나예요. 인내심이 있으면 당신은 보다 재능 있고 보다 똑똑한 사람들보다 더 좋은 성과를 거둘 수 있어요."

코리나가 브로크의 이야기 중간에 끼어들었다.

"브로크 아저씨, 이 문제에 훨씬 더 많은 답이 있다고 생각하세요? 저도 돈을 더 많이 받고 싶거든요."

"분명히 보다 많은 답이 있단다, 코리나. 아무리 많은 답을 찾아내도 무한히 많은 답을 더 찾아낼 수 있단다. 그저 계속 찾기만 하면 되지. 그러면 네가 어떤 답을 찾아낼지는 아무도 알 수 없단다."

브로크는 주머니에서 100달러짜리 지폐 아홉 장을 꺼내어 셸던에게 천천히 건넸다.

"400달러는 네 개의 답에 대한 보상이에요. 다행히도 돈을 조금 여유 있게 가져왔네요. 나머지 500달러는 제목을 생각해 준 보상이에요."

그런 다음 코리나에게 말했다.

"코리나, 너는 집에 가서 500달러를 주마. 지금은 너에게 줄 돈이 없구나. 오늘 밤에 두 사람한테 이렇게 많은 돈이 나갈 줄은 생각지도 못했구나."

"좋아요, 아저씨. 그때까지 기다릴 수 있어요."

코리나가 명랑한 목소리로 대답했다. 셸던은 지갑에 900달러를 넣으며 브로크에게 이렇게 농담을 했다.

"이렇게 거액을 줘서 고마워요. 쓸 돈이 이렇게 많아본 적은 처음이에요."

"돈을 쓸 생각부터 하니 항상 수중에 돈이 없죠. 나를 위해 그리고 당신 자신을 위해 호의를 베풀어볼 생각 없어요?"

브로크가 농담조로 말했다. 셸던은 잠시 생각하더니 이렇게 대답했다.

"가능한 것이면요. 그런데 뭐죠?"

"900달러를 빨리 써버리는 쉬운 길을 택하지 말고 다음 세미나 때까지 돈을 쓰지 말고 그대로 갖고 있어 주겠어요? 다음 세미나 주제가 '돈 관리에 인생의 기본법칙을 적용하는 방법' 그리고 '돈과 행복의 관계'거든요. 세미나를 듣고 나면 당신은 장기적으로 당신의 행복과 만족을 증진시키는 데 아무런 기여도 하지 않는 무엇인가에 돈을 낭비하는 대신 다른 무엇인가가 하고 싶어질지도 몰라요."

셸던은 그의 제의를 받아들였다.

"좋아요, 그때까지 참고 기다리죠. 그동안 만약 내가 다른 새로운 답을 찾아낸다면 100달러와 함께 일주일 동안 당신의 메르세데스 190 SL을 이용할 수 기회를 주지 않겠어요?"

"새로운 답을 찾아낼 때마다 100달러를 드릴게요. 그것은 이미 내가 약속한 것이니까요. 알다시피 지금까지 나는 약속을 지켰어요. 하지만 나의 190 SL을 몰 생각은 하지 마세요. 나는 본래 친구에게 차를 빌려주지 않아요. 친구가 차를 손상시키고 보상을 하지 않으면 차뿐 아니라, 친구까지 잃어 버리기 때문이죠.

게다가 이제는 내가 당신에게 준 돈으로 차를 구입할 돈을 모으기 시작할 때예요. 생각해 보세요. 새로운 답을 열 개만 더 찾아낸다면 당신은 1,000달러를 더 벌 수 있어요. 거기에 지금 갖고 있는 900달러를 합치면 4,000달러짜리 자동차를 구입할 돈 가운데 거의 절반을 모은 셈이 되잖아요."

"계속 연구하여 내가 앞으로 1,000개의 답을 더 찾아낸다면 당신을 파산시킬 수도 있겠군요. 그 대신 나는 바퀴 네 개 달린 보통 차가 아니라 당신처럼 이국적인 스포츠카를 손에 넣게 될 테구요."

셸던이 장난스럽게 말했다. 브로크는 웨이터에게 계산서를 가져오라고 손짓하며 이렇게 말했다.

"셸던, 새로운 답을 찾은 대가로 당신에게 1만 달러를 지불해도 나는 파산하지 않아요. 내가 최소 100만 달러의 가치가 있는 창의력을 갖고 있으니까요."

셸던이 브로크의 말에 무엇이라 대답하기 전에 또다시 코리나가 끼어들었다.

"브로크 아저씨, 아저씨 말이 맞아요. 또 다른 답이 있어요. 지금 막 또 다른 답을 생각해냈어요."

브로크가 코리나를 바라보며 말했다.

"그래? 그럼 한번 설명해 보렴."

코리나는 흥분한 표정으로 이렇게 말했다.

"세미나에서 아저씨가 말씀하셨죠. 등식이 성냥으로 만들어져 있다고요. 그럼 성냥개비 하나를 집어 거기에 불을 붙인 다음 그중 몇 개를 태워 답을 만들면 되잖아요. 그렇게 해도 성냥개비를 한 개만 움직인 것은 틀림없잖아요."

"내가 왜 그 생각을 못했지?"

브로크는 실비나와 셸던을 보며 말하곤 다시 코리나에게 물었다.

"그래, 그래서 네가 만들어낸 답이 뭐니?"

"등식이 있어야 해요."

"좋다, 성냥개비로 등식을 만들도록 하자."

브로크가 대답했다.

브로크가 식을 만들자 코리나가 이렇게 말했다.

"자, 보세요! 로마 숫자 ii의 두 개의 성냥 중 하나를 이렇게 들어내고 거기에 불을 붙인 다음 나머지 한 개의 성냥과 덧셈 부호의 성냥을 태워버리는 거예요. 그런 다음 불을 붙였던 첫 번째 성냥을 버리는 거예요. 자, 그럼 6은 6이라는 등식이 되죠."

브로크는 크게 감동을 받았다.

"정말 기발한 답이구나, 코리나. 내가 그 답을 찾았다면 좋았을 텐데 하는 생각이 들 정도로 기발한 답이구나."

"나도 그렇게 생각해요."

셀던이 고개를 끄덕이며 브로크의 말에 맞장구를 쳤다. 이번에는 실비나가 나섰다.

"그뿐 아니라, 로마 숫자 ii에 있는 또 하나의 성냥이나 덧셈에 있는 두 개의 성냥개비로 다른 성냥개비를 태워 동일한 결과를 만들 수 있어요. 그러니까 모두 네 개의 다른 답을 찾은 셈이니 코리나는 400

달러를 받아야 해요. 그렇죠, 브로크?"

브로크가 대답했다.

"그렇군. 이 두 명의 천재 때문에 엄청난 돈이 나가게 생겼군. 이러다가 책을 10만 부 팔아도 이들에게 나간 돈을 겨우 건지겠는걸. 하지만 그렇게 되면 최소한 훌륭한 제목 한 개와 1,000개의 획기적인 답은 건지겠지?"

개인적으로 셸던은 다소 실망감을 느꼈다. 코리나가 생각해낸 마지막 답을 자신이 생각해내지 못한 것이 아쉬웠다. 그것은 단순히 400달러를 더 벌지 못해서가 아니었다. 그런 답을 제시할 수 있는 코리나의 창의력이 부럽기 때문이었다. 그리고 그런 답을 제시할 수 있을 정도로 창의적이지 못한 자신이 실망스러웠다.

세상이 당신에게 원하는 것을 주지 않았다고 실망하지 말라.
세상은 당신이 받지 못한 모든 것 대신 보다 나은 무엇인가를
당신에게 주었다.
하지만 그것이 무엇인지 찾아내는 것은 당신이 해야 할 일이다.

셸던은 집에 도착한 후에도 성냥개비를 태운다는 생각을 하지 못한 것이 여전히 아쉬웠다. 이 때문에 그는 성냥개비 문제에 다시 매달리게 되었다. 새벽 3시까지 또 다른 답을 계속 찾았다. 어렵고 불편한 일이긴 했지만 문제 풀기를 그만둘 즈음 셸던은 새로운 답을, 그것도 기발한 답을 세 개나 찾아낸 상태였다.

그날 셸던은 자신이 정말로 창의적이라는 사실을, 그리고 자신의

창의력이 100만 달러의 가치가 있다는 사실을 깨달았다. 브로크는 두 번째 세미나에서 이런 말을 했었다.

"100만 달러의 현금보다 100만 달러의 가치가 있는 창의력을 갖는 것이 더 낫습니다. 100만 달러는 쉽게 다 써 버릴 수도 있고 잃어 버릴 수도 있습니다. 하지만 창의력은 당신이 필요로 할 때 항상 당신 곁에 있을 것입니다.'

단 하나의 좋은 아이디어가 당신의 인생을 극적으로 바꿔놓을 수 있다.
그것을 찾아라.
그것은 저기 어딘가에 있다.

마침내 그는 잠자리에 들었다. 그는 잠들기 전, 인생의 기본법칙을 돈과 행복에 적용하는 방법을 알려 줄 브로크의 다음 세미나가 무척이나 기대되었다.

chapter 6

돈과 행복의 법칙

우리 안에서 행복을 찾는 일이 어려울 수도 있다.
하지만 그밖에 다른 곳에서 행복을 찾는 것은 사실 불가능한 일이다.
대부분의 행복이 마음과 영혼에서 비롯되는 것이라면,
당신은 그것을 어디서 찾겠는가?

브로크는 세 번째 세미나를 시작하며, 지난 세미나 이래 인생의 기본법칙과 일곱 가지 창의력 원칙을 생활에 적용해 본 경험이 있는지 물었다. 세미나에서 아직 한 번도 이야기한 적 없는 30대 여성, 조리아가 제일 먼저 경험을 이야기했다. 그녀는 가정의 위기를 해결하는데 창의력을 이용했다고 말했다. 하지만 그것은 극히 개인적인 문제였기 때문에 내용을 정확히 밝히지는 않았다. 사실 대부분의 사람들에 있어 가정 문제만큼 많은 걱정과 스트레스, 그리고 분노를 야기하는 문제는 없다. 그녀는 처음에 그 문제를 해결할 방법이 없어 보였다고 말했다.

조리아는 이렇게 설명했다.

"모든 문제에는 항상 한 개 이상의 해결책이 있으며 획기적인 해결책은 보통 일곱 번째 혹은 여덟 번째 찾아내게 된다는 브로크 씨의 말을 기억했습니다. 다른 가족들은 보다 좋은 해결책을 찾으려는 노력을 그만두었습니다. 그들은 마음에 들지는 않았지만 그때까지 찾아낸 방법 가운데 가장 괜찮은 방법을 선택하기로 했습니다. 하지만 나는 포기하지 않고 계속 새로운 해결책을 찾았습니다. 그리고 마침내 획기적인 해결책을 찾아냈습니다. 그 덕에 가족 모두가 만족할 수 있는 방향으로 그 문제를 해결했습니다."

다른 몇 명의 참가자가 자신의 경험담을 이야기했다. 그중 마지막으로 이야기한 사람은 조였다. 그는 어떻게 스포츠용품 매장의 부점장이 되었는지 이야기했다. 조는 자신 있게 말했다.

"다른 사람들이 하는 것을 따라 하는 쉽고 편한 길 대신 어렵고 불편한 길을 택했습니다. 다른 지원자들은 이력서만 보내놓고 면접 기회를 얻길 기다렸지만, 나는 색다른 시도를 하기로 결심했습니다.

그래서 나는 그 매장에 가서 두 시간 동안 그곳을 관찰했습니다. 그리고 몇 가지 개선점을 찾아냈습니다. 매장의 점장에게 전화를 걸어 내가 부점장이 되면 어떤 일을 할 수 있는지 이야기했습니다. 그러자 그가 즉시 면접을 보러 오도록 요구했고, 다른 지원자들을 면접하지도 않고 그 자리에서 나를 채용했습니다."

경험담을 이야기해 준 참가자들에게 감사를 표한 다음 브로크는 향후 살필 내용을 간략히 설명했다.

"이번에는 심각한 경제 위기를 겪지 않도록 인생의 기본법칙을 이용해 돈을 관리하는 방법을 이야기해 보도록 하겠습니다. 또한 인생에서 여러분이 경험하게 될 행복이 인생의 기본법칙과 어떤 식으로 관련이 있는지 보도록 하겠습니다."

잠시 쉬어가듯 말을 멈춘 브로크는 더욱 목소리를 높였다.

"돈 이야기부터 하도록 하죠. 돈. 돈. 돈. 사실 모든 사람이 큰 돈을 벌길 바랍니다. 서구 세계에서 돈만큼 귀중한 것은 없습니다. 어떤 이는 생명보다도 돈을 중요하게 생각합니다.

하지만 돈은 당신의 생각대로 될 수 있습니다. 즉, 돈은 악의 근원이 될 수 있습니다. 돈은 모든 문제의 답이 될 수도 있습니다. 돈은 당신의 재산을 축내는 무엇인가가 될 수 있습니다. 돈은 자유를 얻는 수단이 될 수도 있습니다. 돈은 흥미로운 무엇인가가 될 수 있습니다. 또한 돈은 바보 같은 무엇인가도 될 수도 있습니다.

돈이 당신에게 특정 의미를 갖는다면 당신이 돈을 그렇게 생각하기 때문입니다. 만약 돈이 당신에게 악마적인 존재라면 당신이 돈을 악

마라고 생각하기 때문입니다. 만약 돈이 당신에게 골칫거리라면 그것은 당신이 돈을 골칫거리로 생각하기 때문입니다. 만약 돈이 당신에게 귀중한 존재라면 당신이 돈을 귀하게 생각하기 때문입니다. 돈이 당신에게 기쁨이라면 당신이 돈을 그렇게 생각하기 때문입니다. 이렇듯 돈이 어떤 의미를 가지느냐는 전적으로 당신의 책임입니다. 그러한 것들은 단순히 개념일 뿐, 그 이상도 그 이하도 아닙니다. 개념은 믿음입니다. 그리고 잘못된 믿음은 일종의 병임을 기억하십시오.

우리는 자신이 갖고 있는 믿음에 이의를 제기하는 것이 얼마나 중요한 일인지 이미 토론한 바 있습니다. 돈에 관해 우리가 갖고 있는 믿음은 다른 어떤 믿음보다도 우리가 의지하고 있는 믿음입니다. 여러분이 돈에 대해 어떤 믿음을 갖고 있든, 그리고 그것이 여러분에게 이익을 가져다 주고 있다 해도 그것을 잠시만, 아니 최소한 세미나 동안만이라도 옆으로 밀어놓기 바랍니다.

분명 우리는 돈이 있으면 많은 일을 할 수 있습니다. 하지만 돈이 우리의 인생을 좌우하도록 내버려두어서는 안 됩니다. 문제는 우리가 돈의 진실을 모르고 있다는 데 있습니다. 그것은 부분적으로 우리가 돈의 진실을 알고 싶어하지 않기 때문입니다. 혹은 마음 깊은 곳에서는 진실을 알고 있으면서도 우리가 그것을 부정하고 있기 때문입니다. 진실을 받아들이면 돈에 대한 환상이 깨지기 때문입니다. 돈이 우리를 어려움에서 구해 줄 것이란 환상 말입니다.

우리는 돈에 대해 갖고 있는 자신의 믿음, 태도, 그리고 가정에 크게 의존하고 있습니다. 그것이 잘못된 것임을 증명하는 수많은 증거들이 있는데도 말입니다. 그로 인해 우리는 돈에 대해 비현실적인 태도를 갖게 되었고, 그러한 태도를 버리지 않는다면 우리는 생활 전반을 악화시킬 경제적 위기를 겪게 될 것입니다.

돈과의 관계를 건전하게 유지하려면 돈을 적절히 관리하는 것이 중요합니다. 기본적인 욕구를 충족시킬 수 없을 정도로 돈이 없으면 우리는 행복할 수 없습니다. 그렇다고 돈이 많을수록 우리가 행복해지는 것도 아닙니다. 모순처럼 들릴 수도 있지만 돈이 많다고 행복해지는 것은 결코 아닙니다. 세미나 후반부에서 돈으로 행복을 살 수 없는 이유를 논의하게 될 것입니다.

모든 사람이 생활필수품을 살 수 없을 정도로 돈이 없으면 행복할 수 없다는 데는 동의할 것입니다. 필수품을 구입할 정도의 여유를 갖추려면 우리는 돈을 적절히 관리해야 합니다. 여기서 우리는 다시 한 번 인생의 기본법칙을 떠올려야 합니다. 인생의 기본법칙을 잊어 버린 분들을 위해 다시 보여 드리도록 하겠습니다."

셸던이 컴퓨터를 켜고 인생의 기본법칙을 스크린에 영사했다.

브로크는 도표의 왼편을 가리키며 이렇게 말했다.

인생의 기본법칙

쉽고 편안 일을 한다.	어렵고 불편한 일을 한다.
↓	↓
인생이 어렵고 불편해진다.	인생이 쉽고 편해진다.

"인생의 다른 문제와 마찬가지로 90퍼센트의 사람들은 돈 문제에서도 쉽고 편한 길을 택하고 있습니다. 만약 여러분이 그 90퍼센트에

속한다면 여러분은 분명 경제적으로 어렵고 불편한 인생을 살게 될 것입니다. 다시 말해 여러분은 경제적 위기를 겪게 될 것이란 얘기입니다. 설상가상으로 여러분은 이러한 문제들이 자신이 아니라 다른 사람의 탓이라 생각할 수도 있습니다.

단기적으로 이것은 우리가 쉽고 편하게 하는 무엇인가입니다. 하지만 그로 인해 우리는 장기적으로 돈 문제를 겪게 될 것입니다."

브로크는 셸던에게 새로운 자료를 스크린에 영사하도록 손짓을 했다.

다음과 같은 행위는 쉽고 편하지만, 경제적으로 유해하다.

첫째, 우리의 모든 경제적 문제가 우리 자신이 아니라 외적 요인에 의해 야기된다고 믿는다.

둘째, 다른 사람들이 하는 것을 따라한다.

셋째, 번 돈을 모두 쓴다.

넷째, 최대한 빌려 쓴다.

다섯째, 장기적인 경제적 자유를 대가로 단기적 욕구를 충족시킨다.

브로크는 스크린에 영사된 내용을 읽은 다음 참가자들에게 경제적 문제를 스스로 책임져야 하는 이유를 설명했다.

"경제적으로 쉽고 편한 삶을 원할 경우 여러분이 제일 먼저 해야 하는 어렵고 불편한 일은 바로 돈 문제의 책임이 자신에게 있다는 사실을 인정하는 것입니다. 그것이 아무리 어려운 일이라 하더라도 여러분은 자신을 탓해야 합니다. 자신이 아니라 외적 요인을 탓할 경우, 여러분은 소득과 상관없이 돈 문제로부터 자유로워지지 못할 것입니다.

쉽고 편한 길을 택하는 사람들은 돈이 없어서 돈 문제를 겪고 있다고 생각합니다. 이런 사람들은 계속 돈 문제를 겪게 될 것입니다. 그들은 자신이 갖고 있는 결점의 희생양이 될 것입니다. 그리고 경제적인 어려움에서 결코 벗어나지 못할 것입니다."

세미나에서 한 번도 발표를 한 적이 없는 또 한 명의 여성, 쇼나가 손을 들었다. 브로크는 그녀에게 발언권을 주었다.

"당신의 생각에 동의하지 않습니다. 각종 대금을 결제할 돈이 없기 때문에 돈 문제를 겪는 것뿐입니다. 그것은 결코 돈 문제를 자기 탓이라고 생각하지 않아서가 아닙니다."

쇼나는 딱딱한 말투로 이의를 제기했다.

"경제적으로 자유로운 사람은 돈 문제를 겪지 않습니다. 모든 사람이 1년에 50만 달러씩 소득을 올리고 경제적 자유를 누릴 수 있는 것은 아닙니다. 저임금을 받고 있는 사람들은 쓸 돈이 없기 때문에 돈 문제를 겪을 수밖에 없습니다. 반면 1년에 50만 달러씩 버는 사람들은 돈이 많기 때문에 경제적으로 자유로울 수밖에 없습니다."

쇼나의 말에 브로크가 즉각 응수했다.

"연간 2만 5,000달러를 벌면서도 경제적으로 어렵지 않은 생활을 하는 수만 명의 사람들이 있습니다."

그는 이야기를 계속했다.

"반면 연간 50만 달러씩 벌어도 빚쟁이에게 쫓기는 사람들도 있습니다. 몇 번씩 파산 신청을 한 수많은 고소득자들이 있는가 하면, 살면서 한 번도 파산 신청을 하지 않은 수백만 명의 저소득자들도 있습니다. 이러한 사실은 돈을 많이 버는 것만으로는 돈 문제를 피할수 없다는 것을 말해 주고 있습니다. 즉 경제적 위기를 겪지 않으려면 다른 무엇인가가 있어야 하는 것입니다."

"하지만 경제적으로 자유로우면 그만큼 돈 문제를 쉽게 해결할 수있지 않겠습니까?"

쇼나는 물러서지 않았다.

"여기서 한 가지 명확히 할 것이 있습니다. 우리가 경제적인 자유를이뤄내려면 우선 경제적인 자유가 무엇인지부터 명확히 이해해야 합니다. 진정한 경제적 자유란 여러분의 소득과는 관련이 없습니다. 경제적 자유는 '수입이 지출보다 많은 것' 그 이상도 그 이하도 아닙니다. 만약 한 달에 1,500달러를 벌고 한 달에 1,450달러를 쓴다면 어떻게 되겠습니까? 당신은 경제적 자유를 누릴 것입니다. 돈 문제로 어려워하지 않아도 될 테니 말입니다. 그러므로 경제적 자유의 열쇠는지속적으로 지출보다 수입이 많도록 하는 것입니다."

"그럴 수 있으려면 수입이 보다 많아야 한다는 전제가 포함되어야하는 것 아닙니까? 말이 쉽지, 수입이 적은데 지출이 수입을 초과하지 않는 일이 어디 쉬운 일이겠습니까?"

쇼나가 한숨을 내쉬며 말했다.

"물론 그렇습니다. 거기에도 쉬운 일 대신 어려운 일을 해야 한다는인생의 기본법칙이 적용되고 있는 것입니다. 우리는 창의력과 보다많은 소득을 올릴 기회를 이용할 방법들에 대해 이미 살펴 보았습니다. 물론 나가서 돈을 버는 것보다 가만히 앉아서 불평하는 쪽이 더 쉬울 것입니다. 하지만 경제적인 측면에서 사회와 정부가 해 주어야 하는 것임에도 불구하고 제대로 해 주지 않고 있다고 불평해도 소용 없는 일입니다. 우리는 편안한 생활을 하는 데 필요한 돈을 벌 수 있는 기술을 익히는 대신, 갖가지 핑계를 대며 돈이 없는 것을 합리화하게 될 뿐입니다."

브로크는 청중 전체를 천천히 둘러보았다.

"이 강당에 있는 사람들 모두가 필요한 만큼의 돈을 벌 수 있는 능력을 갖고 있습니다. 원하는 만큼의 성과를 거두지 못하는 사람으로서 여러분은 선택의 기로에 서 있습니다. 여러분은 커피숍에서 지식인인 척하는 사람들과 무익한 논쟁을 하며 주어진 시간을 낭비할 수도 있고, 아니면 건설적인 프로젝트 수행에 시간을 유용하게 쓸 수도 있습니다. 만약 후자를 택할 경우 여러분은 만족, 행복과 더불어 부를 얻게 될 것입니다. 반면 전자를 택한다면 여러분은 혼란과 좌절, 분노, 그리고 가난을 맛보게 될 것입니다.

휴식을 취하는 것은 결코 잘못이 아닙니다. 사실 나는 누구보다도 일과 휴식 간의 건전한 균형을 중요하게 생각합니다. 하지만 불필요한 활동에 여러분이 갖고 있는 시간 전부를 써 버린다면 건설적이고 창의적인 활동을 할 시간이 없어질 것입니다. 여러분이 일단 창의력을 발휘하기 시작하면 기본적인 생활비를 버는 것은 상대적으로 쉬워집니다. 사실 서구 사회에서는 대부분의 사람들이 기본적인 생활에 필요한 수입을 올리고 있기 때문에 그것은 자랑거리도 되지 못할 것입니다.

창의력과 재능을 이용하면 금방 기본적인 생활비를 벌 수 있다는 데는 우리 모두 동의할 것입니다. 그렇다면 돈을 번 후에 그것을 어떻게 쓰느냐에 따라 상반된 결과를 얻게 될 것입니다. 바보도 돈을 쓸 수는 있습니다. 하지만 진정으로 여러분에게 만족을 가져다 줄 무엇인가에 소득의 일부를 사용하고 여러분의 미래를 달라지게 할 무엇인가를 위해 나머지 소득을 저축하려면 책임감과 의지, 지혜, 그리고 천재성이 필요합니다. 그리고 그것이 바로 경제적 자유를 이루는 길이자 경제적 위기를 피하는 길입니다."

브로크는 잠시 이야기를 멈추고 노트를 훑어보았다.

"이제 경제적 위기를 피하기 위해 우리가 해야 하는 일 가운데 가장 어려운 일부터 살펴보도록 합시다. 우리는 자신의 감정을 들여다보며 돈을 부적절하게 사용하는 이유를 찾아내야 합니다. 이러한 감정적인 문제를 명확히 하지 않으면 우리는 항상 돈 문제를 안고 살게 될 것입니다."

조가 브로크의 이야기를 가로막았다.

"당신의 이야기를 듣고 있으면 우리 모두 정신병자인 것 같은데요. 도대체 어떤 감정적인 문제를 이야기하는 거죠?"

브로크가 자세히 설명했다.

"돈도 없으면서 돈을 쓰고, 우리가 아무런 만족도 얻을 수 없는 무엇인가에 돈을 쓰는 정서적인 이유 말입니다. 여러분도 우리의 소비 습관 가운데 상식적으로 이해할 수 없는 많은 것들이 있음을 알고 있습니다. 윌로저는 이렇게 말했습니다. '너무도 많은 사람들이 원하지 않는 물건을 사고 좋아하지도 않는 사람을 감동시키는 데 벌지도 않은 돈을 쓰고 있다.'"

일부 참가자들의 웃음소리가 들렸다. 브로크는 계속 이야기 했다.

"여기 계신 분들 모두가 일정 정도 이런 무분별함을 갖고 있다는 데 동의하리라 생각합니다. 이런 비이성적인 행동을 고칠 유일한 방법은 내면에 자리한 감정적 욕망을 찾아내어 그것을 돈 이외의 방법으로 충족시키는 것입니다. 차, 집, 보석, 무의미한 섹스 파트너, 피상적인 친구, 값싼 관심, 피상적인 지위는 돈으로 살 수 있습니다. 하지만 사랑, 평화 혹은 행복은 돈으로 살 수 없습니다."

브로크는 20분 동안 사람들이 돈과 관련해 비이성적인 행동을 하는 이유를 현실 감각의 부족, 그리고 무의식적인 심리적 자극으로 설명했다. 비이성적인 소비 충동 이면에는 사람들로부터 관심을 얻고자 하는 욕구가 존재하고 있다고 말했다. 그것은 권력욕일 수도 있고 명예, 자유, 복수, 존경, 안전 혹은 자부심에의 욕구일 수도 있었다. 심지어는 사랑받고자 하는 욕구일 수도 있었다.

그러한 욕구 가운데 단 한 가지 욕구로 인해, 혹은 몇 가지가 뒤섞인 복합적인 욕구로 인해, 사람들은 필요하지 않은 무엇인가 혹은 능력 이상의 무엇인가를 구매하게 된다. 사람들은 이러한 감정적 욕구를 조절할 수 있어야 한다. 대부분의 경우 보다 좋은 물건을 구입한다고 실질적으로 그런 욕구가 해소되는 것은 아니기 때문이다. 인간으로서 느끼는 불완전함 때문에 사람들은 남은 인생 동안에도 비이성적인 구매를 계속할 수 있다.

대부분의 사람들이 잘못된 소비습관을 인정하는 대신 자신의 소비를 합리화시킨다. 브로크는 1년 전 4,000달러를 주고 새 컴퓨터를 구입했음에도 불구하고 충동적으로 5,000달러짜리 최신형 컴퓨터를 구입한 사람을 예로 들었다. 그는 새 컴퓨터로 작업을 하면 일의 능률을 올릴 수 있다는 말로 최신형 컴퓨터의 구매를 합리화했다. 하지만 그가 기존에 있던 컴퓨터를 인터넷 서핑에 주로 이용했다는 사실을 감안한다면 그런 합리화가 얼마나 무의미한 것인지 쉽게 알 수 있었다. 그가 새 컴퓨터를 구입한 진짜 이유는 항상 최신형을 좋아하는 친구들로부터 무시당하지 않기 위해서였다.

브로크는 또 다른 예로 MBA 과정을 밟고 있는 여성을 들었다. 그녀는 3,000달러짜리 고급 시계를 구입하는 바람에 신용카드 사용한도를 초과했다. 그녀는 4만 5,000달러의 학자금 대출을 사용하고 있었고, 특별한 일자리도 갖고 있지 않았다. 하지만 학위를 받기 위해 열심히 공부하는 자신에 대한 보상이라며 시계 구입을 합리화했다. 이 경우 그녀가 비이성적인 소비 행위를 한 진짜 이유는 자신감 부족에 있었다. 그녀는 내세울 것 없는 자신의 이미지를 개선시킬 방법이 필요했다. 이것은 경영학을 공부하는 대학생들이 학점이 낮을 때 그리고 취업 전망이 불확실할 때 고급 시계, 고급 펜, 고급 가방을 구입한다는 연구 결과를 통해서도 입증된 바 있는 사실이었다.

브로크는 돈이 우리의 보다 깊은 욕망, 욕구, 목표, 희망 그리고 꿈을 표현하는 수단이라는 말로 '돈과 감정적 욕구와의 관계'를 요약했다. 불행히도 성취감, 행복, 그리고 마음의 평화 같은 감정적 욕구는 돈으로 충족될 수 없다. 이러한 욕구들은 외적인 측면에서의 창의적인 노력과 내적인 측면에서의 발전을 통해서만 충족될 수 있다.

인생이라는 게임에서 성공하려면 종종 게임에 열중하지 않을
필요가 있다.
대신 당신이 진정으로 원하는 것이 무엇인지 숙고할 시간을
가져야 한다.
당신은 숙고를 통해 도달한 결론에 놀랄 것이다.

덥수룩한 헤어스타일에 콧수염을 기른 젊은 남자, 브렌트가 사람들
의 필요, 욕구와 관련한 브로크의 말에 이의를 제기했다. 그는 첫 번
째 세미나에서는 믿음에 관한 질문을 했고, 두 번째 세미나에서 창의
력에 관한 질문을 한 바 있었다.

"아브라함 매슬로의 주장처럼 욕구 단계설 측면에서 생각해 볼 수
도 있지 않습니까? 사람은 육체적 측면에서, 그리고 안전적인 측면에
서 충족되지 않은 많은 욕구를 갖고 있습니다. 이러한 욕구들을 충족
시키는 데는 모두 돈이 필요합니다. 사람들이 무엇인가를 구매하는
주된 이유가 이런 것이 아닐까요?"

브로크가 대답했다.

"우리 모두 물, 음식, 피난처, 그리고 안전과 관련해 기본적인 욕구
를 갖고 있는 것은 사실입니다. 하지만 문제는 실질적으로 어느 정도
의 음식과 피난처와 안전이 필요한가 하는 점입니다. 음식, 피난처,
그리고 안전을 향상시키려는 사람들의 욕구는 욕망입니다. 우리가
이야기하고 있는 것은 충족되지 않은 '욕망'이지 충족되지 않은 '필
요'가 아닙니다. 욕망과 필요는 다른 것입니다. 엄밀히 따져보면 당
신이 필요로 하는 것은 이미 모두 충족된 상태입니다."

"아니요, 그렇지 않습니다. 나는 아직까지도 필요한 것 중에 갖지 못한 것이 많습니다."

브렌트가 정색을 하며 말했다.

"브렌트 씨, 충족되지 않은 필요에 대해 당신은 잘못된 생각을 갖고 있습니다. 당신의 모든 필요는 현재 충족되고 있습니다. 뿐만 아니라 그것은 당신이 태어났을 때부터 계속 충족되었습니다. 만약 그렇지 않았다면 당신은 이렇게 살아 있지 않을 것입니다."

브렌트는 인상을 찌푸렸지만 참가자들은 대부분 미소를 지었다. 브렌트는 잠시 동안 생각에 잠겼다가 이렇게 대답했다.

"좋습니다. 내가 갖고 있는 것은 충족되지 않은 많은 욕망입니다."

브로크가 말했다.

"인정해 주셔서 감사합니다. 지구상의 다른 모든 사람들 역시 마찬가지입니다. 경제학자들은 인간의 욕망이 충족될 수 없다고 말했습니다. 이것은 우리가 갖고 있는 욕망을 모두 충족시키는 것이 불가능하다는 의미입니다. 만약 여러분의 욕망을 충족시키는 것이 불가능하다면 여러분은 욕망을 조절할 줄 알아야 합니다. 그렇지 않으면 여러분은 경제적으로 파산을 면치 못할 것입니다. 한 작가는 이렇게 말했습니다. '정말로 필요하지 않은 것은 충분히 얻을 수 없다.'"

브렌트는 어깨를 한 번 으쓱해 보일 뿐 아무 말도 하지 않았다. 브로크는 이야기를 계속했다.

"브렌트 씨, 하지만 나의 말을 오해하지 마십시오. 물질적인 욕망을 갖는다는 것이, 그리고 능력껏 그러한 욕망들을 충족시키는 것이 나쁘다는 얘기는 아닙니다. 사람들이 경제적인 어려움을 겪는 것은 능력 이상의 것을 구입하기 때문입니다. 그리고 불행히도 그것들 가운데 상당수가 그들이 진실로 갖고 싶어하는 것이 아닙니다. 그들은 자신이 그러한 것들을 원하고 있다고 생각할 뿐입니다. 왜냐하면 광고인들이 거액으로 구입할 수 있는 고가품을 손에 넣으면 행복해질 것이라고 그들을 유혹하기 때문입니다."

이번에는 청중 전체를 바라보며 브로크는 이렇게 말했다.

"여러분이 필요로 하지 않는 것, 심지어는 진정으로 원하지도 않는 것을 구입하는 함정에 빠지지 않을 방법을 논의해 보도록 합시다. 이것은 여러분의 욕망을 조절하고 경제적 혼란을 막으며 무익한 소유물을 최소화하는 가장 효과적인 방법입니다.

무엇인가를 구입할 때 어렵고 불편한 길을 택하는 것입니다. 여러분은 자신의 욕망에 정면으로 맞서야 합니다. 시간을 갖고 여러분이 구매하려고 하는 것에 대해 곰곰이 생각해야 합니다. 그리고 여러분이 사려고 하는 것을 손에 넣음으로써 여러분이 얼마나 많은 이익이나 만족을 얻을지 스스로에게 물어보아야 합니다. 항상 스스로에게 솔직해진다면 여러분은 충동적으로 무엇인가를 구입할 때보다 훨씬 적게 구입하게 될 것입니다."

인생에서 당신이 무엇을 원하고 있는지 판단하는 것만큼
무엇을 원하지 않는지 판단하는 것도 중요한 일이다.
당신에게 행복을 가져다 주지 않는 것들을 과감히 버려라.
하지만 그것들을 버리는 일이 항상 쉽기만 한 것은 아니다.

30대 중반의 열정적인 여성, 에리카가 다시 이의를 제기했다. 그녀는 첫 번째 세미나에서 인생의 기본법칙 때문에 평생 고통 받으며 살고 싶지는 않다고 말했었다.

"브로크 씨, 상점에 들어가 쇼핑을 하면서 무엇인가를 구입하려 할 때마다 일일이 그것으로 얻을 이익을 따져보고 싶지는 않아요. 그렇게 하면 쇼핑의 재미가 반감될 거예요. 쇼핑이 지루하고 불행해질 거예요. 또한 무엇인가를 구입할 때마다 항상 이익과 만족을 따져볼 시간적인 여유가 있을 것 같지도 않고요. 당신은 무엇인가를 충동적으로 구매하는 일이 없나요?"

브로크가 그녀의 말에 수긍했다.

"물론 나도 충동적으로 무엇인가를 살 때가 있습니다. 하지만 그런 것들은 대체로 20달러 미만의 물건들입니다. 나는 평균 이상의 소득을 올리고 있고 그런 저가의 물건이라면 충동적으로 살 수 있는 여유가 있습니다. 그리고 20달러 이상의 물건을 구입할 때 나는 항상 그로 인해 얻을 이익을 따져봅니다. 그래서 얻은 결론이 무엇인지 아십니까?"

"좋아요. 내가 틀렸습니다. 그런데 당신이 얻은 결론이 무엇입니까?"

에리카의 말에 브로크가 웃으며 말했다.

"최고의 구매는 구매하지 않는 것이란 사실입니다."

일부 참가자들이 키득거렸다.

"돈을 쓰지 않을 이유가 무엇입니까? 돈을 버는 것도 결국은 쓰기 위함이 아닙니까?"

팅이 장난스럽게 끼어들었다.

"부분적으로는 맞는 말입니다. 무수히 많은 재산이 있다면 어떤 것도 고민하지 않고 구입할 수 있습니다. 하지만 무한히 많은 재산을 가진 사람은 없습니다. 그러므로 미래의 지출에 대비해 우리는 돈을 아껴야 합니다. 누군가 필요하지 않는 것을 사는 것은 자기 재산을 도둑질하는 행위라 말한 바 있습니다. 여러분은 그런 경험이 있을 것입니다. 필요 없는 무엇인가를 구입하는 바람에 정작 필요한 무엇인가를 사지 못한 경험 말입니다."

"나는 몇 차례 그런 경험을 한 적이 있습니다."

팅이 웃으며 말했다.

"여러분의 욕망을 통제함으로써 지속적으로 소비를 조절하는 방법과 관련해 한 가지만 더 말씀드리겠습니다. 약간의 의지력만 있다면 적어도 1~2주 동안 갖고 싶은 것을 사지 않고 버틸 수 있습니다. 그리고 의지력이 조금만 더 강하다면 여러분은 한 달은 사지 않고 버틸 수 있습니다. 진심으로 오랫동안 사고 싶어했던 것이 아니라면, 대부분의 경우 그렇게 버티다가 사고 싶은 마음이 저절로 사라지게 되어 있습니다."

보다 유익한 세미나가 될 수 있도록 브로크는 가능한 한 신용카드의 사용을 피함으로써 얻을 수 있는 이점 등 효과적인 돈 관리 원칙들을 논의했다. 그는 참가자들에게 자부심과 행복, 그리고 성공을 돈으로 살 수는 없다고 조언했다. 또한 지출이 수입을 초과해서는 안 된다고 경고했다.

"얼마 전 구입했지만 잘 사용하지도 않는 고가의 물건 대금을 결제해야 한다고 합시다. 아마 그로 인해 당신이 받는 경제적 스트레스는 측정이 불가능할 정도로 막대할 것입니다."

그는 또한 이렇게 말했다.

"이것은 매우 간단한 사실입니다. 여러분의 경제적 위치는 여러분이 돈을 어떻게 대하느냐에 달려 있습니다. 돈을 존중하고 돈에 책임질 때 여러분은 경제적으로 건전한 위치에 서게 될 것입니다. 돈을 존중하지 않는 것은 자신을 존중하지 않는 것과 마찬가지입니다. 여러분이 자신을 존중하지 않을 때 부를 포함하여 인생의 모든 좋은 것들이 여러분에게서 멀어질 것입니다.

사실 사람들 대부분이 다른 사람들을 기쁘게 하기 위해 돈을 쓰고 있습니다. 다른 사람으로부터 인정받고 싶기 때문입니다. 돈을 쓰는 또 한 가지 방법은 자신을 기쁘게 하기 위해 돈을 쓰는 것입니다. 다른 사람들을 기쁘게 하여 그들로부터 인정받으려는 마음을 극복한다면 여러분은 훨씬 적은 돈을 쓰게 될 것입니다.

여기서 열쇠는 조화로운 사람이 되는 것입니다. 조화로운 사람은 내적 자아와 조화를 이루고 있기에 다른 사람을 감동시키려고 애쓸 필요가 없습니다. 이미 이야기했던 것처럼 다른 사람을 감동시키는 최선의 방법은 그들을 감동시키려고 노력하지 않는 것입니다. 내적 자아를 발전시키고 다른 사람을 감동시키려고 노력하지 않는다면 여러분은 그렇게 많은 돈이 필요하지 않습니다. 사실 매일 10분씩만 조용히 명상을 해도 여러분은 1년에 1,000달러 혹은 1만 달러의 비용을 절감할 수 있을 것입니다."

브로크는 또한 아무리 소득이 적어도 소득의 일부를 저축하는 어렵고 불편한 길을 택해야 한다고 말했다.

"여기에도 인생의 기본법칙이 적용됩니다. 그리고 자신과의 약속을 지키는 것이 중요하다는 것을 다시 한 번 상기할 필요가 있습니다. 미래를 위해 저축하는 데도 여러분은 대가를 치러야 합니다. 하지만 갖고 있는 돈을 오늘 모두 써버린다면 여러분은 훗날 훨씬 더 큰 대가를 치르게 될 것입니다.

특정한 용도로 일단 저축하기 시작하면 거기에 손을 대지 말아야 합니다. 그 자금에 '손댈 수 없는 자금'이라는 꼬리표를 붙여 놓으십시오. 여러분이 쉬운 길을 택한다면 여러분은 즉각적인 만족을 추구하라는 유혹에 바로 넘어가 그 돈을 써 버리고 말 것입니다. 불행히도 즉각적인 만족을 추구할 경우 여러분은 장기적인 측면에서의 경제적 고통이라는 커다란 대가를 치르게 될 것입니다.

어렵고 힘든 길을 택한다면 여러분은 그 돈을 쓰라는 모든 유혹을 뿌리칠 것입니다. 소득의 일부를 저축하고 손댈 수 없는 자금이 점점 불어나는 것을 지켜보는 가운데 여러분은 저축만큼 자신에게 경제적인 자유를 안겨줄 수 있는 것은 없다는 사실을 깨닫게 될 것입니다. 여러분이 버는 돈보다 10퍼센트 더 소비하는 것과 10퍼센트 덜 소비하는 것 간의 차이를 기억하십시오. 다시 말해 수입보다 10퍼센트 더 소비하면 여러분은 경제적 혼란을 겪다가 종국에는 경제적 파탄을 맞게 될 테지만, 수입보다 10퍼센트 덜 소비하면 경제적 만족과 자유를 얻게 될 것입니다.

수입이 너무 적어 저축할 수 없다고 생각하는 분이 있다면 오설라 맥카티 씨를 보고 배우길 바랍니다. 그녀는 초등학교 졸업장밖에 없는 세탁부였습니다. 1995년 그녀는 여든일곱 살의 나이에 지역의 유명인사가 되었습니다. 남부 미시시피대학의 가난한 흑인 학생들을 위해 15만 달러의 장학금을 기부했기 때문입니다. 사실 그녀는 그 학교를 다녀보기는커녕 구경해 본 적도 없는 사람이었습니다.

그 후 그녀는 하버드대학으로부터 명예박사 학위를 받았습니다. 또한 빌 클린턴 대통령과 UN으로부터 찬사를 받았습니다. 우리들은 먹고 살기도 어렵다고 생각하는 적은 수입으로 초등학교 졸업자인 그녀는 그런 훌륭한 일을 한 것입니다.

저소득의 세탁부가 어떻게 대학에 15만 달러나 기부할 수 있었는지 여러분 모두 궁금해하실 겁니다."

브로크는 관심을 집중시키기 위해 잠시 아무 말도 하지 않았다. 그러고는 잠시 후 다시 입을 열었다.

"간단합니다. 하지만 결코 쉽지는 않습니다. 맥카티 씨는 돈을 관리함에 있어 어렵고 불편한 길을 택했습니다. 조화로운 사람이었던 그녀는 불필요한 것에 소득을 낭비하는 대신, 소득의 일부를 꾸준히 저축했습니다. 맥카티 씨는 다른 사람의 옷을 세탁하고 다림질하여 25만 달러가 넘는 돈을 모았습니다. 그런데도 그녀의 집에는 에어컨 한 대 없었습니다. 사실 그녀의 소득은 여기 있는 모든 분들의 소득보다 훨씬 적었습니다.

맥카티 씨에게 경의를 표하는 뜻에서 그녀의 말을 인용하는 것으로 돈 관리에 관한 논의를 마치도록 하겠습니다. 1996년 그녀는 모은 돈 가운데 상당 부분을 기부한 뒤 『풍요로운 삶을 사는 간단한 지혜』라는 책을 출간했습니다. 그 책에서 그녀는 이렇게 조언했습니다. '거액의 소득을 올리는 사람이 아니라, 저축하는 방법을 아는 사람이 풍요를 누린다.' 이것은 간단하지만 강력한 힘을 갖고 있는 지혜입니다. 무엇보다 나는 여러분 모두가 돈 문제로 고통 받아본 적이 없는 맥카티 씨 이야기로부터 많은 깨달음을 얻기 바랍니다."

돈 관리에 관한 논의를 마쳤을 즈음 세미나 시간이 45분 정도 남아 있었다. 그는 15분 동안 휴식을 갖고 나머지 30분 동안 진정으로 행복하게 사는 방법에 대해 논의하겠다고 말했다.

●●●

이 세상에서 행복해지는 것은 당신의 권리가 아니다.
그것은 당신의 의무이자 책임이다.

브로크가 크지만 부드러운 목소리로 세미나의 마지막 주제, '행복해지는 방법'에 대해 이야기하기 시작했다.

"좋습니다. 부를 모으고 모은 부를 현명하게 관리하는 방법을 배웠으니, 이제 마지막으로 인생의 기본법칙을 이용해 '행복해지는 방법'에 대해 살펴보도록 합시다. 여러분 가운데 부자가 되는 길이 행복해지는 길이라고 생각하는 사람도 있을 것입니다.

하지만 그것은 결코 사실이 아닙니다. 기본적인 필요를 충족시킨 다음에는 돈이 많아진다고 더 행복해지지는 않습니다. 현인들은 나이와 상관없이 돈으로 행복을 살 수는 없다고 말했습니다. 하지만 사람들은, 특히 현대인들은 그 말을 믿지 않는 것 같습니다."

그러자 강당 중간 즈음에 앉아 있던 여성, 미셸이 돈과 행복에 대한 자신의 생각을 이야기했다.

"돈 자체가 행복을 가져다 주지는 못한다는 말에는 동의합니다. 하지만 내가 하고 싶은 무엇인가를 할 수 있는 돈이 있다면 나는 그로 인해 행복할 수 있다고 생각합니다."

"예를 들면요?"

브로크가 물었다.

"예를 들면 밴쿠버에 살고 있어 나는 매우 불행합니다. 대도시에서 얻을 수 없는 행복과 은총이 있는 시골에서 살 수 있도록, 넓은 땅을 구입할 수 있는 돈이 있으면 좋겠습니다."

"하지만 시골로 이사해서도 당신은 행복할 수도 있고 아닐 수도 있습니다. 어쨌든 행운을 빕니다."

모두가 현재 살고 있는 곳이 아닌 다른 어떤 곳에 살기를 원한다.
하지만 당신은 현재 살고 있는 곳을 택하라. 그러면 당신은
90퍼센트의 세상 사람들보다 더 행복해질 것이다.

브로크의 대답에 미셸은 놀랐다. 그녀는 화난 목소리로 이렇게 물었다.

"대도시보다 시골에 산다면 훨씬 더 행복할 것 같다는 나의 생각이 뭐가 잘못된 거죠?"

브로크는 침착한 말투로 대답했다.

"시골에 산다고 당신이 더 행복해지리라, 그렇게 확신하지 마십시

오. 장담컨대 지금 시골에 살고 있는 사람들 가운데 밴쿠버 같은 대도시에서 살 수 있다면 행복할 것이라 생각하는 불행한 사람들이 수천 명은 될 것입니다. 궁극적으로 사람들이 자신이 사는 곳에서 행복을 느끼느냐 아니냐를 결정하는 것은 그들이 도시에 사느냐 시골에 사느냐가 아닙니다."

미셸이 물었다.

"그럼 뭐죠? 나는 밴쿠버에 사는 것이 행복하지 않다고 확신해요. 이곳에서는 항상 치열한 경쟁에 시달려야 하니까요."

브로크는 미셸에게 이렇게 말했다.

"당신이 어디에 살든 행복해지려면 당신은 감사할 줄 알아야 합니다. 내가 보기에 당신은 감사할 줄 모르는 것 같습니다. 지금 나는 시골에 살면 행복할 수 없다는 이야기가 아닙니다. 당신은 시골에서 사는 것이 대도시에 사는 것보다 건강을 위해서도, 그리고 마음의 평화를 위해서도 더 좋다는 것을 경험하게 될 수도 있습니다. 하지만 감사하는 법을 배우고 도시에서 행복하게 사는 법을 배울 때까지 당신은 시골에서도 진정으로 행복해질 수 없을 것입니다.

미셸 씨, 시골로 이사해서 행복하게 살 수 있는 확실한 방법을 알고 싶습니까?"

"어떻게 하면 되죠?"

미셸이 미덥지 않은 말투로 물었다.

"다음 두 가지 행복의 법칙을 따르면 됩니다."

그는 셸던에게 스크린에 새로운 자료를 영사하도록 손짓했다.

행복 법칙 1 당신의 존재를, 당신의 위치를, 당신이 가진 것을
            기뻐하라.
행복 법칙 2 불행이 닥쳤을 때 행복 법칙 1을 떠올려라.

잠시 청중들에게 스크린에 적힌 내용을 읽을 시간을 준 다음 브로크는 미셸을 쳐다보며 이렇게 말했다.

"다시 말해 도시를 행복한 곳으로 느끼기 시작해야 시골에서도 문제없이 살 수 있습니다. 도시를 항상 불쾌한 곳으로 생각한다면 당신은 시골에서 한동안 생활한 후 시골 역시 그렇게 생각하게 될 것입니다. 불교에 이런 말이 있습니다. '당신이 어디를 가든 그곳에는 당신이 있습니다.'"

당신은 행복을 찾아 여행을 떠날 수도 있다.
보다 깊이, 보다 긍정적으로 생각하라.
놀랍게도 히말라야 산 정상에서 당신이 경험하게 될
유일한 행복은 당신이 갖고 온 행복뿐이다.

브로크는 청중 전체를 보며 이렇게 말했다.

"행복의 상당 부분은 갖고 있는 것에 감사하는 마음에 달려 있습니다. 생활에 필요한 기본적인 것들이 충족된 이후에는 돈이 증가해도 더 행복해지지는 않는다고 말한 바 있습니다.

나의 말처럼 만약 여러분이 적은 수입 혹은 적당한 수입으로 누리고 있는 것들에 감사하고 행복해한다면, 여러분은 많은 돈을 벌어도

행복할 것입니다. 하지만 적당한 수입에도 불구하고 비참하고 불행하다면, 여러분은 1,000만 달러를 갖게 되어도 감사하지 않을 것이고 행복하지도 않을 것입니다. 여러분은 훨씬 더 호화롭고 편안한 생활을 하게 되어도 여전히 비참하고 불행할 것입니다."

일부 참가자들은 미소를 지었고 일부는 킥킥거렸다. 브로크는 이야기를 계속했다.

"사실 1,000만 달러가 생기기 전보다 여러분은 훨씬 더 비참하고 불행할 수 있습니다. 이제 여러분은 자신이 행복하지 않은 이유가 행복을 느낄 만큼 많은 돈을 갖고 있지 않아서라고 생각하며 돈을 많이 벌게 될 날을 꿈꿀 수도 없기 때문입니다. 여러분을 기다리는 것은 그저 불행과 비참함밖에 없을 것이기 때문입니다."

말꼬리처럼 머리카락을 뒤에서 하나로 묶은 헤어스타일에 콧수염을 기른 론이 다시 브로크의 말에 이의를 제기했다. 그는 첫 번째 세미나에서 편한 생활을 바라는 것이 무엇이 잘못인지, 그리고 사소한 약속들까지 지켜야 하는 이유가 무엇인지 묻던 사람이다.

"이런 무의미한 이야기를 계속 듣고 있을 수는 없습니다. 나의 솔직한 생각을 이야기하겠습니다."

"말씀해 보세요, 론 씨. 당신의 생각을 이야기할 기회를 드리겠습니다."

브로크가 대답했다.

론은 화가 난 목소리로 외쳤다.

"돈으로 행복을 살 수 없다는 당신의 주장은 한마디로 헛소리입니다. 그것은 사실이 아닙니다. 당신도 돈이 없으면 불행할 수 있다는 데 동의했습니다. 그럼 당연히 돈이 많으면 행복해야 하는 것 아닙니까?"

"좋습니다. 당신의 주장을 뒷받침할 다른 증거가 있습니까?"

브로크가 부드러운 목소리로 물었다. 론은 여전히 톤이 높은 목소리로 대답했다.

"사실 다른 증거도 있습니다. 부자들이 가난한 사람들보다 행복하다는 연구 결과가 이미 발표된 바 있습니다. 이것은 돈으로 행복을 살 수 있다는 것을 반증하고 있습니다."

이번에는 브로크가 다소 큰 목소리로 말했다.

"아니요, 그렇지 않습니다. 돈이 있으면 무엇이든 살 수 있다는 당신의 믿음을 보호하기 위해 당신은 자신의 믿음을 뒷받침하고 있는 정보만을 받아들이고 자신의 믿음에 위배되는 다른 정보들은 무시하고 있을 뿐입니다."

브로크는 잠시 틈을 둔 뒤 다시 부드러운 톤으로 말을 이었다.

"보세요, 론 씨, 부자가 일반적으로 가난한 사람보다 행복하다는 연구 결과가 있는 것은 사실입니다. 하지만 그것이 모든 부자가 행복하다는 의미는 아닙니다. 무엇보다 많은 부자들이 불행하지 않은 중립적인 상태에 있을 수 있습니다. 그렇다고 해서 그들이 행복하다는 얘기는 아닙니다. 중립적인 상태에서 그들은 생활에 필요한 기본적인 것들조차 갖추지 못한 가난한 다수의 사람들보다 행복할 수는 있습니다. 하지만 그들이 진정으로 행복한 것은 아닙니다.

일리노이대학에서 행복론을 연구하고 있는 연구가, 에드 다이에너가 찾아낸 연구 결과를 인용하도록 하겠습니다. 그는 고소득자 가운데 30퍼센트가 보통의 미국인보다 행복하지 않다는 사실을 발견했습니다. 이 연구 결과만으로도 돈으로 행복을 살 수 없다는 것을 증명할 수 있습니다. 하지만 당신의 생각을 바꾸는 데 도움이 될 간단한 연습 활동을 한 가지 해 보도록 하겠습니다. 만약 돈에 대한 당신의 믿음을 잠시 접어두고 열린 마음으로 다음 연습 활동에 참여한다면 당신은 그로부터 중요한 무엇인가를 배울 수 있을 것입니다."

"그때까지 기다릴 수 있을지 모르겠네요."

론이 농담조로 말했다.

당신이 생각하는 행복한 생활을 면밀히 들여다보라.
행복한 생활은 결코 불행이 없는 생활이 아니다.
당신이 원하든 원하지 않든 불행은 당신의 인생에 가만히 찾아들 것이다.
그것은 행복 역시 마찬가지이다.
행복에 혹은 불행에 어떤 식으로 대처하느냐는 전적으로
당신에게 달려 있다.

브로크가 계속 이야기하려는 순간 팅이 손을 들었다. 그는 브로크가 발언권을 주기도 전에 자신의 생각을 이야기하기 시작했다.

"브로크 씨, 론이 말했던 연구 결과와 관련해 지적하고 싶은 것이 있습니다."

"말씀해 보십시오."

브로크가 호의적으로 말했다.

"단순히 부자가 가난한 사람보다 행복하다는 연구 결과가 있다는 것 자체가 돈으로 행복을 살 수 있다는 것을 입증하지는 않습니다. 그

두 가지 명제 사이에는 인과관계가 존재하지 않습니다. 이것은 닭이 먼저냐 달걀이 먼저냐 하는 문제일 수 있습니다. 많은 사람들이 부자가 되었습니다. 그리고 그 이유가 그들이 가난에도 불구하고 행복하게 살았기 때문일 수도 있습니다. 다시 말해 가난했을 때 그들이 삶을 긍정적으로 생각하며 행복해지기 위해 노력했기 때문에 그들이 부자가 될 수 있었다는 말입니다. 반면 삶을 불행하게 생각하는 사람은 불평만 할 뿐, 삶을 개선시키려는 노력을 하지 않을 것이기 때문에 계속 불행하고 가난하게 살 가능성이 그만큼 높은 것입니다."

브로크가 박수를 치는 시늉을 내며 말했다.

"아주 훌륭한 지적이었습니다, 팅 씨. 솔직히 내가 왜 그 생각을 못했을까 하는 아쉬움을 느낍니다."

당신은 진정한 행복을 언제 달성할 수 있을지 이야기할 수 있다.

진정한 행복에는 많은 비용이 소요되지 않는다.

하지만 효과 없는 대용품들에는 많은 비용이 소요된다.

브로크는 강단으로 걸어가 노트를 흘깃 보았다. 그런 다음 이야기를 계속했다.

"재미를 더하기 위해 에드 다이에너가 찾아낸 연구 결과 중 일부를 인용하도록 하겠습니다. 그는 일리노이대학의 심리학자로 돈과 행복의 관계를 연구했습니다. 몇 차례 연구를 거듭한 끝에 그는 돈으로 인생에 약간의 즐거움을 더할 수는 있지만 자부심, 성취감, 만족감과 더불어 느낄 수 있는 진정한 행복에는 이를 수는 없다는 결론을 내렸습니다.

한 연구 프로젝트에서 다이에너는 복권 당첨자들이 한동안 행복감을 느낄 수는 있지만 그로부터 1년만 지나도 복권에 당첨되기 전보다 행복한 삶을 살지 못한다는 사실을 발견했습니다. 다시 말해 복권에 당첨되기 전에 불행하고 비참했던 사람은 오래지 않아 다시 전처럼 불행하고 비참해진다는 것입니다."

금발머리에 네덜란드식 억양을 가진 우슐라가 격한 목소리로 말했다. 첫 번째 세미나에서 어린 시절 사랑을 박탈당했다며 현재 자신의 불행이 부모의 탓이라 말했던 그녀였다.

"머리에 먹물만 잔뜩 들어간, 어떤 싸구려 대학의 학자가 무슨 말을 했던 나는 개의치 않아요. 돈이 있으면 장기적인 행복도 살 수 있고 마음의 평화도 살 수 있어요. 그리고 돈이 있으면 박식해질 수도 있어요. 하지만 가난하거나 혹은 경제적 문제를 갖고 있으면 이 중 어떤 것도 가질 수 없어요."

브로크는 아무 말도 하지 않았다. 하지만 그의 표정에서 그의 생각을 읽을 수 있었다. '그렇게까지 꼬인 생각을 갖고 있다니 믿을 수가 없군.'

잠시 생각에 잠겨 있던 그는 다른 참가자들에게 이렇게 물었다.

"여기 계신 분 가운데 우슐라 씨가 복권에 당첨되어 1,000만 달러의 당첨금을 받으면 정말 영원히 행복하게 살 것이라 생각하는 분 있습니까?"

강당 전체가 갑자기 쥐 죽은 듯 조용해졌다. 단 한 사람도 손을 든 사람이 없었다. 론과 미셸조차 손을 들지 않았다. 곧 우슐라가 성난 목소리로 이렇게 외쳤다.

"여기 있는 사람 모두가 틀렸어요. 1,000만 달러의 당첨금을 받는다면 이 세상에서 나는 가장 행복한 사람이 될 거예요. 돈으로 행복을 살 수 있다는 것을 입증해 보이겠어요."

브로크는 다시 생각에 잠기는 표정이었다. 그런 다음 효과를 극대화하기 위해 큰 목소리로 이렇게 말했다.

"그것은 말도 안 되는 소리입니다. 행복을 얻고 창조하고 경험할 수는 있지만, 돈이 많다고 행복을 살 수는 없습니다.

돈이 많아서 장기적인 행복도 살 수 있다는 것이 사실이라면, 이 세상의 부자들은 항상 웃고 다녀야 할 것입니다. 하지만 얼마 전에 만났던 부자들만 해도, 그들은 우리만큼도 웃지 않고 있었습니다. 사실 내가 알고 있는 부자들 가운데 일부는 웃음을 지을 때마다 억지웃음을 지어야 하는 고통에 괴로워합니다. 추측컨대 이들 역시 한때는 막대한 부를 모은다면 자신이 세상에서 가장 행복한 사람이 되리라 생각했을 것입니다."

일부 청중들이 미소를 지었다. 반면 우슐라는 자신의 주장에 반박하는 브로크를 노려보기만 했다. 브로크는 이렇게 덧붙였다.

"우슐라 씨, 내가 지금 당신을 웃음거리고 만들고 있다고 생각하지 마십시오. 우리 모두 돈이 많으면 행복해질 수 있다는 착각 속에 살고 있습니다. 사실 돈과 행복에 대한 자신의 생각을 이야기해 준 미셸 씨, 론 씨, 그리고 우슐라 씨에게 감사드립니다. 여러분 덕에 돈으로 진정한 행복을 얻을 수 있다는 우리의 어리석은 믿음에 도전해 보는 연습 활동을 보다 효과적으로 할 수 있게 되었습니다.

이제 행복을 구성하는 요소 가운데 돈으로 살 수 없다고 생각되는 요소들을 적어볼 시간을 가질 것입니다. 행복에 기여하지만 돈이 많아도 살 수 없는 귀중한 것들을 이야기해봅시다. 이러한 요소들을 한 가지 이상 생각해 보시기 바랍니다."

브로크는 참가자들에게 5분 정도 생각할 시간을 주었다. 그런 다음 브로크는 참가자들에게 생각한 것을 발표할 기회를 주었다. 셸던은 참가자들의 대답을 컴퓨터에 입력하여 하나의 목록을 만들었다. 그리고 그것을 스크린에 영사했다. 참가자들이 발표한 행복을 구성하는 중요한 요소는 서른네 가지였다. 거기에 브로크가 한 가지 요소를 추가하여 스크린에 영사된 행복을 구성하는 요소는 모두 서른다섯 가지가 되었다.

돈으로 살 수 없는 행복의 구성요소

육체적인 건강	장수
자립	창의력
좋은 친구	업적
만족	인내
감사	열정
공감	정신적인 건강
돈 관리 능력	온정
의지력	자제
아량	겸손
좋은 성격	유머 감각
쾌활한 생활태도	세상물정에 밝음
탁월함	매력
아름다운 몸매	자부심
시간	영적 충만함
지혜	사랑하는 가족
존경	성실
명예	마음의 평화
인생의 목적 혹은 사명	

브로크는 이렇게 외쳤다.

"이것은 여러분들이 생각하는, 돈으로 살 수 없는 행복을 구성하는 요소들입니다. 우리는 지금 행복을 구성하는 요소들 가운데 돈으로 살 수 없는 서른다섯 가지 요소를 적었습니다. 만약 행복이 이러한 요소들의 부산물이고 돈으로 이러한 요소들을 살 수 없다면, 어떻게 돈으로 행복을 살 수 있겠습니까?"

브로크는 잠시 숨을 고른 다음 부드러운 목소리로 이렇게 말했다.

"지금 내가 납득할 수 없는 주장을 하고 있다고 생각하시는 분 있습니까?"

강당 전체에 고요가 흘렀다. 그리고 아무도 그의 주장에 이의를 제기하지 않았다. 참가자들이 더 이상 아무 말도 하지 않자 브로크는 세미나를 마무리 짓기 시작했다.

"여러분은 원하는 만큼 진실에 저항할 수 있습니다. 하지만 그런다고 진실이 변하지는 않습니다. 궁극적으로 행복은 여러분의 선택에 달려 있습니다. 저축해 놓은 것이 많다고 혹은 고가품을 많이 갖고 있다고 여러분이 행복하고 즐거운 삶을 살 수 있는 것은 아닙니다. 이 지구에는 돈을 더 많이 모으면 행복을 찾을 수 있다고 생각하는 불행한 백만장자, 그리고 억만장자가 많이 있습니다. 불행한 일이지만 사고방식을 바꾸지 않는 한 그들은 진정한 행복을 찾지 못할 것입니다.

스크린에 영사되어 있는 행복의 구성요소 가운데 마지막에 있는 것은 무엇보다 중요한 요소입니다. 마더 테레사, 달라이라마, 넬슨 만델라 그리고 간디 같은 위인들을 보십시오. 이들은 돈과는 거의 무관한 삶을 살았습니다. 하지만 그들은 평생 행복과 기쁨과 자기만족을 경험하며 살았습니다. 그들은 행복과 자기만족을 삶의 목표로 삼지도 않았습니다. 그들이 누린 행복과 자기만족은 보다 고매한 목표, 인류의 이익을 위해 일한 결과일 뿐입니다.

사실 인생 최대의 기쁨은 돈, 권력 혹은 명성에서 비롯되는 것이 아닙니다. 그것은 가치 있는 무엇인가에 완전히 몰입했을 때 경험할 수 있는 만족에서 비롯되는 것입니다. 직장 생활에서든 혹은 개인 생활에서든 가치 있는 활동은 활동 자체가 우리에게 보상이 될 수 있습니다.

행복해지길 원한다면 여러분 모두 여생 동안 인생의 기본법칙을 준수해야 합니다. 여러분의 인생에 도전과 리스크를 안겨줄 인생의 목표 혹은 사명을 갖고 있어야 합니다. 성취감과 만족을 지속적으로 경험하고 싶다면, 그리하여 궁극적으로 진정한 행복에 도달하고 싶다면, 목표의식 혹은 사명의식을 갖고 생활하는 것이 무엇보다 중요합니다.

마지막으로 여러분이 평화와 건강과 사랑을 누리고 있는 한, 무슨 일을 하여 생계비를 벌든 얼마나 많은 부와 명예를 얻든, 그것은 중요하지 않다고 말하고 싶습니다. 평화와 건강과 사랑을 갖고 있지 않다면 여러분은 무엇으로 그 빈자리를 메우겠습니까? 행복은 그 자체가 목적이 아닙니다. 행복은 임무를 훌륭히 수행하고 목표를 추구하고 피할 수 없는 운명을 받아들이고 세상을 사랑하고 감사를 표하고 다른 사람이 행복해지도록 돕고 충만한 삶을 삶으로써 얻을 수 있는 '부산물'이라는 사실을 잊지 마십시오.

주어진 시간을 여러분이 이루고 싶은 개인적인 목표를 이루어내는 데 쓰십시오. 하지만 그 과정에서 여러분은 충만하고 편안하고 만족스럽고 행복한 삶을 살고 있는지 체크해야 합니다. 성공이 여러분에게 어떤 의미든, 성공이라는 목적지에 도착했을 때보다 성공으로 가는 길목에서 여러분은 더 행복해야 합니다. 성공을 향해 바르게 나아가고 있다면 여러분은 행복을 추구할 필요가 없습니다. 행복을 추구하지 않아도 여러분은 행복할 것이기 때문입니다."

오늘의 행복에는 과거도 미래도 없다.
오늘의 행복은 오늘의 것이다.
최대한 오늘의 행복을 누려라.
오늘 누리지 않으면 당신은 그것을 영원히 누릴 수 없을 것이다.

● ● ●

참가자들이 모두 강당을 떠난 뒤 브로크는 셸던에게 세미나를 도와준 대가로 100달러를 지급했다.

"믿을지 모르겠지만 당신은 내게 300달러를 더 줘야 합니다."

셸던은 웃으며 말했다.

"왜죠?"

브로크가 다정하게 물었다.

"치안티에서 당신을 만난 월요일 저녁 집에서 성냥개비 테스트의 답을 세 개 더 찾아냈거든요."

브로크가 외쳤다.

"정말인가요? 어서 말해 보세요."

셸던은 새로 찾아낸 답을 설명했다. 브로크는 그의 설명을 듣고 기쁜 마음으로 그에게 상금을 지급하겠다고 말했다. 그는 지갑을 열며 이렇게 말했다.

"당신은 정말 천재예요. 마음만 먹으면 당신은 무엇이든 할 수 있어요. 현금으로 100달러를 드리고 수표로 200달러를 드릴게요. 참, 그냥 궁금해서 묻는 건데 치안티에서 받은 900달러를 아직도 갖고 있어요?"

"은행에 넣어놓았어요. 차를 사기 위해 돈을 모으고 있는 중이에요. 당신의 표현을 빌리면 그 돈은 손을 대어서는 안 되는 돈이잖아요. 오늘 받은 400달러 중 100달러만 쓰고 나머지 300달러는 저축할 거예요."

셸던이 대답했다.

"전에 말했지만 정말 배운 것을 빨리 습득하는군요."

그 말을 하고 난 뒤 브로크는 이렇게 제안했다.

"자, 브레드 가든에 가서 차나 한잔해요. 나중에 집까지 태워다 드릴게요."

"좋아요. 특히 집까지 태워 주겠다는 말이 마음에 드네요. 190 SL이나 포르쉐 가운데 한 대를 내게 빌려 줄 수 없다는 것이 안타깝기는 하지만요."

"안타까워할 필요 없어요. 머지않아 당신도 당신 차를 갖게 될 테니까요."

브로크가 대답했다.

브로크와 셸던은 랜드마크 호텔을 나와 롭슨 가로 향했다. 기분 좋고 편안한 저녁이었다. 반 블록 정도 떨어진 곳에 브로크의 메르세데스 190 SL 컨버터블이 주차되어 있었다. 브로크는 자동차의 지붕을 열었다. 그런 다음 놀랍게도 셸던에게 차를 몰아보겠느냐고 물었다.

셸던은 정말 기분 좋게 메르세데스를 몰았다. 1959년 모델이었기 때문에 스포츠카 치고는 속도가 느렸다. 하지만 그 덕에 그는 다른 차를 몰 때는 경험할 수 없는 즐거움을 느낄 수 있었다. 셸던은 브레드 가든까지 차를 몰았다. 그리고 집에 갈 때도 메르세데스를 몰았다.

집에 도착하여 셸던은 190 SL을 구입할 정도의 돈을 모으게 된다면 얼마나 좋을지 생각해 보았다. 또한 그는 브로크만큼 많은 돈을 벌어 갖고 싶은 것들을 마음대로 살 수 있다면 얼마나 행복할지도 생각했다.

몇 분 뒤 셸던은 『인생의 비밀 가이드』를 펼쳐들었다. 거의 마지막 장이 펼쳐졌다. 그 장에는 돈과 행복에 대한 브로크의 이야기를 상기시키는 내용이 담겨 있었다. 이 격언은 셸던의 마음 깊숙이 울려 퍼졌다. 그는 평생 이 격언을 기억할 것이고 다른 이들에게 이야기해 주겠다고 마음먹었다.

정말 행복을 살 수 있다고 믿는다면 당신은 왜 자신이 갖고 있는
행복 가운데 일부를 다른 사람에게 팔려 하지 않는가?

중요한 것을 추구할 때 당신은 두 가지 방법 가운데 한 가지를
택할 수 있다.
대부분의 일들이 효과를 거두지 못해도 한 두 가지는 효과를
거둘 수 있다고 생각하고 대담하게 행동하라.
아니면 어느 것도 효과를 거두지 못할 것이라 생각하고 아무런
행동도 하지 말라.

셸던이 인생의 모든 측면, 특히 일과 건강, 가족, 금전적인 문제, 그
리고 사회 생활에 인생의 기본법칙을 적용하기 시작한 지 몇 주, 몇
달, 그리고 몇 년이 지났다. 그는 또한 의욕을 북돋기 위해 매일 『인생
의 비밀 가이드』를 한두 장씩 읽었다.

브로크를 만난 지 10년 뒤 셸던은 여섯 살 먹은 아들, 그리고 아내와
함께 행복한 결혼 생활을 하고 있었다. 그는 샌프란시스코에 살고 있
었지만 여전히 브로크와 실비나, 그리고 코리나를 정기적으로 만나
고 있었다. 브로크는 실비나와 결혼했고 그들은 여전히 밴쿠버에 살
았다. 『보세요 엄마, 인생은 쉬운 거예요.』은 세계적인 베스트셀러가
되었다. 코리나는 이제 스무 살이 되었고 밴쿠버의 한 대학에서 인류
학을 공부하고 있었다.

인생의 기본법칙과 관련된 원칙들을 생활에 적용했던 셸던은 이제 풍요롭고 편안하고 행복하고 만족스런 삶을 살고 있었다. 브로크는 셸던이 이루어낸 성과를 진심으로 자랑스러워했다. 셸던은 대학을 졸업하고 샌프란시스코 소재의 한 기업에서 일했다. 그는 브로크의 일곱 가지 창의력 원칙을 활용하여 입사 2년 만에 최고의 영업사원 자리에 올랐다.

보통 사람들보다 더 주의를 기울여라.
더 파악하라.
더 경청하라.
그리고 더 생각하라.
그러면 당신은 천재 대열에 서게 될 것이다.

그로부터 1년 뒤 그는 마케팅 책임자로 승진했다. 야간 대학원에서 MBA 학위도 받았다. 회사에서는 그가 주당 평균 60시간씩 근무하길 원했다. 그는 인생의 기본법칙이 지나치게 열심히 일하는 사람에게 도 적용되고 있다는 사실을 깨달았다. 그는 고임금과 여타 혜택 때문에 회사를 계속 다니는 쉽고 편한 길을 택하고 있다는 사실을 이해하게 되었다. 그로 인해 생활의 균형이 깨지고 아내와 아이와 함께 하지 못하는 어렵고 불편한 인생을 살고 있었다.

그는 브로크와 같은 위치에 오르고 싶다면 어렵고 불편한 일을 해야 한다는 브로크의 말을 떠올렸다. 결국 그는 작가, 그리고 동기부여 전문 연설가가 되겠다는 꿈을 좇아 고임금의 직장을 버렸다.

그는 최대의 자산으로써 창의력을 사용하는 방법을 배웠기 때문에 오래지 않아 미국 최고의 전문 연설가 가운데 한 사람이 되었다. 그는 회당 1만 달러의 보수를 받았다. 그는 1년에 300회 정도 연설이 가능했지만, 균형 잡힌 생활을 위해 연설 횟수를 최대 50회로 제한했다. 또한 불우한 젊은이들을 돕는 비영리 단체들을 위해 1년에 10회 정도 '인생 관리'를 주제로 하는 무료 세미나를 개최했다.

셸던은 베스트셀러인 『성공은 당신이 생각하는 그런 것이 아니다』의 작가로 자기계발서 및 인생관리서 부문에서 많은 존경을 받는 세계적인 작가가 되었다. 또한 〈석세스 매거진〉에서 〈USA 투데이〉에 이르는 수백 개의 간행물에서 그를 특집기사로 다룬 후 그는 언론의 주목을 받는 명사가 되었다. 심지어는 〈오프라 매거진〉에서도 그를 특집으로 다룬 바 있었다.

그는 인생의 기본법칙을 금전적인 문제에 적절히 적용한 결과로 샌프란시스코의 퍼시픽 하이츠 지역에 꿈에 그리던 집을 장만했다. 브로크와 달리 그는 처음에는 주택장기대출을 받아 집을 구입했다. 하지만 5년 만에 대출금 전액을 상환했다. 또한 그는 스포츠카도 갖고 있었다. 그것은 검은색 하드톱이 달린 은색의 1960년형 메르세데스 190 SL로, 브로크를 만난 지 3년 만에 구입한 것이었다. 셸던은 또한 신형 도요타 캠리 세단과 포르쉐 복스터 컨버터블을 아내와 함께 사용했다.

셸던은 오프라가 어린 시절의 모든 역경을 극복하고 현재의 위치에 이른 것처럼 그 역시 인생에서 많은 것을 이루어낼 수 있다는 브로크의 이야기를 종종 떠올리곤 했다. 비록 오프라와 같은 위치에 이르지는 못했지만 그 역시 많은 것을 이루어냈다. 셸던은 PBS 텔레비전에서 젊은이들을 위한 주간 개인 성장 프로그램을 주관하면서 상당히 유명해졌다. 말할 것도 없이 그 프로그램에도 인생의 기본법칙이 적용되었다.

인생의 기법 법칙은 불우한 젊은이들을 위한 세미나에서도 셸던이 강조하는 주요 원칙 가운데 하나가 되었다. 좋은 기회를 찾는 사람은 좋은 기회를 찾을 수 있다는 것을 강조하기 위해 셸던은 브로크의 성냥개비 테스트를 활용했다. 믿을 수 없는 일이지만 현재까지 50개가 넘는 답을 발견했다.

셸던은 자신이 집필한 베스트셀러가 있었지만 그는 여전히 『인생의 비밀 가이드』에 실린 격언들 가운데 상당 부분을 연설과 세미나에 활용했다. 참가자들에게 위험을 감수하고 새로운 것을 시도하도록 의욕을 고취시키기 위해 그는 종종 다음 문구를 인용했다.

우리는 '그 일은 너무 힘들어, 너무 어려워' 라고 말한다.
우리가 그 일을 시도해 보고 그 일이 어렵지 않다는 것을 발견하면 그것은 어렵지 않은 일이 된다.
하지만 시도도 하지 않고 계속 어렵다고 생각하면 그것은 계속 어려운 일로 남을 것이다.

셸던은 좋은 친구를 사귀는 일의 중요성을 강조할 때는 다음 두 문구를 인용했다.

기억하라.

당신이 얼마나 성공하고 얼마나 행복하느냐는 당신이 사귀는

친구에 의해 결정될 것이다.

좋은 친구를 사귀어라. 그러면 당신은 그들처럼 될 것이다.

나쁜 친구를 사귀어라. 그러면 당신은 그들처럼 될 것이다.

사람을 올바르게 판단하는 방법을 배워라.

친구가 있다는 것이 항상 혼자인 것보다 나은 것은 아니다.

아무리 당신이 친구를 갈망하고 있을 때라도 말이다.

셸던은 또한 이 메시지를 효과적으로 전달하기 위해 이런 표현을
사용했다.

"타락자가 되고 싶지만 아직 타락하는 데 성공하지 못했다면 많은
타락자들을 사귀십시오. 평범한 사람이 되고 싶다면 평범함에 만족
하는 사람들과 사귀십시오. 하지만 만약 위인이 되고 싶다면 어렵고
불편한 일을 하십시오. 그리고 세상을 변화시키려 노력하는 사람들
과 사귀십시오."

피해의식을 버린다면 불우한 처지에 있는 사람이 얼마나 많은 것을
이루어낼 수 있는지 입증해 보이기 위해 셸던은 연설에서 종종 오프
라를 예로 들었다. 그는 피해의식을 극복하기 위해 사람들이 할 수 있
는 일은 매우 많이 있다고 강조했다. 그들은 정신적으로, 정서적으로,
그리고 영적으로 삶에 접근하는 방식을 변화시킬 수 있다고 말했다.
또한 불우한 처지에 있는 개인이 성공을 거둘 수 있다는 증거로 자신

의 성공을 예로 들었다.

물론 셸던은 성공을 거두기까지 많은 어려움을 겪었다. 그럴 때마다 도달할 가치가 있는 곳에 도달하려면 창의력을 발휘하고 상응하는 대가를 치러야 한다는 브로크의 경고가 도움이 되었다. 그것은 『인생의 비밀 가이드』 역시 마찬가지였다.

다른 사람이 당신보다 재능이 있다고, 혹은 특권을 누리고 있다고 낙담하지 말라.
당신은 부족한 부분을 창의력으로 항상 보충할 수 있다.
인생 게임은 포커 게임과 같다.
패가 나빠도 게임을 적절히 운용한다면, '트리플 A' 패를 갖고도 적절히 활용하지 못하는 사람을 이길 수 있다.

대부분의 사람들이 창의적인 성공을 이루어내는 데 중요하다고 생각하는 것들이 생각만큼 중요하지 않다.
그리고 중요하지 않다고 생각하는 것들이 생각보다 훨씬 중요하다.
보다 성공하려면 진정으로 중요하지 않은 것과 진정으로 중요한 것을 구분하는 방법을 배워야 한다.
그러면 당신은 단순히 천재가 아니라, 구세주로 평가받게 될 것이다.

또한 성공한 사람들은 다른 어떤 사람보다도 많은 문제를 갖고 있다는 브로크의 경고도 좋은 나침반이 되었다.

성공을 경계하라.

일단 성공을 이루어내고 나면, 그 모든 것이 당신에게 어떤 의미가 있는지 곰곰이 생각할 시간을 가져라.

성공 역시 불행과 좌절을 야기할 수 있다.

성공이 생각했던 것만큼의 행복과 평화를 당신에게 가져다 주지 않아도 놀라지 말라.

브로크가 이야기한 문제 가운데 중요한 한 가지는, 성공한 개인들은 성공하는 데 필요한 만큼의 노력을 기울이지 않은 사람들로부터 질시를 받게 된다는 것이었다.

이 세상에서 올바르고 좋고 중요한 무엇인가를 하고 있을 때 당신은 알게 될 것이다.

귀가 멍멍할 정도로 당신에게 비난이 쏟아질 것이고,

점점 더 많은 적들이 생겨날 것이라는 사실을 말이다.

만약 셸던은 자신이 인생의 기본법칙을 몰랐다면, 그리고 『인생의 비밀 가이드』를 발견하지 않았다면, 얼마나 많은 인생의 기쁨과 만족을 놓쳤을지 종종 생각했다. 분명히 그는 베스트셀러 작가가 되지도 못했을 것이고 유명한 대중 연설 전문가도, 언론의 주목을 받는 명사도 되지 못했을 것이다. 그는 불행한 삶을 살며 사회를 탓하는 옛날 친구들과 같은 처지에 있었을 것이다.

이 세상에서 얼마나 많은 개인적인 자유를 누릴 것인지는
당신이 결정해야 한다.
친구, 친지, 사회, 정부, 그리고 우연을 포함하여 외부의 힘에
의존한다면 당신은 노예가 될 것이다.
반면 자신에게 전적으로 의존한다면 당신은 주인이 될 것이다.
당신은 노예가 되고 싶은가, 아니면 주인이 되고 싶은가?
그것은 당신이 선택할 문제다.

불우한 처지에 있는 가난한 젊은이들을 위한 세미나에서 셸던은
고임금의 일자리가 아니라 꿈에 그리던 일자리를 구해야 한다고 강
조했다. 또한 그는 어떤 일을 할지 결정하는 것은 부모, 학교 선생님,
친구, 혹은 직업학교 상담사가 아니라 바로 그들 자신이어야 함을 강
조했다.

대부분의 사람들이 죽음의 문턱에서야 하지 않은 일을 후회한다.
그들처럼 되는 가장 쉬운 방법은 당신만의 노래를 부르지 않고
다른 이들의 합창에 합류하는 것이다.

다른 사람들과 달리 셸던은 인생이 모든 사람에게 공평하지 않은
이유를 이해하려고 노력하지 않았다. 그는 불우한 환경에도 불구하
고 가장 충만한 삶을 살기 위해 최선의 노력을 다하기로 결심했다.
『인생의 비밀 가이드』에 이런 문구가 있었다.

자주 생각하라. 하지만 너무 자주 생각하지는 말라.

그리고 너무 깊이 생각하지도 말라.

인생은 사는 것이지,

이해하는 것이 아니다.

상당한 부와 명예를 축적했다는 것보다 중요한 것은 셸던이 행복하다는 것이다. 그는 충만하고 편안하고 만족스런 생활을 했고 그것에 감사했기 때문에 마음의 평화를 이루어낼 수 있었다.

당신의 생활에서 잘못된 것을 모두 찾아내라.

그런 다음 그것을 바로잡는 데 필요한 일들을 하라.

당신에게는 그것들을 할 충분한 여유가 있다.

● ● ●

브로크를 만나고 『인생의 비밀 가이드』를 발견한 지 10년이 지난 지금, 그는 오클랜드에서 불우한 젊은이들을 위한 세미나를 주관하고 있다. 그의 조수는 에두아르도라는 스물네 살의 멕시코 이민자였다. 셸던이 그를 만난 것은 이틀 전이었다.

셸던과 그의 만남은 다소 아이러닉했다. 즉, 셸던이 샌프란시스코의 폴크 가에 메르세데스 190 SL을 막 주차시켰을 때 옆을 지나가던 에두아르도가 발길을 멈추고 메르세데스에 찬사를 보냈다.

셸던이 차에서 내리자 에두아르도는 이렇게 말했다.

"정말 좋은 스포츠카군요. 나도 저런 차가 한 대 있으면 좋겠네요."

"당신도 가지면 되지 뭐가 문제예요?"

셸던이 웃으며 말했다.

"미국으로 이민 온 지 얼마 되지도 않은 나 같은 멕시코 젊은이가 저런 차를 갖는다는 것은 불가능한 일이죠. 지금 나는 먹고 살기도 힘든걸요. 그러니 저런 고급차를 갖는 것은 이룰 수 없는 꿈이죠."

에두아르도는 멕시코 억양으로 대답했다.

"그것이 왜 이룰 수 없는 꿈이죠? 나도 로스앤젤레스의 빈민가에서 태어나 홀어머니 밑에서 자랐어요. 처음에는 나도 많은 불이익에 맞서야 했어요. 불우한 과거를 갖고 있는 나 같은 흑인이 구형 스포츠카를 살 수 있다면 당신 역시 몇 년 내에 그렇게 할 수 있어요."

"어떻게요? 복권에라도 당첨되었나요?"

"그렇지 않아요. 어쨌든 내 이름은 셸던이에요. 당신에게 인생의 기본법칙을 알려 드리죠."

그로부터 30분 뒤 셸던은 에두아르도에게 오클랜드에서의 세미나에서 자신을 도와 주지 않겠냐고 물었다. 또한 그에게 『인생의 비밀 가이드』도 빌려 주었다.

당신을 둘러싸고 있는 세상을 보라.

그곳은 살기 힘들고 행복하기는 더욱 힘든 곳처럼 보일 것이다.

하지만 반드시 그런 것은 아니다.

올바른 태도와 일정 정도의 창의력을 갖고 있다면 당신은 그곳을 천국으로 만들 수 있다.